AF206658

Wolfgang M. Ullmann

Das Maleron-Prinzip

Über das Buch:

Das pulsierende Großstadtleben ringt seinen Bewohnern täglich alles ab. Erfolgreich zu sein, mag ein unrealistisches Ziel sein. Umso schöner jedoch, wenn der Weg zum Erfolg sich plötzlich aus dem Nichts einstellt. Wie wird sich der junge Reporter Jacques diesen Herausforderungen stellen? Dass damit alle Widrigkeiten des Alltags nicht überwunden werden können, wird er im Verlauf der Geschichte eigenhändig erfahren. Entbehrungen und Missgunst werden seine Weggefährten. Was hat es mit dem unbekannten Beobachter auf sich, der seit der Amokfahrt des Lieferwagens in die kleine Demonstrationsgruppe im Schatten des jungen Mannes steht? Nach jedem Regenschauer lichten sich die Wolken. Die Sonne strahlt hinab und enttarnt den Feind – ein Meilenstein in der beispielhaften Karriere?

Über den Autor:

Wolfgang M. Ullmann lebt und arbeitet im süddeutschen Raum. Im späten Jugendalter entdeckte er seine Liebe zur Lyrik und widmete sich den unterschiedlichen Stil- und Ausdrucksformen. Inspiriert durch die Bildhaftigkeit und die Wirkung der deutschen Sprache, die er mit seinen Fotografien verstärkt, nahm er diese Begeisterung in die Prosa mit hinein. Aus seiner Neugier, mehr über das Zusammenleben verschiedener Menschen in einer Gesellschaft zu erfahren, studierte er nach dem Abitur Soziologie, Psychologie und Pädagogik. Eine Ausbildung zum psychologischen Berater und Seelsorger ließ ihn, neben der Tätigkeit in der Aus- und Weiterbildung von Fach- und Führungskräften, in seiner Praxis für Beratung, Begleitung und Persönlichkeitsentwicklung wertvolle Erfahrungen sammeln.

Wolfgang M. Ullmann

Das Maleron-Prinzip

Roman

Books on Demand GmbH, Norderstedt

FSC
www.fsc.org

MIX

Papier aus ver-
antwortungsvollen
Quellen
Paper from
responsible sources

FSC® C105338

© 2018 Wolfgang M. Ullmann
Copyright Titelfoto Wolfgang M. Ullmann
1. Auflage 2007, Herstellung und Verlag:
BoD – Books on Demand GmbH, Norderstedt
Bibliographische Information der Deutschen Nationalbibliothek:
Die Deutsche Nationalbibliothek verzeichnet diese Publikation in der Deut-
schen Nationalbibliografie; detaillierte bibliographische Daten sind im Inter-
net über http://dnb.dnb.de abrufbar.

ISBN: 978-3-7481-3341-4

Für Andrea,
in Liebe

I

Jacques konnte nicht mehr schlafen, deshalb bemühte er sich gar nicht erst, seine Augenlider herabfallen zu lassen. Ein unruhiger Traum kam als Auslöser für seine Schlaflosigkeit nicht in Frage, wusste er doch schon seit geraumer Zeit nicht, was er denn in den wenigen friedvollen und durchgeschlafenen Nächten aufzuarbeiten hatte.

Es half nichts, er stand von seinem Schlafsofa auf und schüttelte sein orangefarbenes Kissen auf, das er erst letzte Woche von einer jungen Frau geschenkt bekommen hatte. Weshalb man orangefarbene Kissen verschenkt – und zudem fremden Menschen – war ihm bis dato selbst ein Rätsel. Vielleicht konnte er wegen der knalligen Farbe in jüngster Zeit nicht mehr besonders gut schlafen?

Doch diese Frage verschob er auf einen späteren Zeitpunkt und streckte seinen Körper, der aufgrund seiner seitlich eingerollten Liegeweise nicht entspannt wirkte und ebenfalls für den schlechten Schlafkomfort verantwortlich gemacht werden könnte.

»Diese Dunkelheit spornt mich auch nicht an, meinen Körper mit kühlem Wasser abzuschrecken«, dachte er und schaute auf dem Flur nach der Zeitung, die allerdings erst in frühestens einer Stunde von dem älteren Herrn ausgeliefert werden durfte, der ihn in so manchen Morgenstunden schon bei einem Glas heißer Zitrone von seinem Schicksal in fantastischen Bildern zugeschüttet hatte.

Sollte Jacques auch heute auf seinen Besuch warten, damit er die letzte Zitrone, die bereits einen sehr verschrumpelten äußeren Eindruck machte, mit seinem Gast teilen konnte? Der eher rhetorischen Frage die Antwort schuldig geblieben, legte er seine markanten Stirnfalten frei, indem er sich fragte: »Habe ich doch etwas geträumt?«

Jacques ließ den Gedanken wieder fallen und bemühte sich,

die kühle Wohnung mit seiner rollbaren Heizung auf Frühstückszeittemperatur zu bringen. Wenn er einen Fernseher hätte, dachte er, würde er sich jetzt im Morgenmantel davorsetzen und die armen Personen angucken, die wahrscheinlich noch früher aufwachen mussten als er.

»Ah!«, schrie er auf, als er sich beim Anzünden des Gasherds – wie fast jedes Mal – verbrannte und anschließend ungeschickt an der Küchenzeile hantierte und einmal mehr beinahe wegen seiner eigenen Füße zu Fall kam.

Man hatte ihm seit seiner Kindheit eindringlich zu verstehen gegeben, dass er der ungeschickteste Maleron sei, der je in die Welt geboren wurde.

Manchmal war er auf seinen beiden Ohren taub, vor allem, wenn er sich selbst vor seiner Umwelt zu schützen suchte.

Erst letztens schweifte er wieder in die entlegensten geistigen Weiten hinaus, bis er unsanft in die Realität zurückgestoßen wurde.

So stand er doch mindestens fünf Minuten in der Lichtschranke der hinteren Türe eines öffentlichen Busses und hinderte ungefähr 60 eilend aussehende Mitfahrende daran, ins Stadtzentrum zu gelangen.

Nachdem der zunehmend verzweifelnde junge Schaffner nach verschiedenen technischen Defekten zu suchen begann, wurde Jacques schließlich schroff von einem untersetzten Mann mittleren Alters, dessen Stoffmantel stark nach abgestandenem Zigarrenrauch roch, in den Innenraum des Busses gezogen.

Dabei verzog es Jacques dermaßen einige Rückenwirbel, dass er sich anschließend an einem Kinderspielplatz im Stadtpark erst einmal an einer Turnstange „aushängen" musste.

Zu seiner Familie hatte er nur spärlich Kontakt und so wussten seine Eltern und die Mehrheit seiner fünf Geschwister nach seinen spontanen Auslandsaufenthalten dann auch selten, wo er sich zur jeweiligen Zeit aufhielt.

Vielleicht hatte er damals seine Ohren zu oft geschlossen gehalten, aber er rechtfertigte dies mit seiner Art und Weise, auf sich aufpassen zu müssen.

Er goss aus einer Plastikflasche stilles Wasser in einen kleinen blechernen Topf, den er mittlerweile auf den Herd gestellt hatte, und hängte einen Teebeutel in eine saubere Tasse. Er sah dabei schon fast rituell aus dem Fenster, das auf eine recht belebte Durchgangsstraße ragte.

Eigentlich hasste er Hausarbeiten, aber um die Straßenneuigkeiten während einer guten Tasse Roibuschtee zu inhalieren, hatte er von Mal zu Mal seine Fensterputztechnik zu perfektionieren versucht.

Schließlich musste er spätestens jeden dritten Tag den dunkelgrauen Niederschlag am Glas entfernen, wollte er noch genügend Sonnenlicht in seiner Wohnung genießen.

Die Straße begann sich langsam mit Leben zu füllen und die vorbeifahrenden Autos bildeten bei zugekniffenen Augen ein riesiges helles Lichtband, das die Dunkelheit durchschnitt.

Dass die Straßenbeleuchtung nur noch stellenweise intakt war, bemüßigte ihn zu keinerlei Anrufen bei den städtischen Ämtern mehr, die ohnehin mit ganz anderen Problemen zu kämpfen hatten.

Neulich Abend, als er nach einem Kinobesuch nach Hause schlenderte, vernahm er das laute und doch stark fragmentierte Hilferufen einer zarten, weiblichen Stimme.

Er orientierte sich kurz und sprang hinter einen kleinen Mauervorsprung, der durch eine nächtlich schwarze Heckenpflanzung von der Straße abgetrennt war und konnte noch im wohl letzten Augenblick die Seele einer jungen amerikanischen Frau vor den Übergriffen eines daraufhin blitzschnell in der Nacht verschwindenden, mittelgroßen, nach Alkohol riechenden Mannes schützen, der wahrscheinlich nicht in zwei Leben zu begreifen imstande gewesen wäre, was er damit angerichtet hätte.

Jacques nahm sich um die ausländische Studentin an und begleitete sie aus dem dunklen Straßenabschnitt bis zu ihrer Unterkunft, in der sie für eine Zeit von sechs Wochen untergebracht war, um Sprache und Land kennen zu lernen. Nur leider musste sie eine Art von Gastfreundschaft erleben, auf die sie lieber hätte verzichten können. Aber: Was hätte eine durchgehende Straßenbeleuchtung daran ändern können? Jacques spulte in seinen Gedanken wieder und wieder die Situation ab, aber er konnte sich nicht damit zufriedengeben, da er wusste, dass in der Stadt ein Monster weilte, das als tickende Alkoholbombe jeder Zeit und in dunkler Nacht erneut den Versuch wagen könnte, seiner krankhaften Triebsteuerung nachzukommen. Doch was könnte er dagegen tun?

Linda erholte sich dank seiner aufmerksamen Betreuung recht schnell von dem Vorfall, nur wagte sie sich nachts nicht mehr an dem dunklen Boulevard vorbei.

Sie konnte einige andere Sprachschüler, die mit ihr in einer Unterrichtsklasse waren, als Begleitergruppe gewinnen. Linda schien stark zu sein; aber nicht nur das bewunderte Jacques an ihr; auch schien sie in einer ganz anderen Weise sozialisiert worden zu sein als er es wurde oder versuchte sich gar selbst zu erziehen, um die Welt zu verstehen.

Die letzten zweieinhalb Wochen, in der Linda noch in der Stadt war, hatten sie sich noch zum geistigen Austausch, wie Jacques es nannte, verabredet. Bei diesen Treffen wollte er ergründen, was Linda schließlich als Linda auszeichnete.

Er bemerkte das Sieden seines Teewassers erst, als es laut in seiner Wohnung zu zischen begann. Während er nun seinen Teebeutel auf und nieder schwenkte, senkte sich sein Blick aus dem alten holzumrahmten Fenster im zweiten Stock und blieb bei einem Abfallbehälter auf der gegenüberliegenden Straßenseite haften.

Auf der daneben platzierten Parkbank hatte sich ein Penner von seinem Schlafplatz erhoben. Bei genauerer Betrachtung konnte er die Person schließlich als Frau identifizieren, die mit langem Mantel und Stoffhut bekleidet in dem Abfallbehälter eifrig zu wühlen begann. Jacques war es gewohnt, dieses Bild zu sehen, nur kannte er die Frau noch nicht, die sich die recht beliebte Schlafstelle in dieser Nacht ausgesucht hatte.

Auch er fühlte sich manchmal wie ein Vagabund, der sein Hab und Gut mit sich herumschleppte und manchmal verzweifelt nach etwas suchte; doch war er froh, ein Dach über seinem Kopf zu haben und so viel Geld zu besitzen, dass es ihm gerade so reichte.

Früher träumte er oft von einem schönen Leben, das er in Paris führen könnte, wenn er nachmittags aus dem Büro über die Avenues schlenderte und sich im Bistro seinen Lieblingscappuccino servieren ließe.

Er spielte das angenehme Szenario an allen möglichen Ecken in der Stadt durch und fand sich danach oft allzu schnell wieder in der kleinen Bar am Ende seines Blocks, die mehr schlecht als recht über die Runden kam, bei einem kleinen Bier, mit dem er seine Träume und Visionen hinunterspülte.

Doch er war nicht frustriert, das machte er seinen Freunden immer wieder klar, wenn sie ihn ansprachen, wieso er so traurig wirke; er sei noch zu jung, um alles das hinzunehmen, was sein Weltbild trübe.

Sein Tee war lecker aromatisiert und führte ihm im gleichen Moment vor Augen, wie wichtig ihm eigentlich seine Freundschaften waren, die er viel zu wenig pflegte.

»Freunde«, so dachte er, »sind wie ein guter Tee, der einen warm durchfließt und ein wohliges Gefühl beschert« – nur trank er definitiv mehr Tee.

Nun wurde es langsam Zeit, der täglich nötigen Körperpflege nachzukommen und so bereitete er sich darauf vor, dass er sich nun mit kaltem Wasser fit für den kommenden Tag waschen musste. Aber er dachte sich:

»Was sein muss, muss dann auch sein.« Schließlich erwartete er Paper auf eine heiße Zitrone in seiner Wohnung.

Wie Paper mit richtigem Namen hieß, wusste Jacques nicht, doch erschien ihm der Name Paper für einen Zeitungsausträger ziemlich passend und zumal für jemanden, der so belesen war wie ein ganzes, wandelndes Zeitungsarchiv.

Schon oft konnte Jacques viel von Paper lernen über die

Welt und das normale einfache und ungerechte Leben. Er war dankbar, er hätte all das von seinem Vater damals erwartet, doch da hätte er es vielleicht gar nicht in dieser Weise angenommen.

»Noch wäre es nicht zu spät, einen Versuch mit seinem Vater zu wagen«, schoss es ihm durch den Kopf, als er seine Augen von der Nacht reinwusch. Das war einer jener Gedanken, die nur wie Streiflichter in ihm aufglühten, um in der darauffolgenden Sekunde wieder zu verblassen.

So kehrten seine Gedanken schließlich dorthin zurück, wo er sie vor dem Einschlafen zu bündeln versucht hatte, nämlich zu dem kleinen Plastikfläschchen mit Schmieröl, mit dem er endlich die Scharniere seiner Wohnungstüre ölen wollte. Nach getaner Arbeit zog er einen tiefen Atemzug in sich hinein und schob die Türe genussvoll sieben bis acht Mal auf und zu und freute sich währenddessen kindlich wegen des nunmehr ausbleibenden Türgeräusches.

Während er noch in dieser Weise den ruhigen, geschmeidigen Zirkel seiner braun lackierten Holztüre nachzog, wurde er von dem barschen Aufprall des Zeitungspakets auf seinem Baumarktfußabstreifer hochgeschreckt und wollte im gleichen Augenblick Paper für seine frühmorgendliche, temperamentvolle Begrüßung sein Kompliment aussprechen.

Dies allerdings blieb ihm nach den ersten Worten abrupt auf seinen Lippen stecken, als er den jungen, fast noch minderjährigen Kerl in Jeans und Wollpullover und seiner missgelaunten Miene sah und ihn gerade eben noch davon abhalten konnte, seinen Weg fortzusetzen.

»Hey, entschuldige bitte«, versuchte Jacques den davon Eilenden zum kurzen, erklärenden Innehalten zu bewegen, »wo ist denn der ältere Herr, der sonst in der Gegend die Zeitungen austrägt, ist etwas passiert mit ihm?«

Doch der Junge zog nur seine Stirn ahnungslos in Falten und rief, dass er den Job gestern glücklicherweise bekommen konnte, um seine knappe Haushaltskasse aufzufüllen, und er schließlich auch nicht wisse, wer den Job vor ihm hatte, und dass es ihm außerdem ziemlich egal sei.

Kurz darauf hatte der Junge bereits das Mietshaus verlassen und Jacques in dessen geöffneter Wohnungstüre sehr besorgt und mit halb geöffnetem Mund in den Flur starrend zurückgelassen.

Er legte die Zitrone in seinen Kühlschrank zurück und beschloss, Paper ausfindig zu machen. Ihm war, als hätte er jemanden verloren, der ihm unwillkürlich ans Herz gewachsen war, einen richtigen Freund, den er noch nicht einmal duzte.

Gedankenverloren und irgendwie leicht schockiert machte sich Jacques unversehens an den Abwasch der vergangenen Tage, um das dreckige Geschirr, das bei näherer Begutachtung nicht mehr nach Rosen duftete, endgültig von den Speiseresten zu befreien.

Neben zu spielte das alte Grundig-Radio englischen Rock 'n' Roll, der Jacques dazu beflügelte, sein kleines Apartment wieder in ein bewohnbares Zimmer zu verwandeln.

Eigentlich hasste er Unordnung, aber irgendwie schaffte er es selten, ein solches Wohnchaos zu vermeiden. Anfangs, nachdem alles in Ordnung gebracht war, setzte er sich nieder, presste die Lippen aufeinander und versprach sich selbst unter einem Kopfnicken, diesen Zustand nun beizubehalten. Aber seine Lethargie machte ihm stets schon rasch einen Strich durch die Rechnung.

Als er gerade seine zwei Lieblingsfotos an der weißlichen Raufaserwand abstauben wollte, wurde er in seinem Tatendrang vom dem schroffen Klingelton seines Telefons in die Gegenwart gerissen. Schnell zippte er das Radio stumm, fiel dabei allerdings über einen kleinen Hocker, konnte sich gerade noch mit seinen Händen am Teppichboden abstützen und meldete sich abgehetzt mit »Maler … Maleron«.

Am anderen Ende der Leitung meldete sich mit knapper, durchdringender Stimme sein Chef, George Assas.

Seine Agentur hatte einen frischen Auftrag für ihn hereinbekommen, den er noch am Vormittag erledigen musste. Es war einmal mehr kein dicker Fisch, den er an Land gezogen hatte, aber immerhin konnte er eine kleine Kundgebung zum Denkmalschutz in der Stadt besuchen und auch selbst die Bilder für den Artikel schießen.

Er hatte noch knapp zwei Stunden Zeit, sich auf seine nächste Aufgabe vorzubereiten und sein Fotoequipment zu sortieren. Wieder musste er seine behagliche häusliche Ordnung über den Haufen werfen, um aus dem hölzernen Sideboard sein Handwerkszeug hervorzukramen.

Nachdem er sich alles zurechtgelegt hatte, listete er sich noch rasch auf, was er zudem an Filmmaterial zu besorgen hatte.

»Habe ich je etwas mit Denkmalschutz zu tun gehabt?«, fragte er sich, während er seine dunklen, halblangen Haare frisierte. Nachdem er die Bürste auf das Spiegelbrett zurückgelegt hatte, musste er sich eingestehen, dass er wohl des Öfteren von Veranstaltungen berichten musste, die er privat eher nicht besucht hätte. Er versuchte, in der druckfrischen Zeitung etwas über die Versammlung in der Rue de Bretagne erfahren zu können, aber darüber schwiegen sich die morgendlichen Artikel noch eingehend aus.

»Tja, so werde ich wohl die Öffentlichkeit von diesem außerordentlichen Tagesereignis in Kenntnis setzen müssen.«

Mit diesen selbstironisch halblaut ausgesprochenen Gedanken schickte er sich »Right in Time« an, die Wohnung mit seiner dunkelblauen Umhängetasche zu verlassen. Paper ging ihm nicht aus dem Kopf und so bemerkte er zunächst auch nicht die grüßenden Worte seiner Nachbarin Maria Reille, die direkt unter ihm wohnte und so wurde er erst durch ihr wiederholtes Aufwarten auf ihr einladendes Lächeln aufmerksam.

»Du bist wieder einmal mit deinen Gedanken weiß Gott wo!«, ging sie auf ihn zu und erkundigte sich nach seinem frühen Aufbruch.

»Oh, ich muss arbeiten. Ich habe einen Auftrag bekommen.«

»Das ist ja schade«, entgegnete sie ihm leicht enttäuscht.

»Ich hätte dich gerne auf einen guten Kaffee eingeladen.« Doch Jacques winkte dankend ab und während er die letzten Stufen hinunterging, rollte er seine Augen an die obersten Winkel seiner Brauen und flüsterte vor sich hin: »Sie weiß doch mittlerweile, dass ich ihren Kaffee nicht mag.«

Die morgendliche Betriebsamkeit des Straßenverkehrs war inzwischen rasch angewachsen. Jacques schlenderte um das Haus und zog seine alte Vespa zwischen den abgestellten Fahrrädern hervor. Nach dem dritten Versuch, die Maschine anzutreten, lechzte der Motor in langsamen Zügen nach Sprit und schien nach wenigen Augenblicken ausgewogen zu singen, wie es Jacques immer nannte.

Fernando, ein Kellner aus dem Nachbarhaus machte sich mit ihm auf den Weg in die Innenstadt, denn seine Schicht begann zufällig auch pünktlich um neun Uhr. Stotternd und singend setzten die beiden ihre Fahrzeuge in Bewegung und dank ihrer visierlosen Helme munterten sich die Rollerfahrer gegenseitig auf und erzählten sich von ihren Plänen an diesem Tag und von dem, was sie in Zukunft noch alles vorhätten.

Fernando war mit der Zeit ein guter Freund geworden. Er war allerdings mit seinen Gedanken immer in dem Land der scheinbar grenzenlosen Möglichkeiten.

Nicht selten schwärmte er Jacques, wenn der ihn im Café besuchte oder sie abends gemütlich nach Feierabend im Park spazierten, von Menschen, Städten, Lebenskulturen und persönlichen Chancen in vielfältigsten und schillerndsten Farben vor.

Jacques war solcher Illusionen schon vor Jahren beraubt worden, als er während eines viermonatigen Aufenthalts auf amerikanischem Boden nach den überall beschriebenen unbegrenzten Möglichkeiten geforscht hatte.

Wie oft musste er schon Fernandos Bildbände und sonstige Bücher von Tellerwäschern und Millionären mit ihm ansehen und lesen.

»Aber Träume darf man nicht einfach so zerstören«, dachte

er sich dabei immer wieder.

So bewunderte er schließlich die Beharrlichkeit des 22-jährigen Kellners, der wie kein anderer bemüht war, neben seinen Muttersprachen Französisch und Spanisch vehement Englisch zu lernen, um damit alle Wege für seine amerikanische Zukunft zu ebnen.

»Der Verkehr hier in Paris ist lausig, jeder fährt da und dort und wenn man einen Parkplatz braucht, dann stellt man sein Auto einfach auch mal am Rande einer Kreuzung ab.«

Das nervte Jacques schon seit jeher, aber so sehr er sich auch darüber aufregte, dass die Leute immer nur sich selbst sehen und ständig auf den eigenen Vorteil bedacht sind, wusste er, dass er zumindest im Straßenverkehr mit dem traurig leisen Hupen seines Rollers keine Aufmerksamkeit erhaschen konnte, wenn ihm ein großer Mercedes wieder einmal die Vorfahrt genommen hatte.

An der Seine angekommen, trennten sich die Wege der beiden und so winkten sie sich gegenseitig zu und nahmen einzeln den beschwerlichen Parkour zu ihrem Ziel auf.

»Warten, warten, warten«, das war das ständige Motto im Straßenverkehr dieser Stadt. Doch diesem Schicksal konnte man, wollte man in Paris arbeiten, nicht entrinnen. Als Alternative böte sich die Metro an, aber anstatt in den überfüllten Katakomben der Stadt auf eine Beförderungsmöglichkeit zu warten, zog es Jacques vor, bei Tageslicht zwischen den Massen zu stehen und geduldig zu bleiben, auch wenn der Blick auf seine Taschenuhr ihn allmählich nervös werden ließ.

In der Rue St. Antoine stieg er von seiner schwarzen Vespa, ließ das dicke Kettenschloss einrasten und verschwand in seinem Lieblingsfotoladen.

Madame Lilas grüßte erfreut, als sie Jacques sah, und erkundigte sich alsbald, was er denn heute von ihr brauchte. Neben Batterien und Filmmaterial hielt sie ihn ständig über die neuesten Produkte bezüglich Kameras und diversem Zubehör auf dem Laufenden.

»Ich habe gerade frischen Tee aufgesetzt«, lud sie Jacques ein, ein wenig bei ihr zu verweilen, doch er lehnte freundlich, aber entschlossen ab, da er sich nun wirklich zum Versammlungsort begeben musste.

»Ich bringe die Filme später vorbei, vielleicht können sie mir eine Tasse warmhalten«, lächelte er und nach diesen Worten eilte er hinaus und schickte sogleich eine dicke Rußwolke aus dem Auspuff seines Rollers. Er stürzte sich erneut in den Verkehrsstrom hinein, der ihn zehn Minuten später wieder an der Rue de Bretagne ausspuckte.

II

Das gestresst, laisse faire Hupen der Pariser Verkehrsteilnehmer war er natürlich schon längst gewohnt; nicht selten drückte auch er für chaotische Fußgänger oder uneinsichtige Maseratifahrer in vollen Zügen seinen Hupenknopf. Aber ein derartiges Hupkonzert ließ auch Jacques seine Augen verengen und seine Stirn in dicke Falten zusammenziehen.

»Noch 50 Meter«, klagte er laut unter seinem Helm heraus und versuchte, sich an dem Verkehrsstau vorbeizuschlängeln. Langsam, aber sicher dämmerte es ihm, dass er wohl schon mitten ins Geschehen eingetaucht war und die Beteiligten der Kundgebung mit einer Straßensperre das Gehör der Stadtverwaltung auf sich lenken wollten.

Jacques fuhr seinen Roller geschickt durch die unsortierte Menge vor ihm stehender Fahrzeuge; nicht weit ab vom Trubel ließ er sein Vehikel stehen und machte sich zu Fuß auf zum Zentrum des Tumults.

Langsam wurde das Hupen unregelmäßiger und leiser; nur das noch entfernte Summen von immer eindringlicher werdenden Sirenen erfüllte nun beträchtlich die Umgebung.

Da Jacques nicht gerade der Größte an Gestalt war, obwohl er in seiner Familie fast noch als Riese durchging, musste er sich auf den Zehenspitzen gehend durch einen Pulk von Fahrzeugen durchschieben, der letztlich durch zwei rostige Absperrgitter vom eigentlichen Kundgebungsort abgetrennt war.

Er zog seine Kamera aus der Tasche, setzte die neuen Batterien ein und begann, den bereits eingelegten und teilbelichteten Film mit seinen ersten Eindrücken zu versehen. Dabei hob er die Kamera mit seinem linken, gestreckten Arm in die Höhe, denn so erhoffte er gute Artikelfotos zu bekommen. Wenn er in seinem Vorankommen von menschlichen Barrieren gestoppt wurde, griff er in seinen Brustausschnitt und hob ernst und eindringlich seinen Akkreditierungsausweis in die Menge, die ihm schließlich darauf das Weitergehen gewährte.

Als er sich zu Hause seinen blauen Wollpulli über sein Lieblingshemd gezogen hatte, durchzischte ihn noch der Gedanke von einer trägen 20-Mann-Show, die er zu erwarten habe. Dass er diesmal einen Auftrag an Land gezogen hätte, der richtig Rummel beherbergen kann, war ihm erst jetzt bewusst, als er die wütenden Frauen und Männer um sich sah, die sich ihres morgendlichen Berufswegs beraubt sahen.

»Wenn die in ihrem Büro auch so viel Energie aufbringen, wie sie es hier zeigen, dann dürfte in Paris keine einzige Firma mehr Konkurs anmelden«, kam es Jacques in den Sinn, während er mit aufgeblasenen Backen staunend die Menge observierte.

Mittlerweile war die Polizei eingetroffen und damit beschäftigt, den Verkehr möglichst reibungslos um die Rue de Bretagne umzuleiten. Die raunenden Menschen wurden aufgefordert, ihren Weg fortzusetzen.

Nach zahlreichen entsetzten Blicken auf uhrenbesetzte Handgelenke durchzog den einen oder anderen Passanten ein kurzer Schrecken, sodass diese schnellstmöglich den Weg zur Arbeitsstelle aufnahmen.

Jacques konnte noch rasch einige knappe Meinungen der Herumstehenden einfangen, die allerdings auch nicht wirklich wussten, weswegen die Straßensperre aufgestellt worden war.

»So, nun wird es interessant«, dachte sich Jacques, als langsam aber sicher nur noch eine Gruppe von etwa 60 Kindern, Frauen und Männern auf der Straße übrig geblieben war und auf der Rue fast verloren wirkten, obwohl sie große Tafeln und Banner in grell roten Farben bei sich hatten mit den Aufdrucken: „Schützt unsere Häuser und Baudenkmäler", „Lasst uns nicht zusammenfallen", „Tut doch endlich etwas", was Jacques schließlich als Aufforderung betrachtete, Fotos von der mit Klingeln bewaffneten, aufgepeitschten Menge zu schießen.

Ein paar Schulkindern, die mit ahnungslosen und unwissenden Gesichtern am Straßenrand standen, konnte Jacques nur ein ebensolches Achselzucken zurückschicken, was auf die Kinder anscheinend sehr belustigend wirkte und Jacques schließlich zu weiteren Mienenspielchen anstiftete.

Durch einen Lautsprecher drangen die Forderungen der Denkmalsfreunde in den hellen, leicht weißlich verhangenen Morgenhimmel hinein und wurden stenografisch auf Jacques' Notizblock mitnotiert.

Mittlerweile war der Verkehrsstrom geschickt durch die Arbeit der Wachleute umgeleitet und die beiden Gitter, die vorher den Verkehr zum Halten gezwungen hatten, von einem Polizeimotorrad ersetzt worden.

Jacques' Blick blieb gerade an einer ihm gegenüberliegenden Hausfassade haften, die in einem sehr desolaten Zustand kaum noch etwas von ihrem einstigen Reiz ausstrahlte.

Während er noch damit beschäftigt war, die größeren waagrechten Risse zu zählen, wurde sein Unterbewusstsein schon von dem Quietschen der Reifen und einem aufheulenden Motor aufgeschreckt.

In den nächsten Momenten fühlte er sich, als er das Geschehen später Revue passieren ließ, wie in einer Slow-Motion-Einstellung im Kino.

Seine Reflexe veranlassten ihn mit gewaltigen Sätzen die schützende Hausmauer in seinem Rücken zu suchen und sich mit beiden Händen daran festzuklammern.

In diesem Moment fiel bereits das große, mit seitlichen Koffern ausgestattete Polizeimotorrad krachend zu Boden, als ein schäbiger, alter und verwaschen rot lackierter Kleintransporter die schreiende Menge zu zerteilen begann. Jacques sah in die entsetzten Gesichter und die weit aufgerissenen Münder der Demonstranten.

Es war wie ein Schock, der Jacques dazu zwang, mit hilflosen Blicken der Situation teilhaftig und doch gelähmt machtlos zu sein.

Die Schilder und Transparente fielen zu Boden und blieben herrenlos auf der Straße zurück, um letztlich überfahren zu werden.

Ein wilder Aufprall erschütterte den bizarren Moment und unter dem leisen Aufschrei einer jungen Schülerin wurde diese schon über die Motorhaube des Wagens gehoben, von der Windschutzscheibe aufgefangen, um nunmehr klaglos rechts neben den davonbrausenden Lieferwagen auf den harten, grauen Asphalt zu fallen, der sie unbarmherzig empfing und sie reglos daliegend umschloss.

Jacques ließ seine Kamera und seine Notizen zurück und stürmte zu dem Mädchen. Er kniete sich neben sie und versuchte zu erfühlen, ob sie denn noch atmete.

»Einen Arzt – schnell, beeilt euch!«, rief er in die verzweifelt ratlos blickende und herumstehende Menge, die wohl noch nicht begriffen hatte, was da gerade wirklich geschehen war. Er versuchte, am Hals des Schulmädchens den Puls zu fühlen, aber da er in solchen Sachen kein gutes Händchen hatte, konnte er keinen wahrnehmen.

»Liegt es an mir oder atmet sie wirklich nicht mehr?«, schoss es ihm verzweifelt durch den Kopf, ehe er behutsam, aber energisch von einer Frau beiseitegeschoben wurde.

»Sie hat Puls!«, sagte die sympathische Stimme neben ihm.

So ließ die Spannung in Jacques' Körper ein wenig nach und er sackte auf seine Knie, um Gott dafür zu danken, dass es nur seine Unfähigkeit gewesen war und das Mädchen noch lebte.

Die Sirene eines Sanitätswagens war nun ganz laut zu vernehmen und bahnte sich einen Weg durch die hergeeilte Menge an Passanten.

»Vorsicht, wir können nicht ausschließen, dass sie innere Verletzungen hat«, empfing die blondhaarige Ärztin die beiden Sanitäter. Das Mädchen wurde fachgerecht versorgt und unter den gaffenden Blicken der neugierigen, aber auch schockierten Menschenmenge auf eine Bahre gelegt, um schnellstmöglich ins Krankenhaus gebracht zu werden.

»Wo bringt ihr sie hin?«, rief Jacques den mittlerweile zwei Ärzten und drei Sanitätern hinterher, bevor sie die Türe des Krankenwagens zuschoben.

Seine Schultern spürten daraufhin das sanfte, warme Umklammern kleiner, aber kräftiger Hände und eine ruhige Stimme erklärte ihm:

»Sie bringen sie in die Zentralklinik, seien Sie unbesorgt. Sind Sie mit dem Mädchen verwandt?«, fragte die fürsorgliche Ärztin.

»Nein, nein, ich, äh, ich bin nur wegen der Demonstration hier, also, nein, ich muss darüber einen Artikel schreiben«, stammelte der noch sichtlich mitgenommene Jacques als Antwort.

Das Polizeiaufgebot wurde größer, doch der Lieferwagen schien aus dem Nichts gekommen und ebenso wieder darin abgetaucht zu sein.

Niemand hatte genaue Angaben über den alten Transporter zu machen, weder welches Kennzeichen er hatte, wenn er denn überhaupt eines hatte, noch in welche Richtung er weitergefahren war.

Wahrscheinlich ließen die Polizisten, die an ihre Einsatzwagen zurückgekehrt waren, gerade eine Fahndung ausrufen.

Jacques wurde unterdessen von der Frau, die ungefähr sein Alter haben musste, zu seiner Tasche und seinen zurückgelassenen Utensilien geführt.

Daraufhin verstaute er alles und wurde schließlich an der Hand genommen und Richtung Bercy geführt, welches sich nur einen Block weiter befand.

»Ich lass' Sie in Ihrem Zustand jetzt auf keinen Fall alleine hier zurück; Sie brauchen jetzt erst einmal eine gute Tasse Tee.«

»Wie recht sie doch hat«, dachte Jacques zunächst bei sich und sprach es dann auch laut aus.

»Ich heiße Aurelie. Wie ist Ihr Name?«

»Äh, ich bin – Jacques. Entschuldigung, ich glaube, ich habe mich furchtbar erschrocken und bin noch nicht ganz bei mir.«

»Das ist gut nachzufühlen, schließlich haben Sie alles hautnah miterlebt, das muss man erst einmal verarbeiten.«

Mittlerweile hatten die beiden das Bercy an der Straßenecke

erreicht und waren durch einen dicken, samtig dunkelroten Windfang ins Café gelangt.

Aurelie steuerte zielgerichtet einen kleinen, runden Tisch an, der links im Raum an einer großen Glasscheibe und neben einem Raumteiler stand.

Jacques konnte im Vorbeigehen einen großen, schwarzen Flügel entdecken, der in einem podiumartigen Separee untergebracht war.

Kleine, runde, aus Nussholz gefertigte Tische und Stühle, die im Sitz- und Rückenbereich mit dunkelrotem, fein durchwebtem Stoff überzogen waren, prägten die gediegene Stimmung. Die unauffällig leise Klaviermusik, die aus vermeintlich unsichtbaren Lautsprecherboxen rieselte, erzeugte eine vertrauliche Atmosphäre und das Gefühl, von der rohen Welt abgeschottet zu sein.

Das warme Licht der in silbernen Leuchtern stehenden weißen Kerzen ließ in Jacques schlagartig seine Träume emporsteigen, die ihn schon seit langem nach einem erfolgreichen Tag, an einem Ort wie hier, seinen Kaffee trinken ließen.

Er wusste augenblicklich, dass es genau jenes Café war, welches er immer in seinen Träumen und Gedanken zu verwirklichen gesucht hatte.

An der großen, dunkelhölzernen und rund gebogenen Bar, die an ihrer Außenseite mit rechteckigen Spiegeleinsätzen verziert war, ließ ein Barkeeper Milch für einen Kaffee erwärmen, die er sogleich vorsichtig, aber zügig in ein hochhalsiges Glas goss.

Jacques konnte die von ihm so ersehnte Atmosphäre nicht genug inhalieren, war er doch im nächsten Moment schon an seinem Platz angekommen, wo er Aurelie den Mantel abnahm und ihn hierauf einem Kellner reichte, der ihn mit einer leichten Verbeugung, während er seinen Kopf ein wenig rechts zur Seite neigte und gefällig die Augen schloss, zur Garderobe brachte.

»Wie geht es Ihnen mittlerweile?«

»Ja, so langsam habe ich mich wieder gefangen. Es tut mir

leid, dass ich ein wenig verstört war, aber so etwas passiert einem nicht so oft, obwohl man hier in Paris einiges miterlebt.«

»Das hätte auch viel schlimmer ausgehen können, stellen Sie sich vor, der Lieferwagen wäre mitten in die Gruppe hineingefahren und die Menschen hätten nicht rechtzeitig zur Seite springen können.«

»Da haben Sie recht, aber auch dieses Kind, das nun um sein Überleben kämpfen muss, ist schon ein Opfer zu viel.«

Es schien Jacques so, als kannte er die fremde Frau schon seit langer Zeit, so unbekümmert, wie die beiden schließlich ins Gespräch fanden, als wenn sie sich wöchentlich in diesem Café und an diesem Platz zusammenfinden würden.

»Aurelie, wenn Sie nichts dagegen haben, dann könnten wir das förmliche „Sie" gerne lassen, denn schließlich kennen wir ja auch schon unsere Vornamen.«

Aurelie hatte nichts dagegen einzuwenden und erzählte Jacques sogleich, dass sie aus Berufsgründen viel zu oft Notfallopfer nach einem Verkehrsunfall zu versorgen hatte.

»Ist das Mädchen sehr schwer verletzt?«, fragte Jacques besorgt.

»Ich konnte von weiter hinten nur erkennen, dass das Mädchen mit hoher Wucht zu Boden geschleudert wurde, deswegen können nur die Untersuchungen im Krankenhaus einen Aufschluss darüber geben, was letztlich innerlich verletzt wurde. Da ich aber einige Bekannte im Zentral-Hospital habe, werde ich mich heute noch nach dem Zustand des Mädchens erkundigen.«

Jacques sank ein wenig erleichtert auf die bequeme Stuhllehne zurück und empfing so den herannahenden Kellner, der, mit schwarzer Fliege und Weste bekleidet und mit einem weißen Tuch an seinem rechten Armgelenk, sich nach ihren Wünschen erkundigte. Da Aurelie wohl des Öfteren hier verkehrte, wusste der Kellner sofort, was sie wünschte, als sie »Wie immer« sagte und Jacques, der eigentlich die Karte von ihm in

Empfang nehmen wollte, bestellte flugs eine große Tasse Roibuschtee.

Die beiden vertieften sich darauf in ein munteres Gespräch und plauderten über das Leben, seine vielseitigen Facetten, den verschiedenen Höhe- und Tiefpunkten, aber auch von den Erwartungen, die man an ein glückliches Leben stellt, sei es für sich selbst oder für andere, über die man sich Gedanken macht.

Die Zeit an diesem Vormittag verrauschte wie im Flug mit Aurelie und so merkte Jacques erst nach einer weiteren Tasse Tee, dass er nunmehr bereits zwei Stunden im Bercy zugebracht hatte.

Es schien ihm ein wenig so, als säße er mit Paper in seinem Apartment, wenn er morgens mit ihm über Zeitungsaktuelles diskutierte oder den philosophischen Bogen spannte zu den aufregendsten Themen der Menschheit, wie er es oft titulierte.

»Ich muss ihn finden«, sagte er zu Aurelie,»ich weiß gar nicht, was mit ihm passiert ist.«

Ungewollt forderte er mit dieser Aussage Aurelies stummes Nachfragen. Da er in seiner innerlichen Planungsstruktur wohl vergessen hatte, Paper zuvor zu erwähnen, holte er es schließlich kurzerhand entschuldigend nach und begann von seiner morgendlichen Bekanntschaft zu erzählen.

»Er ist mir ein wirklich guter Freund geworden, in der Zeit … ach, ich weiß schon gar nicht mehr, wann wir uns im Flur das erste Mal begegnet sind. Er hat etwas sehr Väterliches an sich, das liegt sicher an unserem Altersunterschied, aber da ist irgendwie noch mehr.«

»Das kann ich gut nachempfinden, ich habe auch das Glück, eine Freundin zu haben, mit der mich mehr verbindet als eine reine Freundschaft. Du darfst mich jetzt nicht falsch verstehen; nein, wir kennen uns schon eine kleine Ewigkeit und haben zusammen viel erlebt und uns gegenseitig immer sehr geholfen. Ich weiß sehr gut, wie wertvoll ein solcher Freund oder eben eine Freundin ist.«

»Ich bin dankbar für solche Freunde; ich meine, viele nennen sich „dein Freund" und wenn du ihn brauchst, dann weiß er davon nichts mehr. Die wahren Freunde erkennst du, und das ist nun wirklich keine neue Kolumbustat, wenn es dir schlecht geht, aber gerade in so eine Situation muss ich auch nicht geraten, um das herauszufinden«, lächelte Jacques und schlug die Beine unter dem kleinen runden Tisch zusammen, während er sich mit der linken Hand ans Kinn fasste.

»Eine Kolumbustat, das ist ein lustiger Begriff, aber doch wohl eher negativ behaftet, oder?«

»Stimmt, du hast recht, es wäre damals alles anders verlaufen, wenn dieses Ereignis ausgeblieben oder die netten Europäer nicht so anmaßend Herr über das Fremde gespielt hätten. Woher nahmen sie eigentlich die Überzeugung, das neu entdeckte Land gehöre ihnen nach Lust und Belieben?«

»Menschen, Jacques, Menschen! Glaubst du eigentlich daran, dass sich die Menschen in ihrer langen, zivilisierten Geschichte geändert haben?«

»Das ist eine schwere Frage, aber es gibt einen deutschen Lyriker, mir fällt sein Name gerade nicht ein, jedenfalls schreibt er in einem Gedicht über die Geschichte der Menschen und beendete dieses mit dem Satz:

„Im Grunde sind sie immer noch die alten Affen."

Nun muss ich dazu sagen, dass ich schon immer schlecht in Gedichtinterpretationen war, aber die grobe Intention muss wohl lauten, dass trotz Modernisierung und Fortschritt der menschliche Kern gleichgeblieben ist.«

»Ich denke, dass man diese Frage nicht leicht beantworten kann, aber oftmals muss man zu dieser Erkenntnis gelangen. Früher wäre jemand vielleicht mit einer Keule durch eine stehende Menge gerannt und heute bedient man sich der modernen Technik und fährt mit einem Auto durch eine Menge, was den ungemeinen Vorteil hat, dass man sofort davonrasen kann.«

Jacques war bewundernd von seiner charmanten Begleitung

angetan und genoss die Momente der Vertrautheit während ihrer Unterhaltung, schließlich wusste er, als er zufällig mit seinen Blicken durch das Café jonglierte und seine Augen auf den Zeigern einer großen, runden, antik wirkenden Uhr haften blieben, dass er seit geraumer Zeit schon in der Agentur sein sollte.

So bat er Aurelie höflich und unter seinem ausdrücklichen Bedauern, die Rechnung übernehmen zu dürfen, da er sich für das liebevolle Annehmen um ihn revanchieren wollte.

Nachdem die Rechnung beglichen war, folgte er Aurelie in Richtung Ausgang, schaute sich noch einmal im Caféraum um, als Aurelie ihren Mantel von dem Kellner empfing und unter grüßenden Worten hineinschlüpfte.

An der Straßenkreuzung sollten sich daraufhin ihre Wege trennen und Jacques versuchte unter Adrenalin ausschüttenden Gedankenfahrten Aurelie nach einem Wiedersehen zu fragen. Er wusste, dass er darin nicht der Geschickteste war, doch im gleichen Moment boxte ihn Aurelie an seine linke Schulter und fragte, wie sie Jacques bezüglich des Gesundheitszustands des Mädchens erreichen könnte.

Unverzüglich und innerlich lächelnd kramte er in seiner Tasche nach einem Kugelschreiber und einem Stück Papier, auf das er seine Telefonnummer schrieb und es darauf Aurelie mit einem erleichterten, frohen Blick gab. Daraufhin reichten sie sich ihre Hände und Jacques eilte zu seinem Roller, um den Weg zu seiner Redaktion anzutreten.

»Ich weiß gar nicht, wo sie eigentlich arbeitet«, dachte er bei sich, während er seinen Helm überstreifte und mit Wucht den Fußanlasser betätigte. Nach dem dritten Mal begann der Motor schließlich zu schnauben und nach Benzin zu lechzen. Mit einer dunklen Rauchwolke tauchte Jacques im Wirrwarr des Pariser Straßenverkehrs unter.

Kurz darauf surrte die Glocke in Madame Lilas Laden. Die Luft roch nach frischen Fixier- und Lösungsmitteln und einer feinen Nuance aus verschiedenen Kräutern und Blüten, die zusammen die typische Stimmung des kleinen Fotoladens ausmachten.

Schon fassten zwei alte und adrige Hände von hinten an den zur Mitte zugezogenen dunkelblauen Vorhang, der den Laden von ihrem Labor trennte, und schoben ihn in quirliger, fast jugendlicher Weise zur Seite.

Mit der Brille, die halb auf ihrer Nase saß, musterte Madame Lilas den Besucher ihres Ladens.

»Hallo Jacques, das hat nun doch länger gedauert, als du es dir gedacht hast, hast du mal wieder eine Bekanntschaft geschlossen?«

»Wie kommen Sie darauf, Madame Lilas?«

»Das verrät mir das Schmunzeln auf deinen Lippen, aber das ist noch nicht alles, irgendwas sagt mir in deinem Gesicht, dass etwas passiert ist.«

»Manchmal sind Sie mir wirklich unheimlich, Madame. Aber ich kann Ihnen nichts vormachen«, begann Jacques fortzufahren, während er den einen Film, den er schließlich nicht einmal voll hatte belichten können, übergab und seiner Bekannten ins Labor folgte.

Er erzählte ihr bei seiner vierten Tasse Tee an diesem Tag, was sich in den letzten vergangenen Stunden alles zugetragen hatte und wie schnell aus Schock ein wundervoller Vormittag in jenem Café wurde.

Madame Lilas war eine Frau mit sehr viel Menschenkenntnis, die sie sich in ihrem Leben aus zahlreichen Begegnungen mit Leuten aus fast allen Teilen der Erde angeeignet hatte.

Bevor sie den Laden in den frühen Neunzigern übernahm, war sie als Künstlerin und Fotografin in die entlegensten Gegenden der Welt gereist, um Reisebücher und Bildbände zu illustrieren oder auch herauszugeben.

Jacques besuchte Madame Lilas immer, wenn er Filmmaterial benötigte oder etwas zu entwickeln hatte, und ließ sich gern von ihr mit einer heißen Tasse Tee oder Selbstgebackenem verwöhnen.

Auch wenn er sich selbst immer als sehr schüchtern und zurückhaltend sah, wirkte er auf Madame Lilas wie eine sehr gefestigte Person, die durch ihre offenherzige Wesensart viele Menschen beeindrucken musste. Sie hatte ein gutes Gespür entwickelt, in seine Gedanken zu schauen und ihn darauf aufmerksam zu machen.

»Jacques, du bist ein Held!«

»Ach nein, das war nur eine Art Reflex, dass ich zu dem Mädchen gerannt bin, aber wirklich helfen konnte ich ja auch nicht.«

»Oh doch!«, entgegnete Madame Lilas ihm energisch. »Du hast dich sofort um sie angenommen, das hattest nur du vor allen anderen Zuschauern im ersten Moment gemacht.«

»Ja, ich hätte etwas Vernünftiges lernen sollen, dann könnte ich in solchen Fällen oder überhaupt etwas Sinnvolles leisten, anstatt Artikel über Demonstrationen, Gedenkfeiern oder Wochenmärkte zu schreiben, die nach zwei Tagen wieder eingestampft werden.«

»Jacques«, entgegnete ihm Madame Lilas, »sei nicht so streng mit dir und deinem Leben. Du lebst dein Leben und wenn du es auch nicht merkst, lass dir sagen, dass du durchaus Wichtiges für viele Menschen um dich leistest, auch wenn du kein Arzt bist und Leben rettest.«

Madame Lilas sprach ihm oft in einer Weise zu, die Jacques glücklich werden ließ und dank der er seine Gedanken wieder an neuen Maßstäben zu orientieren wusste.

»Du weißt, dein Leben ist keine beschlossene Sache; du hast einen Beruf, du bist jung und du hast Kraft, dein Leben glücklich zu gestalten.«

Mit diesen Worten übergab sie Jacques seine Abzüge, kassierte das Geld, das er ihr reichte, wünschte ihm viel Erfolg mit dem Artikel und gab zu verstehen, dass sie sich freuen würde, ihn bald wieder zu sehen.

Jacques reichte ihr zum Abschied die Hand, dankte ihr und

verschwand mit einem Glockenton aus dem ruhigen Laden, hinaus in den munteren Trubel eines mittlerweile sonnenbeflügelten Tages.

III

Es dauerte ungefähr 25 Minuten, bis er seinen Helm wieder abstreifen konnte und das Peron-Gebäude, in dem seine Arbeitsstelle untergebracht war, durch die hohen, gläsernen Portale betrat.

»Guten Morgen, Sebastien, wie geht's deiner kleinen Tochter?«, erkundigte sich Jacques beim Vorübergehen an der großen Rezeption im Foyer.

»Sie schläft mittlerweile die ganze Nacht durch, na ja, sagen wir fünf Stunden.«

»Das merkt man dir an!«, und schon war Jacques in dem hellen mit zwei Glasseiten versehenen Aufzug gestiegen. Eigentlich mochte er das Aufzugfahren, schließlich war er noch nie in einem stecken geblieben.

Obwohl nach seinen Filmkenntnissen jede nur erdenkliche Situation in einem Fahrstuhl darauf ausgelegt ist, dass dieser seinen Dienst verweigert und deswegen halsbrecherische Kletterpartien auf dem Plan stehen oder die schon lang gehegten gegenseitigen Zuneigungen der eingeschlossenen Partner hemmungslos ausgelebt werden, befand sich Jacques nach einer kurzen Musterung seiner Fahrstuhlbegleiter eindeutig in keiner solchen Situation, sodass er sich keine Sorgen machen musste, den Fahrstuhlschacht hinauf zu klettern oder gar einem seiner drei männlichen Gefährten seine Liebe zu gestehen.

Früher wollte er auch immer mit Anzug, Krawatte und Aktentasche ins Büro gehen, aber nachdem er schon die eine oder andere Krawatte in seinem Leben binden hatte müssen, um auf einer Party oder Gesellschaft eingelassen zu werden, fühlte er mit den drei „Young Urban Professionals" im Businesslook, wie sehr der enge Hemdkragen an deren Adamsäpfeln reiben musste. Oder war es doch nur unterschwelliger Neid? Die Etagenglocke ertönte und ersparte ihm deshalb die Antwort.

Das Agenturgeschoss war hell und außerordentlich lichtdurchflutet. Das Peron-Haus hatte schon einige Jahrzehnte auf dem Buckel, aber die Stadt und einige einflussreiche Geldgeber hatten dem schmucken Palast ein rundherum neues Gesicht gegeben.

Die alten Gewölbedecken hielten schwere Lichtkegel, die an Kronleuchter erinnerten, und mächtige Säulen kamen hier und da zum Vorschein, wenn sie nicht ein Büro oder einen Gang abtrennen mussten.

Die Agentur war ein einziges Großraumbüro, in dem Jacques' Stall mitten im Gewühle war. Sein Chef wartete bereits auf ihn und überfiel ihn mit lauten und durchdringenden Worten. Er legte den Arm um Jacques Schulter und begann seine Begrüßung zu Jacques' Verwunderung mit frohen, netten Worten, obwohl er schon um Stunden früher hätte erscheinen sollen.

»Wie war die Demo?«

»Ja, klein und …«

»Schon recht, also erzähl, wie ist das mit dem Verrückten passiert, hast du Bilder gemacht, zeig her«, überfiel ihn George Assas.

»Also, die Bilder habe ich gemacht, aber nicht von dem Unfall. Ich glaube, wir müssen uns ein neues Thema suchen, da die Demonstration in dem Sinn kaum stattgefunden hat.«

»Träumst du, Jacques, warst du dabei oder ich?«, fuhr ihn Assas an.

»Wir bekommen die Story für die nächsten beiden Wochen herein und du sagst, die Demo habe nicht stattgefunden. Also setzt' dich hin und schreib', was vorgefallen ist, zeig' die Gefühle und den Schrecken in den Gliedern der Menschen. Du kannst dich doch ausdrücken, bis heute Abend will ich was sehen«, befahl er vehement und während er Jacques' Bilder im Weggehen musterte, meinte er abschließend:

»Die Bilder kriegen wir schon woanders her, mach' dir keine Sorgen, da basteln wir uns was zurecht.«

Jacques stand im Flur wie ein Schuljunge, dem das Pausenbrot vom Rektor geklaut worden war und kratzte sich noch unstimmig an der Stirn, bevor er es wagte, dem davoneilenden Assas nachzugehen.

»George, ich bin kein Sensationsreporter. Wissen Sie, wie fruchtbar das alles war? Ich war da mitten drin; ein Mädchen liegt im Krankenhaus ...«

»Du weißt, wo sie liegt?«

»Ja, im Zentral-Hospital«, entgegnete Jacques.

»Na, was machst du dann noch hier, fahr' los und quetsch' die Leute aus!«

Jacques wusste nicht, was er seinem Chef entgegnen sollte; deshalb sagte er aus Reflex:

»Das geht nicht, sie liegt auf der Intensivstation und niemand bekommt dorthin Zutritt.«

»Hmm«, grübelte Assas, »nicht so schlimm, das reicht auch so.«

Jacques ging langsam in Richtung seiner Box um den Zwiespalt im Sitzen aufarbeiten zu können. Er hatte noch nie einen Auftrag zu einer Story, wie sie in der Yellow Press tagtäglich zu lesen sind, erhalten. Auch war seine Agentur nicht auf diesen Journalismus aus gewesen. Aber alles ändert sich und wer gewinnen möchte, der muss neue Wege gehen.

»Oh, was mach ich nur? Ich kann das Mädchen nicht verkaufen und Tausenden erzählen, was sie alles verpasst haben an „Real Action".«

Er saß in seinem Stall und haderte so eine Viertelstunde mit sich selbst und wurde von einem Kollegen aus seinem Gedankenwirrwarr in die Realität zurückgeholt.

»Ich kriege die Bilder, du kannst also aus vollen Rohren feuern.«

Was so viel hieß, dass Jacques der Geschichte den nötigen Pfiff geben sollte.

Jacques konnte nicht anders als zu schreiben. Was hatte er für eine Chance? Er wusste, dass er damit seine Prinzipien über

Bord werfen würde und nicht viel besser war als Paparazzi, die sich rein aus profitlichen Gründen auf die Lauer legen, um berühmte Leute ihrer Privatsphäre zu berauben.

»Ich bin ein Idiot!«, murmelte er vor sich hin und begann in seinen Computer zu tippen, wohl wissend, dass er den Job brauchte um seine Miete zu bezahlen und um überhaupt leben zu können.

Wie schwer war es in einer Großstadt wie Paris von heute auf morgen einen neuen Job zu kriegen?

*

Während er nun schweren Herzens begann, sich, wie er meinte, selbst zu verraten, streifte sich Professor Casper seine Operationshandschuhe ab, warf sie in einen runden, silberfarbenen Mülleimer, ließ mit dem Fuß die Klappe auf den oberen Eimerrand zurückschnallen und wusch sich tief durchatmend die Hände.

»Das war nicht einfach, ich bin mir nicht sicher, ob das reichen wird«, sagte er zu seinen beiden Assistenzärzten und schob die buschigen, schwarzgrau melierten Augenbrauen nach oben.

Santos, der Jüngste des Dreigespanns im Waschraum, munterte seinen Chef auf, indem er ihm zusprach und ihm zudem uneingeschränkte Professionalität im Umgang mit der heiklen Situation des Mädchens bescheinigte.

»Eine solche Schädelfraktur führt ansonsten zu neunzigprozentiger Wahrscheinlichkeit zum Tod, wir hatten nur Glück, das ist alles«, erwiderte Casper und setze seine gereinigte, feindrahtige Brille auf die lange, dünne Nase.

Er bat seine Kollegen noch zu einer Nachbesprechung in sein Zimmer, damit sie die nachfolgenden Behandlungseinheiten für die junge Patientin festlegen konnten.

Leider war das zierliche Mädchen mit den langen, festen,

hellbraunen Haaren zu dem Zeitpunkt noch nicht identifiziert worden, sodass die Ärzte nur von dem „Mädchen" sprachen, wenn sie über sie redeten.

Aber dass sollte sich so bald wie möglich durch den lokalen Radio- und Fernsehdienst ändern.

»Meinen Sie, sie wird bleibende Schäden davontragen?«, fragte Renier, der zweite Assistent als schon eher rhetorische Floskel und wurde trotzdem mit einer Antwort belohnt.

»Wissen Sie, das liegt nicht mehr in meiner Hand, ich habe getan, was ich konnte, aber ich weiß nicht, welche Gehirnteile unzureichend versorgt wurden, bevor die Kollegen vor Ort waren. Ich hasse das nach all den Jahren, in denen ich versuche, Menschen das Leben zu retten. Ich habe schon viel als Unfallchirurg erlebt und gesehen, aber wenn mir Menschen oder gar Kinder unter meiner Hand sterben, bin ich der Verzweiflung nahe.«

»Wir werden sie beobachten und falls sich ihr Zustand verändert, können wir sofort eingreifen«, sagte Santos bei einem ausgiebigen Blick auf seine Gucci-Armbanduhr.

»Sie entschuldigen mich bitte, ich habe eine Verabredung in der Kantine«, und schon war er aus dem Chefarztzimmer geeilt und streckte seinen Piepser mit der rechten Hand empor, bevor die Tür die Sicht auf ihn verschloss und er im allgemeinen Krankenhaustrubel untergetaucht war.

Im Laufe des Nachmittags konnte man dem Mädchen endlich seinen Namen zuordnen. Der Vater von Denise war von einer Radionachricht aufgeschreckt worden und nachdem er zuhause angerufen und das Kindermädchen ihm aufgeregt geantwortet hatte, dass sie seit geraumer Zeit auf Denise warte, war ihm alles klar und er machte sich auf dem schnellsten Weg in die Klinik.

Dass Herr Portal bei seiner rasanten Fahrt einen jungen Fahrradkurier von seinem Fortbewegungsmittel holte, ließ ihn nur noch zappelnder und aufgeregter werden.

Zum Glück konnte er noch einigermaßen die Geschwindigkeit an seinem Mercedes verringern, sodass der junge Mann mit seiner roten Rückentasche, schwarzen, enganliegenden Hosen und einer beigen Jacke sich noch auf der Motorhaube durch eine geschickte Rolle vorwärts retten konnte und schließlich sogar auf beiden Beinen neben dem dunklen Wagen zum Stehen kam.

Portal entschuldigte sich nachdrücklich und oft wiederholend bei dem jungen Kurier, der wohl objektiv betrachtet durch eine korrekte Fahrweise seinerseits den Unfall durchaus hätte vermeiden können.

Das Fahrrad sah nicht mehr wie ein Fortbewegungsmittel an sich aus, sondern eher wie ein dreckiger Haufen aus Aluminium, einem runden, hinteren Laufrad und ansonsten ineinander geschobener Kleinteile.

»Ich komme wegen Ihnen jetzt zu spät zu meinem Auftrag, die warten auf die Sendung, was soll ich nun machen?«

Portal versuchte den Jungen zu beschwichtigen, indem er ihm erst einmal Geld unter die Nase hob und ihm schließlich anbot, den kompletten Schaden an seinem Fahrrad und sogar seinen Verdienstausfall zu übernehmen. Daraufhin willigte der Junge ein, ließ das Fahrrad an einem Gebüsch am Fußweg liegen und machte sich auf, ein Taxi zu erwischen.

Portal hingegen setzte sich wieder in seinen Wagen, losch das Warnblicklicht und mogelte sich in den Lindwurm der Pariser Straßenzüge.

Aurelie stieg am späteren Nachmittag, so wie sie es dem jungen, verwirrten, aber doch sehr interessanten Fotografen versprochen hatte, in einen der gerade angekommenen Aufzüge, um in die Chirurgiestation zu fahren. Sie drückte den entsprechenden kleinen roten Knopf und kurz darauf schlossen sich von links und rechts kommend die beiden Türflügel.

Nichts ahnend und in Gedanken vertieft, lehnte Aurelie neben der Türe, als plötzlich eine große, behaarte Männerhand wie aus dem Nichts kam und versuchte, die Türe zu durchbrechen.

Innerlich aufgeschreckt, zeigte Aurelie aber nach außen

vollkommene Ruhe, da sie vor langer Zeit gelernt hatte, ihre Reaktionen unter Kontrolle zu bringen, zum Schutz vor anderen, aber auch für sie selbst.

»Entschuldigung, aber ich muss ganz schnell nach oben«, brach eine dunkle Stimme das schweigende Echo des Fahrstuhls und klang auch augenblicklich wieder ab.

Zwei grüne Augen musterten aus etwas tief liegenden Augenhöhlen die junge Frau, die im stumpfen Winkel zu ihm an der Wand lehnte; beginnend bei den schwarzen, kurzhackigen Pumps über die mit einer halb blickdichten Strumpfhose verschleierten, grazilen Frauenbeine, über den halblangen, grau aufgerauten Wollrock, dem dazu passenden taillierten Blazer, bis hin zu Aurelies Gesicht, die in diesem Moment bemerkte, dass sie Opfer männlicher Gafferei war, und dem noch schwer atmenden Portal kräftig in die Augen blickte.

Dieser erwiderte den unmissverständlichen und ruhigen Blick mit einem leichten Lächeln, indem seine Mundwinkel links und rechts kleine Grübchen in die Wangen schoben.

»Meine Tochter ist heute eingeliefert worden«, schoss es ihm aus peinlicher Berührung, da sein „unauffälliges" Mustern irgendwie doch aufgeflogen war, schlagartig heraus, um seine Blicke zu entschuldigen oder seine Gleichgültigkeit zu beteuern.

»Das tut mir leid!«, sagte Aurelie, obwohl sie mit diesem Kerl überhaupt kein Wort wechseln wollte.

»Wie geht es ihr jetzt?«

»Ich weiß leider noch gar nichts, deswegen bin ich auch so in Eile, ich hoffe, dass es nicht so schlimm ist.«

»Ich bin auch wegen eines Mädchens hier, das heute in einen Unfall verwickelt war, da sich ein Bekannter um sie sorgt«, schickte Aurelie als Letztes in den Raum, bevor die Türen sich öffneten und mindestens fünf Personen zeigten, die sich vor dem Fahrstuhl aufbäumten, um schließlich darin einen guten Platz zu finden.

»Können Sie bitte, können Sie uns bitte zuerst herauslassen?«, fragte Aurelies zarte Stimme mit einer gewissen Schärfe. Sie konnte es nicht begreifen, warum Menschen so veranlagt sind, immer als erste in der Straßenbahn, im Aufzug, an der Kasse oder wo auch immer sein zu müssen.

Wenn sie sich nun einen Spiegel vorgehalten hätte, dann wäre ihr wohl aufgefallen, welch genervten Gesichtsausdruck sie in diesem Moment mit sich herumgetragen hatte.

»Wahrscheinlich sind die Menschen immer noch von ihrer langen Geschichte her in der Weise festgelegt, sodass sie nicht einmal etwas dafürkönnen. Jagen und sammeln, schauen, dass man auch wirklich etwas findet, damit man sich selbst und die Familie ernähren kann; einfaches, nacktes Überleben und eine Urangst, die sich bis in die heutige Zeit geschleppt hat.

Angst, ein wahres Phänomen, die so viele Ursachen hat und in den unterschiedlichsten Facetten auftritt, dass man unzählig viele Bücher darüberschreiben könnte.«

Manchmal musste Aurelie – wenn Sie kurz darauf wieder voll geistesgegenwärtig die momentane Situation überreißen konnte – über solche kurzen, philosophischen Gedankenblitze lächeln und sich fragen, was ihr nun schon wieder durch den Kopf geschossen war.

Während sie den Gaffer, der sich eigentlich als doch eher sympathisch entpuppt hatte, beim Vorübergehen aus ihren Augenwinkeln noch einmal betrachtete, konnte sie bereits Professor Casper am hinteren Flur ausmachen und beschleunigte ihre Schritte.

Sie wollte ihn nicht gleich wieder aus den Augen verlieren, bevor er in einer Sitzung verschwand oder sonstige Verpflichtungen einging.

Mit lauten Rufen konnte Aurelie seine Aufmerksamkeit erhaschen, sodass er mit nach hinten gelehntem Rücken und halb nach links gedrehtem Hals um die Ecke zu ihr schaute.

»Aurelie, das ist ja schön, dass Sie mich einmal wieder besuchen, wie geht es Ihnen?«

»Danke, Herr Professor, ich bin zufrieden. Ich kann mich über meine Stelle in der Gemeinschaftspraxis wirklich nicht beschweren.«

»Ich hätte Sie ja gerne bei mir behalten, aber leider hatten Sie ja andere Pläne.«

So plauderten sie einige Minuten über die vergangene Zeit, die Casper mit Aurelie während eines ihrer Praxisaufenthalte verband.

Da Casper aus ankonditionierter Erlerntheit zwischendurch öfters auf seine silberne Armbanduhr schaute, wusste Aurelie, die letzten Augenblicke noch zu nutzen, um nach dem Gesundheitszustand des Mädchens zu fragen.

Darauf angesprochen, fasste sich Casper mit der linken Hand an seine Stirn und rekapitulierte Denise' Operation.

»Ich kann Ihnen im Moment noch nicht sagen, ob sie es schafft, sie liegt auf Beobachtung. Wir haben alles für sie getan, alles Weitere werden wir in den nächsten 24 Stunden erfahren. Wieso wissen Sie von dem Mädchen, Aurelie?«

Aurelie erzählte Casper den Tathergang, den sie selbst gar nicht real miterlebt hatte, sondern erst Augenzeugin wurde, als die Menschenmenge wie durch Moses' Stab geteilt wurde und den Körper des jungen Mädchens auf dem Asphalt liegend frei gab.

Bevor Aurelie weiter berichten konnte, hallte ein gewaltiger Signalton durch die Gänge und eine klare, unüberhörbare, weibliche Stimme zwang Professor Caspar unverzüglich in die Notaufnahme zu kommen.

Die beiden verabschiedeten sich hierauf kurz und freundlich und Caspar ließ die nachdenklich wirkende junge Ärztin im Flur zurück, die sich auf den Heimweg machte, um die Dinge zu erledigen, die sie sich für ihren freien Tag eigentlich vorgenommen hatte.

Sie war kein festgefahrener Mensch, der alles planen musste. Sie liebte Abwechslung und Spontaneität, weshalb sie wahrscheinlich auch den aufregenden Beruf der Ärztin gewählt hatte.

Dass sie ihre Erledigungen nun anders aufteilen musste, machte ihr nichts aus. Vielmehr hatte sie dieser Tag wieder um einige Erfahrungen reicher gemacht, auch wenn es Erfahrungen waren, die sie auch hätte missen können.

»Wenn sie stirbt, dann war das Mord, ein knallharter Mord, vielleicht sogar geplant und durchdacht? Nein, nicht bei einem so jungen Mädchen«, grübelte Aurelie und verließ das Gelände der Klinik.

*

Jacques hingegen fühlte sich wie Judas, nur, dass er sich selbst verraten hatte und nicht seinen Meister oder eben seinen Chef Assas. Was nun schlimmer war, wollte er selbst gar nicht wissen; fest stand nur, dass er sich definitiv nicht umbringen wollte, musste er doch beweisen, dass er kein einfacher Klatschreporter war, der damit reich würde. Letzteres würde er sowieso nicht, da sein Gehalt etliche Einkommensklassen vom Reichtum entfernt war.

Neben seiner Box huschte ein junger Kerl vorbei, der offensichtlich etwas Wichtiges in seiner roten Tasche mit sich trug.

Es dauerte auch nicht sehr lange, dass Assas bei ihm auftauchte und voller Begeisterung ein paar Bilder über einen Unfall auf seinen Schreibtisch goss.

»Ja, Chef, was soll ich damit machen, wieder etwas dazu erfinden?«, entgleiste Jacques verbal und verstummte hinterher ganz andächtig, um seinem Chef das Wort zu erteilen.

»Ich habe ein paar gute Fotos bekommen, die deinem Bericht noch die entsprechende Würze verpassen. Deine Bilder sind zwar gut, aber diesmal ein wenig zu schülerzeitungsmäßig. Wenn du fertig bist, maile mir den Artikel. Dann hast du Feierabend.«

Was sollte man also in einer solchen Situation tun? Sich vielleicht doch das Leben nehmen? Nein, das war noch immer der falsche Weg; das einzige, was Jacques retten konnte, war der Gedanke an seinen freien Abend, den er fern ab von Assas und dessen Trivialagentur verbringen konnte.

Nachdem er sein primäres Ziel endlich vor Augen hatte, verließ er das Büro mit dem Fahrstuhl und unterhielt sich im Erdgeschoss noch kurz mit Sebastien, den er seit je her nur gut gelaunt kannte.

Sebastien hatte bereits das Alter der Midlife Crises und entsprechenden altersbedingten Depressionen wegen Haarausfall, Falten und anderer solcher Dinge überwunden und war im stolzen Alter von 54 Jahren noch Vater einer kleinen Tochter geworden.

»Du bist sicher ein guter Vater, Sebastien, da bin ich mir ganz sicher«, pflegte Jacques ihm zu sagen, wenn er von der Kleinen erzählte und wie sehr sie nun sein Leben bereicherte.

»Jacques, du glaubst nicht, was mir vorhin so ein junger Kurierfahrer erzählt hat. Er sei von einem Auto angefahren worden, hätte sich aber geistesgegenwärtig auf der Motorhaube abrollen können. Da er nun die Adresse des Autofahrers hätte, wolle er ihn für den Schaden an seinem Fahrrad und ihn selbst finanziell ausbluten lassen. Da weiß man doch gar nicht, was man darauf erwidern kann, oder?«

Jacques wurde hellhörig und begann Parallelen zwischen diesem und dem Unfall mit dem Mädchen zu ziehen.

»Er könnte den Kurier auf der Flucht erwischt haben, nicht, weil er es geplant hatte, sondern weil er schnell vor der Polizei fliehen musste; das kann sein – ach nein, dann hätte er wohl nicht seine Adresse hergegeben – aber die kann auch gefälscht sein. Nein, ich sollte nicht Kriminologe spielen, das können andere besser …«, jagte es ihm durch seinen Schädel.

»Ach, Sebastien, die Leute sind doch nur aufs Geld aus.«

Doch im selben Moment fühlte er sich selbst damit angeklagt, da er sich oft, zu oft nach genügend Geld sehnte, um seine

Vorhaben und Projekte, aber auch seine Träume zu verwirklichen.

»Aber du weißt auch, dass du ohne Geld keine Miete, keine Lebensmittel oder Sonstiges bezahlen kannst. Es ist vielmehr die Frage, wie ich an das Geld herankomme, ob mit ehrlicher Arbeit oder betrügerischer List.«

»Du hast recht, Sebastien, du hast recht; ich wünsch' dir einen schönen Feierabend.«

Das schickte Jacques als letztes Grußwort zurück, da er sich wenigstens an der ehrlichen Art und Weise erfreute, wie er rechtens an sein Geld kam, obwohl ihm der Aspekt „ehrliche Arbeit" seit heute einige Bedenken bereitete; schließlich aber führte er sich vor Augen, dass es … ach, wie schön war es für ihn, die Freiheit der Straße wieder zu fühlen, sodass er seiner Gedankenwelt flugs entfloh und in Richtung Wohnung fuhr.

IV

Auf dem Heimweg hielt er an einem kleinen Supermarkt, um sich für die nächsten Tage mit Lebensmitteln einzudecken.

Neben Zitronen brauchte er noch etwas Gemüse, ein wenig Obst, Nudeln, Mineralwasser und was er sonst noch auf seinem imaginären Einkaufszettel stehen hatte; er klapperte nämlich gedanklich seinen Kühlschrank Fach für Fach ab und wusste so, wie er schließlich die leeren Stellen wieder mit entsprechendem Inhalt auffüllen konnte. Er schob den alten Einkaufswagen durch die Regalreihen und ließ sich für sein Abendessen inspirieren.

Jacques liebte die kleinen, selbstständig geführten Läden, in denen man die Besitzer noch selbst kannte und vor allem, wo einen auch die Besitzer kannten und es nicht scheuten, ein paar Augenblicke bei einem kurzen Gespräch über Alltägliches bis hin zu Tagespolitischem zu verharren.

Dort herrschte nicht jener hektische Trubel und der Raum wurde nicht ständig erfüllt von dem monotonen und nervtötenden Piepsen, das ertönt, wenn die Kassiererinnen an den 25 Kassen der verschiedenen Großmärkte die Waren über die Ablesegeräte ziehen.

Jacques war zwar keiner, der auf Antiquitäten, alte Zeiten oder Oldtimer stand, aber vieles Moderne erschreckte ihn und ließ ihn doch manchmal zurückdenken, wie manches in seiner Jugend war und sich bestimmt nicht zum Vorteil entwickelt hatte.

Er mochte es, die Tomaten, die er sich ausgesucht hatte, selbst einzutüten, sie auf die Waage zu stellen und sie mit dem herausgeschossenen Etikett und ihrem Preis zu versehen.

»Viele Leute haben dafür heute keine Zeit mehr; ich frage mich, für was sie denn überhaupt noch Zeit haben?«, grübelte Jacques vor sich hin.

»Sie haben Zeit, um zu arbeiten, Freunde zu haben, gar Familien zu gründen, Kinder zu erziehen, aber wirklich Zeit haben sie dafür auch nicht.«

Für Jacques kristallisierte sich heraus, dass die Leute entweder unzufrieden mit dem waren, was sie machten, oder sich für die Vielfalt der Dinge in ihrem Leben nicht die Zeit nahmen oder nehmen konnten, die dafür nötig gewesen wäre, und deshalb in diesen Bereichen anstatt glücklich nur noch unglücklicher wurden.

Manchmal wäre er gern ein Weltverbesserer gewesen, aber nicht irgendein Spinner, der von allen Seiten belächelt wird, sondern ein angesehener Berater, auf den man gerne zukommt und der den Menschen unter anderem verrät, wie sie das Zeitsterben in ihrem Leben besiegen konnten.

»Tja, wenn das nur so einfach wäre und man auch das Privileg hätte, der Herr über seine Zeit zu sein«, dachte sich Jacques, bevor er sich mit dem älteren Kassierer an der Kasse über das Wetter zu unterhalten begann.

Aus dem Laden gekommen, verstaute er seine Sachen unter dem Fahrersitz und beobachtete eine an Jahren reiche Dame mit wolligem Mantel, die mit einem fast ebenso alten Herren an der Straßenkreuzung wartete, bis die Fußgängerampel es ihnen erlauben sollte loszugehen.

Nachdem die Warterei für den unruhigen Herrn wohl zu viel von dessen Zeit beanspruchte, schickte er sich an, unter dem entsetzten Kopfschütteln der echauffierten Dame über die Straße zu eilen, obwohl es nicht einmal mehr als zehn Sekunden gedauert hätte, bis er vorschriftsmäßig die Straßenseite hätte wechseln können.

Nachdem Jacques dies beobachtet hatte, griff er sich an sein Genick, kratzte sich am Haaransatz und dachte sich, ob es wirklich wert war, sich über so etwas aufzuregen? Er sollte die Frau ein Stück ihres Weges begleiten, um zu sehen, wie sie sich ansonsten benahm; schon aus journalistischer Perspektive und Neugierde interessierte es ihn, weshalb man sich über solche

Dinge aufregte, und noch viel mehr, ob sich solche Personen immer so penibel genau an die Vorschriften und Gesetze hielten, die ihren Alltag umzäunten.

Er ahnte, dass diese Art Recherche vielleicht nicht mehr in das Konzept des neuen Assas passen würde, den er heute kennen lernen durfte; der alte hingegen wäre sicher begeisterter gewesen.

»Ach, das Geld!«, seufzte Jacques, denn nachdem die Agentur die Expansion der Auflage in Angriff genommen hatte, wurde ein – jedenfalls für Jacques – undurchsichtiger, neuer Strukturplan entworfen und durchgesetzt.

Auf jeden Fall beschloss er, nun doch lieber nach Hause zu fahren, die Frau ihren Weg alleine fortsetzen zu lassen und sich lieber ein wenig von den Strapazen des Arbeitstages zu erholen. Und eventuell würde er den eben aufgekommenen Gedanken hegen, bis er eines Tages vielleicht doch Früchte tragen würde.

*

In Zentrumsnähe der Stadt rauschte aus einer geräumigen Vier-Zimmer-Wohnung das leichte Brummen des Dunstabzugs aus dem geöffneten Küchenfenster in Richtung Westen. Aurelie und Celine, eine ihrer beiden Mitbewohnerinnen, kochten zusammen Pasta für einen italienischen Abend, um den zurückliegenden Urlaub von Vivian und deren kürzliche Ankunft zu feiern.

Die beiden Hobbyköchinnen hatten sich vor Jahren in der Universität auf einem Gang gefunden und nachdem sie bis zu dem Zeitpunkt niemanden kannten, bildeten sie seit ihrer Begegnung ein festes Team.

Man konnte fast meinen, die beiden seien verwandt, wenn sie mit einem fröhlichen Lachen auf den Lippen gemeinsam in ihre Lieblingsboutiquen schlenderten und sich gegenseitig die neuesten Modetrends vorführten.

Freunde sind das Wichtigste im Leben, aber wirklich gute findet man nicht oft. Das war vor allem Aurelie bewusst, die deswegen mit der Zeit eine kleinere, aber wirklich treue Freundesschar um sich gesammelt hatte.

Celine und sie hatten sich damals nicht nur aus Zufall in den mit Studenten bevölkerten Gängen kennen gelernt, vielmehr wurden sie im Vorübergehen gegenseitig aufeinander neugierig, blieben stehen, schauten sich in die Augen und bemerkten sofort, dass sie etwas miteinander verband.

Oft schon hatten sie sich von diesem Moment erzählt und ausgesponnen, wie sie sich an der medizinischen Fakultät zurechtgefunden hätten, wenn sie sich nicht begegnet wären.

»Aua, jetzt hab' ich mich an der Sauce verbrannt!«, sagte Celine mit schmerzverzerrtem Gesicht.

»Das kommt daher, dass du es nie abwarten kannst, bis sie ein wenig abgekühlt ist!«, ermahnte Aurelie sie und reichte ihrer Freundin ein Glas Wasser, von dem Celine hektisch nippte und ihre Zunge im kühlen Nass badete.

»Wie war dein Tag heute?«, fragte Celine.

»Es tat, beziehungsweise, es tut immer noch gut, einen freien Tag zu haben, der allerdings immer anders verläuft, als man ihn sich vorgestellt hat.«

»Was ist passiert?«

»Ach, irgend so ein Verrückter ist heute Vormittag mit seinem Auto in eine Gruppe Menschen gerast und hat ein Mädchen lebensgefährlich am Kopf verletzt. Das ist schon hart und Casper meinte, dass sie noch lange nicht über den Berg ist.«

»Du hast Casper besucht? Wie geht's ihm?«

»Ja, ich denke, er ist der Gleiche wie früher, aber irgendwie kam er mir sehr nervös vor, das kannte ich vorher nicht von ihm. Vielleicht zerrt die Arbeit so an seinen Nerven.«

»Das habe ich mir auch schon immer gedacht. Aber das ist ja wirklich schrecklich! Hat man den oder die schon ausfindig machen können, der da Amok gefahren ist?«

»Ich glaube nicht; andererseits habe ich auch kein Radio seit heute Morgen gehört.«

»Du warst also wieder einmal der rettende Engel, was?«

»Ach was, du hättest doch das Gleiche an meiner Stelle getan. Außerdem habe ich heute … Oje, ich muss ihn ja noch anrufen.«

»Wen musst du anrufen?«, fragte Celine sehr nachdrücklich und formte ihre roten Lippen zu einem wahren Smiley-Gesicht.

»Jacques, er hatte versucht, am Unfallort Erste Hilfe zu leisten und war mit der ganzen Situation nicht zurechtgekommen. Nachdem der Rettungswagen schließlich wegfuhr, habe ich ihn einfach gepackt und ins Bercy geschleppt, damit er sich ein wenig von seinem Schock erholt.«

»Und, wie ist er?«

»Nett, echt nett.«

»Danke für die detaillierte Beschreibung, jetzt kann ich ihn mir bildhaft vorstellen!«

Daraufhin klopfte Aurelie mit ihrem Holzkochlöffel, mit dem sie die Nudeln im Wasser umrührte, etwas kräftig auf Celines Schulter, wohingegen Celine sich mit einem Küchenhandtuch verteidigte und versuchte, ihrer Freundin den Kochlöffel abzuringen, bis beide schließlich lachend auseinandergingen und Aurelie begann, Jacques etwas näher zu beschreiben.

»… ich kenne ihn ja gar nicht, wahrscheinlich hat er eine Frau und zwei kleine süße Kinder am Stadtrand von Paris.«

So schloss Aurelie die Beschreibung des neuen Bekannten, gestand sich und Celine aber ein, dass ihr sein Rettungsversuch sehr imponiert hatte, da Jacques völlig uneigennützig dem Mädchen zur Hilfe gekommen war.

»Celine, das hätten nicht viele gemacht und im Grunde tat das heute auch nur er von all denen, die auf der Straße oder den Gehwegen standen und zuschauten. Da hat er es wirklich verdient, dass ich ihn anrufe und ihm erzähle, wie es dem Mädchen geht.«

»Ja, du hast recht; ich frage mich nur, wann Vivian endlich

kommt, ich hab' so Hunger; können wir uns nicht schon mal über den Salat hermachen?«

Kaum hatte sie das ausgesprochen, drehte sich ein Schlüssel im Schloss der Eingangstüre und schon flog diese im hohen Bogen auf, bis sie von einem kleinen, am Parkettboden angebrachten Türstopper aufgehalten wurde.

»Hallo, tut mir leid, aber ich hab' mich wieder einmal verquatscht. Eigentlich wollte ich mir nur eine neue Armbanduhr kaufen und plötzlich steht ein uralter Freund neben mir, der mich dann prompt auf 'nen Espresso eingeladen hat. Da wär's schließlich unhöflich gewesen, ihn abblitzen zu lassen, oder?«

»Ja, ja natürlich«, hauchten ihre beiden Mitbewohnerinnen im Chor und hießen sie, endlich an dem großen, rechteckigen Esstisch aus gebeiztem Nussholz Platz zu nehmen.

Ihren Parka ließ Vivian an der Garderobe in dem kleinen Durchgang zurück, bevor sie ihre Sneaker neben dem Telefontischchen abstreifte und sich ein Glas Martini von Aurelie geben ließ.

Die jungen Frauen hatten, wie sie es selbst fanden, bei vielen Dingen einen ähnlichen Geschmack und oft deckungsgleiche Vorstellungen von Möbeln und anderen Einrichtungsaccessoires; nur bei Männern hatten alle drei gänzlich unterschiedliche Vorstellungen, welche sie bei langen, abendlichen Diskussionen mit Rotwein und bei Kerzenlicht ausführten und einander darlegten.

Auch wenn die einzelnen Vorlieben von den anderen Mitbewohnerinnen nicht erwidert werden konnten, stellten sie immer wieder getrost fest, dass sie sich deshalb nie wegen eines Mannes in die Haare bekommen würden.

Die WG der jungen Akademikerinnen zeichnete sich durch eine gepflegte Atmosphäre aus, die durch die Gemütlichkeit der Möbel, die ausgesuchten Bilder an den Wänden und die unterschiedlichsten Gerüche von Kräutern, Blumen und Duftlämpchen von Heimeligkeit geprägt war.

»Vivian, auf dich und deine gesunde Heimkehr aus dem

schönen Italien!«, begann Aurelie, ihre Mitbewohnerin wieder herzlich willkommen zu heißen.

Nachdem die Drei miteinander angestoßen hatten, nahmen sie an dem großen Esstisch Platz und begannen ihr mit Kerzenschein untermaltes Dinner.

Draußen legte sich ein grauer Schleier auf den müde werdenden Abendverkehr, der sich sowohl mit dem Quietschen von anfahrenden und bremsenden Autos, als auch dem Rauschen und Grollen aus der Summe jeglicher Geräusche in die Nacht verabschiedete, als wollte er sich schlafen legen.

Nicht nur das Lachen und die wohlwollenden Gespräche der drei Freundinnen raubten dem Abend seine Ruhe, sondern auch die Vielzahl der Worte und Sätze, die aus den umliegenden Wohnungen drangen, versetzten seinen Beobachter in die Stimmung, den an diesem Tag angestauten Stress zu vergessen und sich einzureihen in ein friedliches Gemurmel.

*

Jacques hatte an diesem Abend an dieser Stimmung leider nicht teilhaben können, da er damit beschäftigt gewesen war, seinen schweißgeplagten Körper zu reinigen und sich ein zügiges, aber gesundes Abendessen zu zaubern.

»Oh, was ziehe ich denn an?«, fragte er sich selbst, nachdem er gesehen hatte, dass er seine Lieblingsklamotten schon so oft getragen hatte, dass er sie schon längst in die Waschmaschine hätte geben müssen.

Aber die Zeit war heute zu knapp, als dass er noch einen Sprung in den Waschsalon hätte machen können.

»Tja, das werde ich dann aber wirklich morgen in Angriff nehmen, schließlich habe ich noch einiges zu lesen.«

War es doch der Waschsalon, der es Jacques regelmäßig erlaubte, sich durch diverse Zeitungs- und Illustriertenartikel zu kämpfen und sich Gedanken zu machen, welche Story er für seinen Boss stricken könnte.

Er wusch die Salatblätter, schnitt eine Tomate zurecht und mischte sich ein Dressing aus Senf, Ketchup, Öl, Balsamessig, Sauerrahm und etlichen Gewürzen an.

Auf seinem Sofa sitzend, genoss er die Zeit, die er sich für sein Abendessen genommen hatte und reflektierte seinen erlebnisreichen Tag.

Als seine Gedanken Aurelie erreichten, fuhr sein Blick sofort zu seinem Telefon, das leider bis jetzt noch nicht geklingelt hatte und ihn mit dieser warmen Stimme verband, die ihm am Vormittag das Zittern nahm.

Nichtsdestotrotz musste er sich langsam aber sicher auf die Beine machen, da er heute mit Linda verabredet war; leider ging ihr Aufenthalt in Paris in den kommenden Tagen zu Ende, was Jacques traurig stimmte.

Nicht nur, dass er sein Englisch mit ihr hatte auffrischen können, sondern dass er jemanden gefunden hatte, der ihn verstand und ihn auch um seinen Rat bat, was er in seiner Familie nur selten erfahren durfte.

Mit einem letzten Blick auf sein Telefon zog er sich seine dunkelbraunen Halbschuhe an und verließ hierauf die Wohnung, um Linda nicht warten zu lassen.

Er entschied sich zu Fuß zu gehen, schließlich hatte er noch zwanzig Minuten Zeit, und in der Abendkälte auf seinem Roller zu frieren, hatte er schlicht und einfach keine Lust.

Einige Autos und Motorräder fuhren in den einzelnen grünen Wellen, wenn es so etwas überhaupt gab, an ihm vorbei und erregten kaum seine Aufmerksamkeit.

Nur ein seltsames Rumpeln, ein ganz spezielles Motorengeräusch, ließ Jacques aufhorchen, ein wenig stutzen und sich schließlich zu dem herannahenden Fahrzeug umdrehen.

Und sofort lief ihm ein eiskalter Schauer über den ganzen Körper und übersäte ihn mit dicker Gänsehaut. Er dachte, seinen Augen nicht trauen zu können und er hätte nur ein Déjà-vu,

50

aber rasch begriff er die Realität der Situation.

Er setzte sich in Bewegung und rannte, er konnte allerdings zunächst nichts sehen, was er schon einmal gesehen hatte.

»Da vorne ist …«, schrie sich Jacques selbst zu, um sich anzuspornen, den Wagen zu erwischen.

Die Beleuchtung des Nummernschildes war defekt, was ihn natürlich wie in einer Kriminalgeschichte anmutete, doch so konnte er keine weiteren Fakten und Hinweise sammeln.

»Jetzt muss er gleich stehen bleiben, dann hab' ich dich!«, keuchte er hinaus, doch bevor er sich noch überlegen konnte, was er als Nächstes tun sollte, wenn er den Wagen erreicht hätte, bog der alte, rote Lieferwagen in eine Seitengasse, riss mit hohen Drehzahlen den Motor auf und brauste unaufhaltbar für Jacques auf und davon in die dunkle Nacht.

Der sichtbare Mantel aus Ruß und Abgasen verschleierte die Sicht auf dieses Schreckgespenst.

Da Jacques noch sehr tief Luft holen musste, inhalierte er den Motorenmief in seine Lungen, die sich durch lautes Husten davon zu befreien suchten.

Mit den Händen auf die Knie gestützt, haderte Jacques mit sich selbst und machte sich Vorwürfe, dass er den Typen – oder wer auch immer am Steuer dieses Unheilwagens saß – verfolgen oder gar erwischen hätte können, wenn er nur mit dem Roller aufgebrochen wäre.

Er ärgerte sich, aber was brachte dies nun?

»Eigentlich nicht«, dachte sich Jacques und mit dem linken Fuß einen groben Kieselstein auf die Straße tretend, machte er sich auf den Weg in den Irish Pub zu Linda.

»War es nun Schicksal, dass ich extra nicht den Roller genommen hatte? Sollte es nun einfach so sein?«

Solche Gedanken waren ihm nicht fremd, schließlich wollte er schon öfters die Frage nach solchen schicksalhaften Begegnungen beantworten, die einen entweder verzweifeln ließen oder Anlass zum Jubeln gaben, wobei man bei letzteren derartige Gedanken weniger zu Rate zog, da sie mehr mit Euphorie zu tun hatten.

Dies war aber eine Begebenheit, die er sich einfach nicht erschließen und bei der ihm auch sonst niemand eine Antwort geben konnte.

Er hätte den Lieferwagen mit seinem Roller verfolgen und den Insassen – so zumindest glaubte er – dingfest machen können.

Doch was Jacques auch klar war: Er hätte eventuell nichts ausrichten können gegen einen knallharten Kriminellen, dessen Aggressionen er nicht im Geringsten gewachsen gewesen wäre und der ihn vielleicht verletzt oder gar getötet hätte.

Er reihte Fragen wie diese aneinander und drängte sich selbst zu einer Lösung, aber er konnte, wie schon seinerzeit in der Schule im Mathematikunterricht, wenn er vor der Klasse an der Tafel vorrechnen musste, keine darauf finden.

In solchen Momenten erinnerte er sich dann an einen bestimmten Schulgottesdienst, den er als Junge besucht hatte.

Die Predigt des Pfarrers war ihm so nachhaltig im Gedächtnis geblieben, als hätte er sie erst gestern gehört. Obwohl dies sicher nicht auf viele Predigten zutraf, da die meisten wohl bis zu Gottesdienstschluss schon wieder durch andere Gedanken verdrängt wurden und bis zum Mittagessen schon wieder aus dem Gedächtnis entschwunden waren.

Jedenfalls handelte die Geschichte, die er damals gehört hatte, von einem Jungen und seinem Vater, die von einigen Schicksalsschlägen getroffen und die deswegen von ihren Nachbarn stets bedauert wurden.

Was allerdings niemand außer dem alten Mann gedacht hätte, trat zu einem erheblich späteren Zeitpunkt ein.

Die Reihe von Unglücksfällen entpuppte sich zum Ende der Erzählung als ein wahrer Segen, der die beiden vor lebensbedrohlichen Ereignissen schützte und sie glücklich zusammenleben ließ.

Die Geschichte hatte er seit damals schon oft weitergegeben und sie war ihm ein treuer Begleiter in vielen undurchsichtigen

Momenten geworden.

Sie lehrte, dass man Situationen nicht nach ihren momentanen Wirkungen beurteilen, sondern Geduld bewahren sollte, bis man mit der Zeit die größeren Zusammenhänge ausfindig machen konnte.

Somit subsummierte er den eben erlebten Vorfall und seinen Ausgang unter der Kategorie der Kurzsichtigkeit, die unter dem menschlichen Geschlecht seiner Meinung nach viel zu stark ausgeprägt war und einer helfenden Behandlung bedurfte.

Ob es nun die Ironie des Schicksals war, die in diesem gedankenbeladenen Moment Jacques in die Gegenwart holte, wusste er auch nicht.

Jedenfalls übersah er im Vorübergehen die Reste einer weggeworfenen Banane, in die er mit dem rechten Fuß bei zügigem Tempo hineinstapfte, kam ins Rutschen, verlor sein Gleichgewicht und fand sich auf seinem Hintern auf dem nächtlichen Asphalt wieder.

Seine erste Reaktion danach war wohl die, die instinktiv jeder gehabt hätte. Er drehte seinen Kopf schnell nach links, dann nach rechts und ebenso nach vorne und hinten, ob ihn denn jemand bei seinem Missgeschick beobachtet hatte.

Und in der Tat, er wurde gesehen, als er rücklings zu Boden krachte. Ein grüner Peugeot 205 hupte im Vorüberfahren und die lachenden und quasselnden Gesichter, die aus herunter gekurbelten Fenstern schauten, zeigten vier junge Kerle, die in der nächsten Disko noch darüber lachen würden.

»Na bravo, aber ist ja auch egal«, versuchte Jacques seine peinliche Einlage herunterzuspielen.

»Schließlich passiert so etwas jedem einmal, aber, wenn man in der Dusche umfällt, weil man das Gleichgewicht verloren hat, ist das irgendwie besser, obwohl es vielleicht schmerzhafter ist ...«

Jedenfalls machte er sich mit einem Blick auf die Uhr an seinem Handy eilend wieder auf den Weg, um Linda nicht noch länger warten zu lassen.

*

Mittlerweile war es ziemlich kalt geworden und der gefrorene Atem des Nachtwanderers klopfte gegen eine dunkle Türe.

Jacques riss sie hastig auf und schlagartig überfiel ihn die laute Musik, die nun munter nach draußen strömte.

Er schaute sich kurz um, konnte Linda aber schnell ausfindig machen; sie hatte schon auf der schwarzen Ledercouch am hinteren Ende der Kneipe Platz genommen und schmökerte in der Speisekarte.

Als sie ihn sah, legte sie freudig die Karte beiseite und umarmte ihn fest zur Begrüßung.

»Wie geht's dir, Linda?«, fragte Jacques und lächelte sie an.

»Ach ja, mir geht's echt gut – wieder – aber ich muss bald schon nach Hause. Mittlerweile habe ich mich hier so gut eingelebt, dass ich es noch bis mindestens Weihnachten ausgehalten hätte.«

»Ja, das wäre schön gewesen, dann hätten wir zusammen feiern können«, antwortete Jacques und schob seine Planung für das nächste Weihnachtsfest erst einmal noch weit von sich weg.

Die beiden entwickelten rasch ein lebhaftes Gespräch und wurden unsanft von einem laut nachfragenden Kellner unterbrochen, der ihre Getränkebestellung aufnahm.

Es lag viel Zigarettenqualm in der Luft, den zwei an der dunklen Kassettendecke montierte dreigliedrige Propeller stetig durchwühlten, aber trotzdem keine Frischluft versprachen.

Auf den dunklen Tischen standen in schwarz lackierten Kerzenständern unterschiedlich abgebrannte, funkelnde Kerzen.

Die Wände wurden von den typischen alten Emailschildern, die alte Motive von Autos, Biergläsern und Fässern oder Golfszenen zeigten, geschmückt.

An der Bar mixte der dazugehörige Keeper gerade wie aus einem Anleitungsbuch kräftig aus den Handgelenken einen leckeren „Plunters Punch" und füllte ihn in ein bauchiges Cocktailglas, das er am Rand mit einem Stück Ananas und einer kandierten, knallroten Kirsche garnierte.

Das Gemurmel und Lachen der Gäste erfüllte den Raum und versprach Leben und Sicherheit, die Linda seit einiger Zeit hier in Paris immer wieder suchte, um sich wohl fühlen zu können. In Jacques' Nähe fühlte sie sich sowieso seit ihrer ersten Begegnung, als er ihr als Retter zu Hilfe gekommen war, sicher.

Die beiden kannten sich mittlerweile schon einige Wochen und Linda hatte seither oft überlegt, ob sie so etwas wie Liebe für ihn empfinden würde; wenn sie jedoch tiefer in sich blickte, merkte sie, dass er ihr nur als Freund ans Herz gewachsen war und sie sich nach wie vor danach sehnte, ihren Partner in Boston wieder in die Arme zu nehmen und ihn zu lieben.

Doch bei diesem Gedanken hielt sie inne und hoffte, dass sie die Minuten, in denen der schäbige, abscheuliche Kerl versucht hatte, ihr die Jeans aufzureißen, auch wieder vergessen könnte.

Sie hatte den Vorfall weder ihren Eltern noch ihrem Freund erzählt, wusste sie doch genau, dass sie sich solche Sorgen machen würden, wenn sie Derartiges erführen.

Wahrscheinlich hätte sie sogar den Studienaufenthalt unverzüglich abgebrochen, hätte sie nicht Jacques getroffen.

Sie hatte seit jener Nacht täglich geweint, aber sie wusste, dass es nötig war, um die Situation zu verarbeiten und sich somit frischen Lebensmut zu holen.

Jacques hatte ihr die Nummer einer Psychologin besorgt, die er selbst schon einmal interviewt hatte, doch Linda war eine Frau, die sich solche Hilfe nicht holen wollte, da sie der Meinung war, das brauche es nicht.

Die Zwei unterhielten sich ausgiebig über Lindas Studienaufenthalt und zogen darüber Resümees.

Unweigerlich stießen sie auf das Thema Vergewaltigung und Linda kämpfte mit den Tränen, die ihr Dank Jacques' gutem Zuspruch in den dunklen Wimpern hängen blieben.

»Ich weiß, es hätte alles viel schlimmer kommen können,

und ich bin dankbar, dass es nicht noch übler geendet hat, aber ich fühle mich gerade immer verfolgt und beobachtet, als wenn mich jemand packen wolle.«

Jacques nahm ihre Hand und drückte sie leicht, blickte in Lindas Augen, suchte ihren Blick und sah, dass sie noch lächeln konnte; das war im Augenblick das, was er von ihr zu sehen gehofft hatte.

Sie war eine starke Persönlichkeit geblieben, die zwar einer lebensbedrohlichen Situation hilflos ausgeliefert gewesen war, aber dennoch war sie sich gewiss, dass sie vor keinem Scherbenhaufen stand, den man nicht wieder hätte zusammenfügen können.

Das machte Jacques und natürlich Linda selbst Mut, in ein Leben zu gehen, das diese dunkle Seite überwinden konnte.

»Erfahrungen sind von unterschiedlicher Qualität, doch niemand kann sich nur die guten heraussuchen und auf die schlechten verzichten, obwohl manche Erfahrungen, die man lieber missen möchte, später einmal vielleicht doch nützlich sein können. Aber diese Erfahrung? Hm.«

Gespräche und Zusprüche dieser Art waren für Linda die beste Medizin, um ihre geistige Genesung voranzutreiben.

Sie sprachen weiter über Lindas Aufenthalt in der Stadt und was sie daheim wieder erwarten würde, wenn der Erfahrungsurlaub, wie sie es formulierte, vorüber wäre.

Schließlich fuhr sie an Halloween wieder nach Hause, um noch gerade pünktlich zu den verschiedenen Partys und Umzügen in ihrem Boston zu kommen und daran teilzunehmen.

Jacques machte sich nicht viel aus Halloween, aber er bestärkte Linda trotzdem in ihren Planungen und bot sich an, sie zum Flughafen zu bringen und ihr mit dem Gepäck zu helfen.

Damit tat er ihr einen großen Gefallen und er konnte so ein wenig auf andere Gedanken kommen und die vielen unterschiedlichen Menschen, die wegflogen oder ankamen, angucken und in ihre Gesichter blicken.

So manche Geschichten hatte Jacques schon den verschiedensten Gesichtern entnommen und sich darauf spezialisiert, in Sekundenbruchteilen eine erste Vermutung über eine Person aufzustellen, die er bei längerer Betrachtung auch zu verifizieren hoffte.

Linda und Jacques ließen sich ihr frisch gezapftes irisches Bier schmecken, bevor sie dazu übergingen, noch eine Runde Cocktails zu bestellen, da sie dort so gut wie sonst nirgends schmeckten.

Jacques genoss den gemütlichen Abend nach seinem hektischen Arbeitstag und blickte, vor allem, wenn Linda wieder einmal ihre Blase entleeren musste, zu den benachbarten Tischen.

Er wusste nicht, ob das junge Pärchen, das an dem ersten Tischchen neben dem Eingang saß und sich ständig zu der Bar hingedreht hatte, nun wirklich bezahlt hatte, bevor sich zuerst sie und zwei Minuten später ihr Freund – oder wer auch immer ihr Begleiter war – vom Acker gemacht hatten.

Nachdem der Kellner suchend nach den beiden Ausschau gehalten hatte, diese aber längst schon in der Nacht verschwunden waren, konnte er nur noch kopfschüttelnd die leeren Gläser der zwei Zechpreller auf sein braunes Plastiktablett stellen und mit seinem gelblich aufgebrauchten Lappen den Tisch für die nächsten Gäste abwischen.

Diesen Vorfall zu beobachten hätte Jacques sich sparen können, aber er beschloss für sich, sich heute Abend über nichts mehr aufzuregen und schob das Geschehene schnell aus seinem Gedächtnis.

Nachdem sie ihre Cocktails getrunken, Jacques' unglaubliches Erlebnis diskutiert und Vermutungen jeglicher Art angestellt hatten, beschlossen sie, zu bezahlen und nach Hause zu gehen, da Linda am nächsten Tag noch eine Prüfung zu absolvieren hatte.

Draußen wartete schon das bestellte Taxi auf Linda und mit einer kurzen Umarmung schlüpfte sie anmutig in den Wagen, ließ sich von Jacques die Türe schließen und winkte beim Abfahren heftig hinaus.

So wie Jacques hergekommen war, schlenderte er auch wieder nach Hause; dabei versuchte er möglichst nur seinen Weg zu beleuchten, da er von seiner Umwelt nun wirklich nichts mehr mitbekommen wollte als die kühle Nachtluft, die er in tiefen Zügen inhalierte, als zöge er an einer Gauloises.

Im Treppenhaus seines Mietshauses kramte er schon seinen Schlüsselbund heraus und sprang die wenigen Stufen zu seiner Wohnungstüre hinauf. Noch bevor er den Schlüssel in das Schloss schob, konnte er sein Telefon klingeln hören und beeilte sich, den Anrufer noch zu erwischen. Er hastete zum Telefon.

»Maleron«, schnaufte er in den Hörer und bekam diese hohe, angenehme Stimme, die sich mit »Hier ist Aurelie« meldete, wie eine Melodie zu hören.

»Es tut mir leid, dass ich mich erst jetzt melde, Jacques, aber ich habe die Zeit total vergessen«, entschuldigte sie ihr spätes Läuten bei ihm, während man bei genauerem Hinhören ein leises Lachen und Tuscheln im Hintergrund vernehmen konnte, was Jacques allerdings weniger realisierte.

»Das macht überhaupt nichts, ich freue mich, dass ich etwas von dir höre.«

»Wie geht's dir mittlerweile?«

»Danke, ich glaube, ich habe mich schon wieder von dem Schreck erholt. Aber das erlebt man ja zum Glück nicht alle Tage.«

»Ja, das stimmt, zumindest für die meisten. Ich habe mich nach dem Mädchen erkundigt, aber leider kann ich dir nichts Genaues mitteilen. Der Zustand ist nach wie vor sehr kritisch, aber die Ärzte tun, was sie können, um sie durchzubringen.«

»Das sind keine guten Neuigkeiten, aber wir können trotzdem ja noch hoffen, oder?«

»Ja, Jacques, die Hoffnung sollte man nie aufgeben!«

»Du hast recht.«

»So, ich muss wieder aufhören, aber wenn du willst, dann kann ich mich in den nächsten Tagen noch mal nach dem Mädchen erkundigen, wenn ich in der Nähe des Krankenhauses bin.«

»Das wäre nett, ich wünsch' dir noch einen schönen Abend – und danke noch mal, dass du den verstörten Typen aufgelesen hast.«

Bei diesem Dankeschön musste Aurelie lachen, versprach Jacques, sich bei ihm zu melden und wünschte ihm eine gute Nacht.

Jacques legte den Hörer auf die Gabel und machte sich gutgelaunt nachtfertig.

Seine Augen konnten nun langsam zur Ruhe kommen. Unter dem Schutz der warmen Lider trat Entspannung ein, obwohl die Augen nicht zu sehen aufhören sollten.

Es glich einem Kampf, der verloren schien, aber keinerlei Akzeptanz fand. Doch das Ringen nahm sein Ende, so wie es kommen musste. Der Kopf lag unruhig auf der linken, dann auf der rechten Seite des Kissens und sank dann schließlich fest in die Daunen.

V

Auch die nächsten zwei Tage hatte Jacques vergeblich auf Paper gewartet, der von heute auf morgen anscheinend rausgeworfen worden war oder sich etwas anderes gesucht hatte.

So wie ihn Jacques einschätzte, brauchte er irgendein Einkommen, um seine spärliche Rente aufzubessern, die ihm als Letztes noch übriggeblieben war. Seine Frau und seinen Sohn hatte er ja bei einem Autounfall schon vor etlichen Jahren verloren.

Die beiden, die Jacques allerdings nicht gekannt hatte, waren damals mit zwei Bekannten der Familie in Südfrankreich unterwegs gewesen, um an einem Wochenende zu einer Kunstausstellung nach Toulouse zu fahren. Paper, der zu dieser Zeit in einer Umweltorganisation beschäftigt gewesen war, die weitreichende Einsätze plante und die seine Zeit somit komplett verschlang, hatte bei dem Ausflug nicht dabei sein können.

Irgendwo auf der 700 Kilometer langen Strecke war ihr Wagen dann von einem LKW-Lenker von der Fahrbahn abgedrängt worden.

Das vollbesetzte Auto war ins Schleudern geraten, von der linken Leitplanke in die rechte gekracht, hatte sie darauf durchbrochen und sich einige Male überschlagen, bis es letztlich auf dem Dach liegend und rauchend zum Stillstand gekommen war.

Der viertürige Renault hatte kaum noch als ein solcher bezeichnet werden können. Die herbeigerufenen Notärzte wiederum hatten den Insassen, soweit sie nicht aus dem Wagen geschleudert worden waren, nicht mehr helfen können.

Nur Daniele, Papers Sohn, war mit dem Rettungshubschrauber ins nächstgelegene Krankenhaus gebracht, nach wenigen Stunden allerdings von den Geräten genommen worden.

Der Lastwagenfahrer war wohl übermüdet gewesen oder hatte Zeitung gelesen, doch ein psychologisches Gutachten bescheinigte dem Mann, dass er nicht voll schuldfähig sei, doch weshalb, wusste Paper auch nicht zu beantworten. Schließlich wurde dem Trucker die Fahrerlaubnis entzogen und er selbst für eine bestimmte Zeit in eine Klinik eingewiesen.

Damit war die Sache juristisch abgeschlossen und Paper ein Mann, dem man an einem Nachmittag sein Ein und Alles geraubt hatte.

Er wusste nicht, wie er wieder Boden unter den Füßen gewinnen konnte, und so ließ er sich nach Alaska zu einem Einsatz versetzen.

Dort sollte er die Bewahrung des Ökosystems im Auge behalten und wesentliche Aufzeichnungen über Flora und Fauna erledigen. Sein Team bestand mit allen, die in einer provisorischen Zeltstadt untergebracht waren und sich tagsüber in zwei bis drei Mann großen Gruppen an ihren Einsatzorten aufhielten, aus neun Frauen und vier Männern.

Nachdem er aber mit der Einsamkeit und den immer gleichen Leuten um ihn herum, die abends gemütlich zusammensaßen und ihn wegen seines Stillseins und seiner Zurückgezogenheit aufmuntern wollten, nicht zurechtkam und er auch von dieser Gruppe keinen Zuspruch ertragen konnte, brach er das Vorhaben ab und suchte sich verschiedene Jobs in Frankreich und letztlich in Paris.

Doch alles wusste Jacques auch nicht von seinem väterlichen Freund, als der er ihm ans Herz gewachsen war.

Zu schnell musste Paper täglich seinen Weg fortsetzen, um einigermaßen rechtzeitig sein Revier mit den druckfrischen Schlagzeilen zu versorgen.

In der Zeitung von heute stand immer noch nichts von der Amokfahrt; anscheinend wurde dem seitens der konservativen Presse keine Beachtung geschenkt. Vielleicht wollte sie die Vorkommnisse nicht derartig ausschlachten, wie es ein bestimmtes Magazin getan hätte.

Trotzdem konnte er es nicht verstehen, dass die Presse nicht lauthals nach dem Täter fahndete, um ihn dingfest zu machen und aus der Gesellschaft zu eliminieren.

Wie viele Täter liefen wohl allein auf Paris' Straßen und wurden so zusätzlich gedeckt und konnten ihrem Tun unaufhörlich nachgehen?

Fragen, die Jacques – wie so oft – unbeantwortet im Raum stehen ließ, um sich selbst auf andere Gedanken zu bringen. Er schaute aus Gewohnheit aus seinem frisch geputzten Fenster auf die Straße und trank seinen frisch aufgegossenen, heißen Tee.

Es war Halloweentag und für Linda war es an der Zeit, wieder nach Hause zu fahren. Deshalb hatte sich Jacques ein Auto geliehen, um sie zum Flughafen zu bringen.

Zwei Blocks weiter wohnte ein guter Freund von Jacques, den er in Deutschland kennen gelernt hatte, als er in seinem Auslandsvolontariat seine ersten journalistischen Kenntnisse hatte erwerben dürfen.

Julian war zu dieser Zeit mit seinem Rucksack und seinem Fahrrad durch die Alpenländer getrampt und war überglücklich, seinen Schulabschluss in der Tasche zu haben.

In München waren die beiden schließlich eines Abends in einer Kneipe aufeinandergetroffen und hatten festgestellt, dass sie sich in ihrer Muttersprache nicht überall hatten verständigen können und die deutsche Sprache wie ein Buch mit sieben Siegeln verschlossen vor ihnen gelegen war.

Wie auch immer, die beiden Franzosen hatten sich an der Bar niedergelassen und sich daraufhin gut kennen gelernt.

Da Julian nach seiner Tour sowieso nach Paris zum Studieren gehen wollte, wusste Jacques, dass er einen neuen Freund gewonnen hatte.

Er hätte sich bestimmt nicht mit jedem, der die gleiche Nationalität hatte wie er, sofort auf ein Bier verabredet oder gar Telefonnummern ausgetauscht.

Es war vielmehr die positive Ausstrahlung, die dieses Treffen erhellte und es Jacques einfacher gemacht hatte, in einer fremden Stadt zu verweilen, in einer großen, hektischen, unüberschaubaren Zeitungsredaktion zu stecken, Kaffee zu kochen und französische Kleinrecherchen zu übernehmen.

War es ihm doch bewusst, dass er, wie so viele andere auch, von ganz unten beginnen musste, wollte er seine Träume irgendwann einmal verwirklichen.

Julian hingegen hatte vorwiegend die Passanten in der Fußgängerzone der Münchener Innenstadt beobachtet, die sich dort quasi aus aller Welt zusammenfanden, und deren Verhalten und Eigenheiten notiert.

Da er schließlich kurz vor seinem Psychologiestudium gestanden war, hatte er sich gedacht, solche Aufzeichnungen bestimmt einmal gut gebrauchen zu können.

Ihm hatten es die Menschen an sich angetan; er hatte begreifen wollen, und da war er weiß Gott nicht der einzige auf dieser Welt, was Menschen dazu trieb, sich in einer bestimmten Weise zu verhalten, etwas zu sagen oder zu unterlassen.

Die menschliche Psyche hatte ihm versprochen ein unerschöpfliches Reservoir zu sein, aus dem man irgendwann vielleicht aus vielen kleinen Puzzleteilchen ein komplettes Bild erstellen könnte.

Da er selbst leider kein begnadeter Puzzlespieler war und sich nicht stundenlang auf diese Fragmentstückchen konzentrieren wollte, erschien ihm dieses Bild zwar fremd, aber dennoch relativ zutreffend.

Julian suchte etwas ganz Bestimmtes in seinem Leben und das erzeugte bei Jacques großen Respekt.

Er bewunderte Menschen, die ihren Lebensweg nach klaren Zielen gingen und sich nicht scheuten, ihre Ideale und Träume zu erreichen und zu verwirklichen.

Jacques selbst kannte ein solches, konkretes Ziel in seinem Leben nicht; hatte er doch schon von klein auf wissen wollen, was er später werden würde. Dass er allerdings als Journalist seinen Lohn verdienen würde, hatte er vor wenigen Jahren selbst noch nicht geahnt.

Es war sein Vater, der ihn, um es höflich zu formulieren, ab seinem Jugendalter permanent aufgefordert hatte, sich ein Ziel zu stecken, eine Ausbildung zu machen und sich aus der überfüllten Wohnung zuhause zu verabschieden.

Jacques hatte es geschafft, doch ob sein Vater deswegen auf ihn stolz war, wusste er nicht, aber er wollte es eventuell auch gar nicht wissen.

Julian war ein treuer Freund geworden, den man auch mit derartigen Sorgen konfrontieren konnte und der sich um solche schwierigen zwischenmenschlichen Angelegenheiten annahm und darüber sinnierte.

Er stammte aus einer Familie, die Jacques ansonsten nur aus Filmen kannte.

Julians Vater war ein erfolgreicher Bankier und seine Mutter bestritt als ernstzunehmende Malerin ihren eigenen Unterhalt, was sie, im Gegensatz zu Jacques' Mutter, bestimmt nicht nötig gehabt hätte.

So war es für Julians Eltern eine Kleinigkeit, wenn auch nur finanzieller Art, ihm in Paris eine Wohnung und sein Studium zu finanzieren.

Julians Wohnung wurde von großformatigen Acrylbildern geschmückt, die vornehmlich Stillleben skizzierten, die er aus seinem heimatlichen Ursprung nur zu gut kannte, weshalb er mit diesen Bildern, wie es seine Mutter formuliert hatte, ein Stück Zuhause bei sich hatte.

Die hohen Räume spiegelten die Pracht vergangener bürgerlicher Prunkzeiten wider und der Kamin, der den größten seiner drei Räume schmückte, versprach an kalten Tagen ein munteres, raschelndes Feuer, das auf seine besondere Art wärmte.

Die beiden hatten schon längst einander versprochen, in der anstehenden Adventszeit den einen oder anderen Abend mit Rotwein und Schachspielen vor dem knisternden Kaminfeuer zu verbringen.

Die Türglocke erhob sich vornehm zu einem dunklen Surren, das sich zweimal wiederholte und an dessen Ausklang Julian bereits den Türöffner für das Eingangsportal von seiner

Wohnung aus öffnete.

»Hallo Jacques, wie geht es dir, alles in Ordnung?«

»Sei mir gegrüßt, mein Herr«, witzelte Jacques bei der schon fast rituellen Begrüßung in dem großen, gediegenen Bürgerhaus.

»Das ist echt nett von dir, dass du mir dein Auto leihst, aber ich denke, ich kann Linda einen großen Gefallen tun, wenn ich sie mit all ihrem Hab und Gut zum Airport bringe.«

»Ist ja klar, ich würde mich ja auch darüber freuen. Hast du mir deinen Schlüssel auch dabei?«

»Nicht nur den, du kriegst sogar meinen Helm dazu; pass gut auf das störrische Ding auf, nicht, dass es heute keine Lust hat, anzuspringen; und falls dicke Rußwolken aus dem Auspuff kommen, mach' dir keine Sorgen und fahr einfach weiter.«

»Ich habe heute nicht so viel vor, aber eine kleine Spazierfahrt mit dicker Jacke und Wollhose wäre sicher ganz schön.«

»Ich bringe dir dein Auto mittags oder so wieder zurück.«

»Du brauchst dich nicht zu beeilen, wirklich nicht, sag' Linda einen schönen Gruß, auch wenn wir es nicht mehr geschafft haben, uns kennen zu lernen.«

»Ja, das mache ich«, entgegnete ihm Jacques, reichte ihm zum Abschied die Hand und machte sich eilends auf den Weg zur Garage, um Julians dunkelblauen Golf auf Touren zu bringen.

Linda hingegen wartete schon aufgeregt in ihrem Zimmer, als Jacques bei ihr klingelte.

Die Aufregung resultierte nicht aus der Befürchtung, dass sie zu spät am Flughafen eintreffen könnte, sie zweifelte vielmehr daran, ob sie sich daheim wieder in ihrem gewohnten Umfeld mit all ihren Freunden und ihrer Familie zurechtfinden würde, hatte sie doch in den vergangenen Wochen eine persönliche Selbstständigkeit erfahren, die sie bis dato nicht in sich selbst vermutet hätte. Diese Eigenschaft wollte sie sich auf jeden Fall für ihr zukünftiges Leben bewahren und durchsetzen.

Ob ihr das aber gelingen möge, war für sie nicht zu beantworten, hatten ihr doch alle um sie herum, vor allem ihr Freund Mike, stets alle Behördengänge, Finanzierungsfragen und vieles mehr von ihr ferngehalten.

Jacques lud das Gepäck in den Kofferraum und hielt Linda anschließend wie ein Gentleman die Beifahrertür auf und schloss sie huldvoll, nachdem sie Platz genommen hatte.

Linda war nun wirklich aufgeregt, schließlich war ein Flug über den Atlantik mit einer Dauer von einigen Stunden in engen Economy-Sitzen verbunden.

Die Fahrt zum Flughafen Charles-de-Gaulle war sehr unterhaltsam, aber der Verkehr dorthin war wie so oft die reinste Katastrophe.

Nach ungefähr 15 wild gewordenen Autolenkern, die sich in ihren Fahrzeugen anscheinend lautstark über das unkorrekte Verhalten der anderen Verkehrsteilnehmer beschwerten und ihr Adrenalin nach oben kochen ließen, hörte Jacques auf, diejenigen zu zählen, die hinter dem Lenkrad tobten und normalerweise von Derartigem bestimmt nicht aus der Ruhe gebracht gewesen wären.

Aber anscheinend ändern sich die Zeiten und Gewohnheiten, die aus der ganzen Welt auf Paris einströmen und erlangen auch dort eine bislang unbekannte Popularität.

Als sie den Flughafen erreicht hatten, wollte sich Linda sofort von Jacques verabschieden, weil sie es hasste, lange und traurige Verabschiedungen in der unruhigen Airporthalle über sich ergehen lassen zu müssen.

Sie hatte feucht benetzte Augen, als sie Jacques sagte, dass sie ihn sofort anrufen würde, sobald sie wieder sicher daheim war.

Beiden fiel der Abschied voneinander sichtlich schwer, aber sie wussten auch, dass sie sich ständig durch Internet und Telefon austauschen konnten.

Jacques war nicht nur ein Freund geworden, dem sie so viel zu verdanken hatte; er war für sie ein Beschützer, der vieles von ihr abhalten konnte. Dass sie diesen Schutz nun verlor, erfüllte ihr Herz mit Traurigkeit.

Als sie sich zum Abschied umarmten, suchte sie seinen warmen Atem und küsste Jacques sanft und mit versteckter Leidenschaft.

Jacques, der darauf nicht im Geringsten vorbereitet gewesen war, hielt inne, wollte den Moment rückgängig machen, genoss aber schließlich den bildhaften Moment, im dem die anderen Reisenden an den beiden vorübergingen und den Schmerz sahen, den eine Trennung mit sich brachte.

Danach ging alles sehr schnell: Linda wischte sich einige Tränen aus ihren Augen, zwickte mit ihrem Zeige- und Mittelfinger Jacques' rechte Wange, nahm ihr Gepäck auf und wandte sich in Richtung der Glasschiebetür zu, die sie daraufhin im Trubel des Flughafengewirrs verschlucken sollte.

Nicht nur Jacques war von Lindas Abschied überrascht, ebenso sie selbst, doch als einzige Art einer Übersprungshandlung fiel ihr nur noch das Nächstliegende ein, nämlich ihren Koffer und ihre Taschen aufzunehmen und zu gehen.

Jacques spürte den weichen Druck auf seinen Lippen und inhalierte Lindas Parfum, das er noch in feiner Konzentration in der Nase spürte, während er wie gefesselt dastand, sich in keiner Weise rührte und beschloss, ihr nicht hinterher zu rennen, da es momentan den Abschied wohl in einem Ausmaß erschwert hätte, was er sowohl sich als auch Linda nicht antun wollte.

Er wusste nicht, ob Linda nun auf ihn wartete oder schon längst durch den Zoll gegangen war, aber er entschied sich, einfach dazustehen und nichts zu tun.

Der Kuss war wunderschön gewesen, aber ein Liebeskuss war es dennoch nicht; er hatte die Angst in Lindas Augen gesehen, bevor er sie umarmt hatte.

Aber es war keine Angst vor einem Alleingelassensein oder vor einer Vergewaltigung. Es war eine tief sitzende Angst, die er sich nicht erklären konnte und die ihm in den Wochen zuvor niemals bei ihr aufgefallen war.

Es musste eine Angst vor allem sein, sowohl vor Leben und Tod als auch vor Liebe und Terror.

Die Situation überforderte Jacques und er machte sich Sorgen um diese Frau, die er als Freundin gewonnen hatte und doch erst zu spät merkte, was sie betrübte.

»Die Angst hat viele Gesichter, an denen man nicht erkennen kann, dass sie manifest existiert«, kramte Jacques in seinen Gedanken, suchte Linda in allen erdenklichen Situationen, die er mit ihr erlebt hatte, und versuchte so, ein Gesamtbild von ihr zusammenzusetzen.

Es war ihm klar, dass ihm dies nicht in wenigen Augenblicken gelingen konnte; ansonsten hätte er es gewagt, Linda in der Flughafenhalle ausfindig zu machen und … Aber da wusste er auch nicht weiter.

Was würde passieren, wenn die beiden nach dem Kuss in der Halle aufeinanderträfen?

Er drehte sich um, ließ die sich automatisch öffnende Eingangstüre hinter sich und ging zielstrebig zu Julians Auto. Er vernahm das unrhythmische Öffnen und Schließen der gläsernen Türe, das sich immer weiter aus seiner Wahrnehmung zurückzog, und wurde von einem Helikopter hochgeschreckt, der ganz in seiner Nähe über das Gelände hinwegjagte.

Nachdem er sich auf den Heimweg gemacht hatte, verkürzte er sich die Autofahrt mit Radiomusik, Verkehrsdurchsagen und Nachrichten.

Obwohl Nachrichten sein tägliches Brot waren, zappte er sie – so oft er es selbst in der Hand hatte – weg, da er deren Inhalts überdrüssig war. Natürlich lag das an seiner jeweiligen Gefühlslage, aber momentan hatte er dazu einfach keinen Nerv.

Da er aber so auf das Verkehrsgeschehen konzentriert war, konnte er nicht sofort bei Beginn der neuesten Informationen aus der Stadt den Sender wechseln und wurde blitzartig aufgeschreckt.

Ein roter Lieferwagen sei in ein Obst und Gemüsegeschäft

hineingefahren.

Nähere Einzelheiten wurden noch nicht bekannt gegeben, außer dem Ratschlag, die Rue de Girard zu meiden, da sich dort schon ein Stau gebildet hätte.

Jacques stieg aufs Gas und machte sich flugs auf dem kürzesten Weg dorthin, um hautnah mitzuerleben, ob es jener Wagen war, den er erst vor zwei Tagen hatte ziehen lassen müssen. Er war wie vernarrt, hatte nur noch das Verlangen, den Kerl zu stellen und ihm in die Augen zu schauen.

Seinen Abschied von Linda hatte er augenblicklich aus seinem Kopf verbannt; somit konnte er sich selbst nicht mehr die Frage stellen, ob er sie davor hätte abhalten sollen, in die Staaten zu fliegen.

Er stellte den Golf zwei Blocks weiter auf einen unfreien Parkplatz, nahm seine Beine unter die Arme und rannte an den sonntäglich flanierenden Pärchen und Familien vorbei, die seine Hektik entweder mit Blicken zu missbilligen wussten oder ihn anfeuerten, er möge doch alles aus sich herausholen.

Er rannte, als müsste er um sein Leben fürchten, aber eigentlich fürchtete er, dass ein weiteres unschuldiges Leben für immer ausgelöscht sein könnte.

Er sah das Blaulicht der Einsatzwagen, die den Verkehr vom Unfallort abhielten. Es war ein Szenario wie neulich, nur, dass er diesmal am Rande des Tumults und nicht direkt inmitten der Menge stand.

Als er näher an die umherstehenden Menschen heranging, konnte er deren Gemurmel wahrnehmen; die Summe aller Geräusche schien Jacques eine Anhäufung der unterschiedlichsten Fragen über den Unfallhergang zu sein und diente ihm nicht zur Klärung des wirklichen Hergangs.

Er versuchte, sich mit Fragen und sich höher streckend durch die lebende Masse zu manövrieren, was ihm allerdings kaum gelang.

Es kam ihm vor, als gäbe es dort vorne das größte sich je abspielende Spektakel, das man umsonst begaffen konnte und seinen Platz deshalb mit Ellenbogeneinsatz zu sichern hatte. Auch kein Rockstar war zu einer Autogrammstunde an dem sonnigen, aber winddurchwirkten Oktobertag zu jenem Geschäft gekommen.

Er hasste die Leute, die ihr eigenes Leben so langweilig fanden, dass sie die persönliche Tragödie anderer Menschen beglotzen mussten, um ihren Freunden oder Partnern spannende Geschichten darüber erzählen zu können.

Er wusste, was es hieß, ein Leben zu führen, das von Monotonie beherrscht wurde.

In der kleinen Kneipe direkt in Wien, in der er drei Monate gejobbt hatte, als er damals nach seinem Schulabschluss auf Reisen gegangen war, hatte er sich leibhaftig davon überzeugen können, welch traurige, sinnlos scheinende Partnerschaften existierten.

Er erinnerte sich noch gelegentlich an seine früheren Kunden, die ihre Bestellungen mit »Wie immer« aufzugeben wussten, weshalb er fast jedes Mal eifrig zu grübeln hatte, welches »Wie immer« nun dem entsprechenden Gast zugeordnet werden musste.

Die Antworten, wie »Oh, wie aufmerksam!« oder »Seit wann trinke ich schwarzen Tee?«, waren dabei die unterhaltsamsten Momente, die zwischen den Partnern im Verlauf von deren Aufenthalt anfielen.

Er konnte es nicht verstehen, dass sich Paare, die zusammen ihre Zeit nutzten, um einen Kaffee zu trinken, nichts zu sagen hatten und ihren Kopf lieber in einer Tageszeitung oder einer Illustrierten vergruben, um die peinliche Stille, die ihren Tisch umgarnte, zu kompensieren.

Jacques malte sich in ruhigen Minuten hinter seinem Tresen die jeweiligen Szenarien aus, die sich zuhause bei jenen Pärchen wohl abspielen mussten.

Dass er dabei oft lauthals hinter seinem Bierzapfhahn hervorprustete, ließ die gelangweilten Zeitgenossen an den Tischen auch nicht weiter aufgucken.

Solche Momente und Vorstellungen wollte er selbst mit Humor beenden, um letztendlich nicht rekapitulieren zu müssen, wie trist so mancher Alltag in den Wohnungen und Häusern von Wien und anderen Städten gelebt wurde.

Aber natürlich gab es auch andere Paare, die Jacques davon überzeugten, dass man mit einer Freundin oder Ehefrau bis ins hohe Alter Spaß haben und vor allem Gespräche führen konnte, die nicht von stillen, übersprunghaften Momenten überschattet waren, bis einer von beiden neuen Redestoff herangekarrt hatte.

Es kam ihm nun so vor, als stünden dort seine alten Kunden und frischten ihren Vorrat an News und Storys für zuhause in vollem Umfang auf.

Da er sich so schnell nicht an den Leuten vorbeidrängeln konnte, lief er rechts um die Menschentraube herum und huschte seitwärts zwischen Menschen, Autos und Häuserfassaden immer näher zum Tatort heran.

Obst und Gemüse lagen wahllos auf der Straße, gespickt mit Tausenden von Glassplittern. Holzkisten waren zerborsten und ein roter Lieferwagen steckte mit dem Heck in dem Verkaufsraum eines Geschäftes.

Eine Frau, die mit einer grün karierten Schürze bekleidet war, hielt sich ein weißes Tuch vor ihr Gesicht, das sie von einem Sanitäter gereicht bekommen hatte. In dem Krankenwagen wurde jemand behandelt, aber Genaueres konnte Jacques nicht erkennen.

Der abgesperrte Ort erinnerte ihn an Fernsehbilder, die man nach Anschlägen und Attentaten ausstrahlte; alles lag zerstört am Boden, die Stimmung war depressiv angespannt und die Polizei begann mit Bergungs- oder Aufräummaßnahmen.

Jacques musterte, nachdem er sich ein umfassendes Bild von der momentanen Situation gemacht hatte, den verunfallten Wagen. Das Auto war ziemlich dreckig, sodass er nicht erkennen konnte, in welchem Zustand der Lack war.

Auch sah der Wagen, der in dem Haus steckte, nicht nach einem reinen Transportfahrzeug aus. Er konnte es einfach nicht als das Auto identifizieren, welches er dort gerne als Corpus Delicti gesehen hätte.

In dem Sanitätswagen mussten wohl zwei Personen behandelt werden; da sie für die Frau darin keinen Platz mehr hatten, führten sie sie deshalb in ein anderes Rettungsfahrzeug.

Ein weiterer Mann, wahrscheinlich der Inhaber, kam aus dem Geschäft heraus, hatte ein paar Dokumente in der Hand und sah sich mit großem Bedauern das Ausmaß des Schadens an.

Er hielt aber nicht lange inne, sondern wandte gleich seinen Blick in Richtung Rettungsfahrzeug, in dem währenddessen seine Frau Platz genommen hatte und wartete, bis man sie ins Krankenhaus bringen konnte.

Die Stimmung kam nicht jener gleich, die Jacques erst kürzlich hatte spüren müssen.

Es gab in keiner Weise eine Spannung, die zu eskalieren drohte, oder eine Meute, die nach Rache sann.

Jacques analysierte den Unfallort, schaute in die Gesichter der umherstehenden Menschen und versuchte aus den Handlungen der Polizisten ein vernünftiges Fazit zu ziehen.

Noch bevor er aber eines ziehen konnte, erblickte er auf der anderen Seite, etwas weiter hinten positioniert und auf Zehenspitzen stehend, Henry, einen Kollegen aus der Agentur.

Er ahnte, aus welchem Grund er vor Ort war und weshalb er eifrig seinen Notizblock mit Worten übersäte.

Um nicht von ihm erkannt zu werden, schob er seinen Oberkörper ein wenig zurück, bückte sich und beobachtete aus geschützter Position die Blicke Henrys.

»Assas ist ein Idiot!«, murmelte Jacques leise vor sich hin und hatte allmählich in keiner Weise mehr Verständnis für seinen Arbeitgeber, der sich nicht nur selbst an die Presse verkauft hatte, sondern alle seine Mitarbeiter, ob sie damit einverstanden waren, oder nicht.

Ein Polizist sagte irgendetwas über einen Helikopter in sein Funkgerät und berichtete anscheinend von den übrigen Opfern.

Höchstwahrscheinlich war mindestens eine Person schwer verletzt und sofort per Helikopter weggebracht worden.

Augenblicklich fiel ihm der vorüberjagende Hubschrauber am Flughafen ein und es überkam ihn eine gewisse Genugtuung.

Allmählich wurde den Bergungskräften der Massenauflauf zu viel, sodass die Umherstehenden aufgefordert wurden, umgehend den Unfallort zu räumen und weiterzugehen.

Da fiel Jacques' Blick auf eine seitlich am Wagen angebrachte Werbeschrift, an die er sich bei dem vermeintlichen Fluchtwagen nicht erinnern konnte. Kurz darauf unterhielten sich zwei Anwohner darüber, wie tragisch ein solcher Herzanfall enden könne und dass sie hofften, dass der Zulieferer doch noch irgendwie gerettet werden könne.

Jacques fiel es wie Schuppen von den Augen.

»Oh Gott, wie verblendet bin ich?«, klagte er sich selbst an. Er konnte es nicht fassen, dass er jede Situation auf diesen einen Vorfall nunmehr reduzierte und keine anderen Assoziationen zuließ als den verhassten Irren zu finden und dingfest zu machen.

Er grub seine Hände an seinem Kopf fest und durchwühlte seine Haare, während er sich langsam in Bewegung setzte, um zu seinem Auto zurückzukehren.

Es war jene Situation, die ihn früher oft schon bei anderen Personen, die er aus seinen persönlichen Studien heraus beobachtete, zu der Frage anregte, was diesen wohl zugestoßen sein musste, um in aller Öffentlichkeit so durch die Gegend zu streifen. Er fühlte, dass die Blicke der Passanten auf ihn fielen und haften blieben.

Er war aber nicht der Charakter, der von paranoiden Wesenszügen geplagt wurde.

Vielmehr hatte er es seinem persönlichen Peinlichkeitsempfinden zu verdanken, dass er in gebückter Haltung von dannen schlich, da er – ein unschuldiges Unfallopfer anklagend und zudem selbstjuristische Befriedigung empfindend – triumphgewiss an dem Unfallort zu gegen war.

So ging er selbst mit sich ins Gericht und beschloss auf der Heimfahrt zu Julian, in Zukunft keine vorschnellen Urteile mehr zu fällen, bevor er sich nicht versichert hätte, dass sich seine Wirklichkeit auch mit der vorliegenden Realität deckte.

Er war sich bewusst, wie schwer es war, die Subjektivität der persönlichen Wahrnehmung von der allgemeingültigen Objektivität zu unterscheiden.

Es war eine dieser Fragen, die man nicht in wenigen Minuten und wahrscheinlich schon gar nicht alleine befriedigend hätte lösen können.

Derartige Dinge ließen sich in guten Gesprächen und unter den Gedankenexperimenten mit einem Gegenüber näher betrachten.

Lösungen, die eventuell bei derartigen Fragestellungen noch nicht existierten, konnten auf diesem Weg in Betracht gezogen werden.

»Oh!«, schrie Jacques plötzlich auf und stieg auf die Bremse, sodass die Räder ein wenig zum Quietschen kamen, bevor sie kurz vor der Haltemarkierung der rot gewordenen Ampel zum Stillstand kamen.

»Zu viel Denken kann ungesund sein«, dachte sich Jacques und konzentrierte sich daraufhin auf den sonntäglichen Verkehr, schließlich hatte er ein fremdes Auto und nur ein Leben, das er leihweise geschenkt bekommen hatte.

VI

Das monotone Piepsen und das Surren der Gerätschaften beherrschten die Stimmung in dem sterilen Raum.

Doch von einer Sekunde auf die andere wurde das üblicherweise in gleichen Abständen ertönende Signal in immer kürzeren Intervallen laut, bis es fast durchgehend Alarm schlug.

Denise' Vater wurde blitzartig aus einer kurzen Schlafstille an ihrem Bett aufgeschreckt und wusste nicht, was augenblicklich geschah.

Die Ärzte und Schwestern, die in den Intensivraum herbeirannten, warfen sich ausgedehnte Fremdwortdiagnosen und Vermutungen zu, die Portal nicht im Geringsten verstehen konnte.

Bevor er allerdings realisierte, dass etwas Schlimmes für seine Tochter eingetreten war, wurde er unter den beruhigenden Worten einer korpulenten Stationsschwester nach nebenan gebracht.

Doch kaum saß er in dem Zimmer, brach er aus und flüchtete zu der großen Glasscheibe, von der aus er sehen konnte, wie die Ärzte verzweifelt um das Leben seiner Tochter kämpften.

Seine dunklen Augen waren weit aufgerissen und an seinen unteren Lidern sammelten sich große Tropfen, die sich zu Tränen formten und sich anschickten, an den Wangeninnenseiten hinunter zu rinnen.

Seine Tochter war alles, was ihm nach seiner Scheidung geblieben war. Geld war ihm nicht wichtig, stammte er doch aus einer wohlhabenden Familie, in der man auch wusste, auf welche Weise man Eheverträge abzuschließen hatte. Reichtum war ein Gut, das viele in ihrem Leben anstrebten, unwissend, welche seelische Leere sie sich selbst damit bereiten würden.

Doch mit der vermeintlich gefundenen Liebe zu seiner Frau war er in jungen Jahren privilegiert worden, seinen feudalen Lebensstil und seine ehrbare Erwerbstätigkeit mit dem Gefühl der

Sinnhaftigkeit seiner Existenz zu vereinen.

Er war nicht nur glücklich; er wusste, was es hieß, ein erfülltes Leben genießen zu dürfen, vor allem, als er Vater wurde. Er kümmerte sich, wie es selten ein Mann in seiner Position getan hätte, um die Erziehung seiner Tochter.

Natürlich musste er dafür andere Tätigkeiten unterlassen; nicht etwa, dass die familieneigene Bank darunter zu leiden gehabt hätte; nein, er erfüllte seine Aufgabe wahrscheinlich noch mit mehr Engagement als je zuvor.

Er gab die vielen öffentlichen, abendlichen Banketts und Partys mehr oder weniger auf und ließ sich nur noch auf die Gästelisten setzen, die für ihn unabdinglich gewesen waren.

Das erfreute seine Frau allerdings weniger, die sich von dem Gedanken gepeinigt fühlte, als Hausmutter zu enden und vom Way of Life der High Society ausgeschlossen zu werden.

Sie war nach dem schwangerschaftlichen Missgeschick nicht bereit gewesen, das glamouröse Leben für das kleine, Nacht durchschreiende Mädchen in dieser Weise aufzugeben, und die wenigen Gesellschaften, die sie fortan mit ihrem Mann pflegte, genügten ihr bei Weitem nicht.

So ging sie mehr und mehr ihren persönlichen Leidenschaften nach und ließ ihren Ehemann abends oft allein, während sie sich ins Leben stürzte und einen Geschäftsmann kennen lernte, der frei und ungebunden war, seine Zeit und wohl auch sein Vermögen mit ihr zu teilen.

Sie wurde kalt in der Beziehung zu Portal und schließlich auch zu Denise, zu der sie eine Mutterbindung nicht hatte knüpfen wollen.

Die Scheidung war der finale Schlussstrich unter einer Ehe, die aus unterschiedlicher Liebe der beiden Partner geschlossen worden war.

Portal schien zunächst gebrochen zu sein, doch konnte er seine unerwiderte und unerfüllte Liebe zu seiner Frau auf Denise projizieren, die ihm zu verstehen half, dass nicht er Schuld an der zerbrochenen Ehe hatte, sondern die Eitelkeit,

Habsucht und Oberflächlichkeit seiner Frau, die ihn hatte begleiten wollen – durch gute als auch durch schlechte Tage.

Bilder von Denise spulten sich in Portals Gedanken ab, während er hilflos zuschaute, was mit seiner Tochter in dem organisierten Getümmel geschah.

Es war wie ein Lebensfilm, den er detailliert in Sekundenbruchteilen vor seinem geistigen Auge sah und der hier und jetzt enden sollte, ohne Happy End und Zukunft.

Es wurde ihm schwarz vor Augen. Er sackte langsam in sich zusammen, doch bevor er seinen Körperschwerpunkt nach hinten verlagerte und rücklings wegbrach, wurde er sanft von Aurelie abgefangen und zu Boden gelegt.

Aurelie war auf Visite bei ihren Belegpatienten und wollte sich vor dem Heimweg nach Denise' Zustand erkundigen.

*

Eine halbe Stunde später hatte sich die Aufregung auf der Station gelegt; Portal lag in einem Ruhezimmer und die Maschinen in Denise' Zimmer schlugen ruhige, regelmäßige Intervalle an.

Sie war ins Koma gefallen und niemand wusste zu diesem Zeitpunkt, ob sie davon je wieder erwachen würde.

Aurelie saß mit Professor Casper in der Cafeteria und diskutierte mit ihm den Fall. Casper, der auf eine lange und erfolgreiche Tätigkeit als bedeutender Chirurg zurückblicken konnte, war nicht frei von Schuldgefühlen, bei dem Mädchen versagt zu haben. Nach den Fakten, anhand derer sich auch Aurelie ein Bild von der gesamten Situation machen konnte, traf Casper nicht im Geringsten irgendeine Form von negativer Kritik.

Sein Versagen, das er sich vorwarf, stammte nicht nur aus dem akuten Vorfall, sondern rührte aus einer Summe zahlreicher Opfer, die vor allem im Laufe der letzten Jahre bei ihm eingeliefert worden waren und aufgrund der Schwere ihrer Verletzungen nicht mehr erfolgreich behandelt werden konnten.

Aurelies Frage, ob er sich je einmal Gedanken darübergemacht habe, dass es doch möglicherweise das Schicksal gewesen sei, das in vielen Fällen eine Entscheidung gefällt und ihm die Erlaubnis verwehrt hatte, seine Passion und sein Credo zu erfüllen, regte ihn zum Nachdenken an.

Doch so wie das menschliche Gehirn programmiert ist, wollte er jene, für Außenstehende vernünftig erscheinende Erklärungen im ersten Moment nicht beherzigen.

Deshalb versuchte Aurelie auch mit Nachdruck seinem Gedankenfluss eine andere Richtung zu geben, was ihr natürlich in der Frische der Ereignisse nicht gelingen konnte.

Casper war eine gefragte und allseits anerkannte Persönlichkeit, ein charismatischer Heiler, der keinen Vergleich zu irgendeinem Kollegen hätte scheuen müssen. Und er verstand es, sich der Öffentlichkeit sowohl zu präsentieren als auch dementsprechend zu verkaufen.

Doch innerlich war er ein schüchterner und teilweise verängstigter Mensch, der sich Vorwürfe machte, wenn er sich nicht selbst gerecht wurde und schließlich in seinen Augen versagte, so wie vermutlich auch in diesem Fall.

Aurelie nahm seine Hand und begann, mit Casper die eventuellen Möglichkeiten zu erörtern, welche Denise eine Verbesserung ihres momentanen Zustands versprachen.

Unterdessen schaute die Stationsschwester zu Denise, um alle Infusionen zu überprüfen und um ihren aktuellen Zustand zu protokollieren.

An ihrem Beistelltisch lag ein kleiner, bunter Blumenstrauß, zurückgelassen ohne Vase und Namen.

Die Krankenschwester nahm die Blumen verwundert auf und trug sie zu sich an die Pforte.

Als Aurelie und Professor Casper kurze Zeit später die Station betraten, stellte sich den beiden die Stationsschwester in den Weg und erzählte ihnen, dass jemand Blumen an Denise'

Bett gelegt habe, der unerkannt auf die Station gelangt war und sich ebenso wieder davongeschlichen haben musste.

»Einen Blumenstrauß?«, fragte Aurelie noch einmal nach.

»Wer legt ihr heimlich Blumen ans Bett?« Doch weder Casper noch die Schwester hatten eine Ahnung.

Aurelie hatte jemanden in Verdacht und bat, das Telefon benutzen zu dürfen. Ein langes Freizeichen ertönte; nachdem sie gewählt hatte, wartete sie ungeduldig, eine bestimmte Stimme zu hören.

»Ja, hallo?«, fragte es aus dem Hörer, doch Aurelie konnte diese Stimme nicht einordnen.

»Jacques, bist du das?«, wollte sie wissen.

»Nein, tut mir leid, aber Jacques ist gerade draußen und müsste jeden Augenblick wieder zur Türe hereinkommen. Kann ich ihm etwas ausrichten?«

»Ja, äh, das heißt nein, ich melde mich später ...«.

»Ah, da kommt er gerade wieder zurück! Jacques, eine junge Frau sucht dich«, witzelte Julian und übergab Jacques das Handy.

»Hallo Jacques.«

»Hallo Aurelie, schön von dir zu hören!«

»Ich habe eine Frage an dich. Warst du gerade im Krankenhaus bei Denise und hast ihr Blumen gebracht?«

»Nein, Aurelie, denkst du, ich sollte einmal bei ihr vorbeifahren und sie besuchen?«

»Nein, Jacques, deswegen ruf' ich nicht an. Wir haben uns nur gerade gefragt, wer vorhin bei Denise war und ihr Blumen mitgebracht hat.«

»Ich war das nicht. Geht es ihr schon besser?«

»Nein, leider nicht, sie ist ins Koma gefallen, aber man kann sonst nichts dazu sagen.«

Jacques riss die Stirn nach oben und stand festgewurzelt mit offenen Augen da, als er das hörte; augenblicklich kamen jene Rachegedanken wieder auf, für die er sich erst selbst angeklagt hatte.

So verblieben sie nach einem kurzen Wortwechsel, in Kontakt zu bleiben und verabredeten sich für die nächsten Tage im Bercy.

Casper und Aurelie schüttelten sich zum Abschied die Hände, doch während Aurelie dem Professor noch Entspannungstipps für den Abend gab, riss eine große, mit markanten Adern besetzte Hand die rechte Schulter Caspers nach außen und Sekunden später hielten ihn zwei dieser Hände mit festem Griff und drückten ihn gegen die massive Glasscheibe, hinter der sich Denise befand.

Anschuldigungen hagelten wie spitze Nadeln auf Casper ein, der sich zu decken versuchte und den Angriff, dem er ausgesetzt war, noch nicht umreißen konnte.

Aurelie, die erkannt hatte, dass Portal der ganzen Situation nervlich nicht mehr gewachsen war, redete zuerst ruhig auf ihn ein und schaltete sich nach vergebener Mühe handgreiflich in das Gemenge ein. Doch bevor sie Portal von seiner Raserei abbringen konnte, wurde sie von seinen schweren Händen am Kopf getroffen und sackte zur Seite.

Kurz darauf aber konnten drei Pfleger den wild schnaubenden, seines Lebenssinns beraubten Vater zur Vernunft bringen, der sich kurz darauf auf einer Liege ausruhte und tief ein- und ausatmete.

Aurelie stürmte aufgebracht auf ihn zu.

»Sind Sie von allen guten Geistern verlassen? Was denken Sie sich überhaupt?« Dass ein solches Verhalten vielleicht nicht der beste psychologische Weg war, um die Aussichtslosigkeit, in der sich Portal befand, zu lindern, wusste sie selbst.

Aber da war es schon geschehen und sie beugte sich zu dem haltlosen Mann und redete ihm positiv zu.

»Es tut mir leid, Herr Professor, ich habe Sie gesehen und wurde wütend, wütend, dass Sie nicht genügend tun, um mein Kind zu retten.«

»Ich versichere Ihnen«, entgegnete Casper, der nun neben seiner Liege stand, »wir werden alles, was in unserer Macht steht, versuchen, um ihre Tochter durchzubringen.«

Solche Floskeln waren Portal nicht genug, aber er hatte keine Kraft mehr und entschuldigte sich für seinen Ausbruch und bat nach außen inständig um Nachsicht.

Er war durch und durch ein Gentleman, der es von Kindheit an gelernt hatte, die Etikette der guten Gesellschaft zu absorbieren und vorzuleben.

Derartige Entgleisungen kannte er von sich selbst nicht, aber schließlich befand er sich sein Leben lang nicht in einer solchen existenzgefährdenden Lage. Nicht einmal die Scheidung von seiner Frau hatte ihn damals zu einer derartigen Reaktion mit Durchbrenncharakter verleitet, obwohl er sie, so wie er glaubte, wirklich geliebt hatte.

Die wahre Liebe jedoch hatte er in einer Frau anscheinend noch nicht gefunden, dafür die zu seiner Tochter, für die er alles zu geben bereit gewesen wäre.

*

Zwei Tage später waren Jacques und Aurelie miteinander verabredet.

Jacques hatte einen dringenden Fotoauftrag für seinen Chef erledigt und konnte dafür die nächsten drei Tage die Beine hochlegen – oder wenigstens so lange – bis Assas sich bei ihm melden würde.

Aurelie hatte ein wenig Verspätung und so schlenderte Jacques schon einmal in das Café hinein und ließ sich zu jenem Tisch bringen, an dem sie das letzte Mal beisammen gewesen waren.

Die Luft war mit Zigarrendunst durchmengt und die großen antiken Ventilatoren an der Decke durchteilten nur langsam und mit Mühe den zähen Qualm, bevor er von einer Absauganlage nach außen gezogen wurde.

Streichmusik berieselte den Caféraum und die munteren Gespräche, die von den üppig besetzten Tischen murmelnd zu ihm drangen.

Er war schon oft an einem Geigengeschäft vorbeigegangen, das in der Nähe des Louvre war, und hatte die alten und kunstvoll gearbeiteten Kunstwerke bestaunt.

Noch nie hatte er ein solches Musikinstrument in Händen gehalten; vielleicht würde es ihm ganz leicht von der Hand gehen, den Bogen über die Saiten zu führen und Töne in ihrer reinen Brillanz zu erzeugen?

»Was weiß ich, was ich kann?«, hauchte er lautlos vor sich hin und begann, diesen Gedanken weiter auszuführen. Er wusste, dass bestimmte Talente in ihm ruhten, die er einerseits bereits kannte und mit denen er auch seinen Lebensunterhalt bestritt, aber andererseits grübelte er nach weiteren, ihm verborgenen persönlichen Schätzen, die womöglich bereitlagen, doch für eine Bergung noch nicht genügend präpariert waren.

Im Vorüberschauen bündelte er gedanklich die Schar der Gäste und gelangte zu der Annahme, dass in diesem Raum ungeahnte Potenziale schlummerten, die womöglich erkannt waren und mit denen sich ein feudaler Lebensstil bestreiten ließ, aber er vermutete, dass die meisten Gaben Gottes unter einer dicken Schicht von Ahnungslosigkeit vergraben waren.

Er selbst hatte schon oft in sich selbst gegraben und erst nach Jahren, in denen er Neues ausprobiert und erforscht hatte, gefunden, dass er zu etwas imstande war, von dem er nie geträumt hätte.

Auch wenn er meinte, nur mit alltäglichen Talenten ausgestattet zu sein, die ihn nicht von der großen Masse abheben konnten, war er stolz, gerade diese zu haben, die ihn als Persönlichkeit auszeichneten.

Dass er sich damit aber nicht zufriedengab, rechtfertigte er mit der Überzeugung, dass nur die Vielzahl einen Menschen letztendlich charakterisierte und nicht die Singularität einer oder zweier Tugenden.

Er wollte nicht nur als Fotograf in die gesellschaftlichen Annalen eingehen, sondern als Person, die aus mannigfachen Fähigkeiten die Summe seiner Individualität bildete.

Er genoss seine geistigen Ausflüge, die ihn schon so viele Male in seine Gedankenwelt getragen hatten und stets alles Geschehen um ihn herum vergessen ließen.

So merkte er Aurelies Ankunft an seinem Tisch auch erst, als sie in sein Blickfeld trat und dieser feine, sinnliche Geruch, der sie umgab, seine Aufmerksamkeit auf sie lenkte.

»Das ist ja ein stürmischer Empfang«, witzelte Aurelie und ließ sich von einem entschuldigenden Handkuss, den Jacques sanft auf ihren Handrücken hauchte, zu ihrem Platz geleiten.

»Wie geht es dir?«

»Dafür, dass es gerade sehr stürmisch in meinem Leben zugeht, bin ich sehr zufrieden und genieße vor allem solche Stunden, wie nun hier und jetzt.«

Aurelie lächelte und warf einen Blick in die Karte, die sie sowieso auswendig kannte, und begrub ihren Blick dahinter, um im nächsten Moment wieder davon hervorzuschauen.

»Aurelie, der Fall lässt mich nicht mehr los, abgesehen von Denise und ihrem unsicheren Zustand sehe ich wie ein Paranoider ständig den roten Lieferwagen in der Stadt herumfahren.«

»Das kann ich gut nachvollziehen, schließlich hast du alles hautnah miterlebt und wärst ja fast selbst ein Opfer dieses Irren geworden.«

»Du glaubst also, dass es ein Er gewesen ist?«, folgerte Jacques daraus.

»Ja, das ist eine gute Frage; ich denke schon, aber ehrlich gesagt habe ich mir noch keine weiteren Gedanken darübergemacht.«

»Ich dachte im ersten Moment sofort an einen Mann, aber das hat vielleicht mit der Denkeinstellung zu tun, dass für solche Taten eher Männer verantwortlich gemacht werden, da ihnen entweder mehr Gewaltpotenzial zugetraut wird oder weil sie es dementsprechend oft zeigen.«

»Ich denke, das ist ein Erziehungs- und Sozialisationsphänomen. Schließlich werden Mädchen und Jungen – wieso auch immer – heute noch unterschiedlich erzogen, mit verschiedenen Verboten und Zubilligungen bedacht und in das Leben entlassen.«

»Deshalb geht vielleicht auch der erste Gedanke dahin, dass ein Typ den Lieferwagen gelenkt haben muss. Aber stell dir vor, wenn wir nach einer Frau suchen müssen; meinst du, wir könnten dafür irgendwelche Beweise sammeln, dann ...«

»Jacques!«, fiel ihm Aurelie energisch ins Wort. »Hör' auf, dich in die Arbeit der Polizei einzumischen und auf eigene Faust schnüffeln zu gehen! Ich denke wirklich, dass du das lassen solltest.«

»Ja, du hast ja recht, aber manchmal lässt mich der Gedanke nicht los und bevor ich wütend werde und der Puls mir in den Hals schlägt, würde ich lieber losziehen und Klarheit schaffen.«

»Jacques, du kannst nicht als Sheriff durch Paris und die Welt ziehen, um alles Unrecht aufzudecken und die Menschen auf ihr Gewissen aufmerksam zu machen.«

»Ist das aber nicht die moralische Verpflichtung jedes Menschen, der in einer Beziehung, in einer Familie oder in einer Gesellschaft lebt? Ich denke, nur auf diesem Weg kann man eine lebenswerte Gemeinschaft erreichen.«

»Nur leider sind deine Wertvorstellungen nicht mit all denen, die existieren und ebenso Allgemeingültigkeit beanspruchen, deckungsgleich. Ich denke, auch wenn man noch so objektiv einsehbare Werte schafft und sie normativ verankert, wäre eine solche Gesellschaft nicht realisierbar. Sag mal, fährst du nie über rot?«

»Ach Aurelie ...«

»Nun sag' schon.«

»Aber nur, damit mir der Motor nicht an der Ampel abstirbt.«

Aurelie nahm einen ihrer Handschuhe, die noch auf ihrem

Schoß lagen, auf und streifte damit Jacques' Nase, der reflexartig seinen Kopf zurückzunehmen versuchte.

Ein Lächeln, das sich auf beiden Gesichtern ausbreitete, bestimmte die nächsten Momente, bis Aurelie die angenehme Stille unterbrach und Jacques für seine Unverbesserlichkeit schalt.

»Wir kennen uns ja nun wirklich noch nicht sehr lange, aber irgendwie denke ich, wir kennen uns schon ewig«, fuhr Aurelie fort und Jacques prostete ihr positiv gestikulierend zu.

»Ach ja, wir könnten eigentlich etwas bestellen, nicht?«

»Oh ja.«

Sie waren sich vertraut geworden. Es gab keine Richtlinie, die vorgab, wann man sich bei jemandem wohl fühlen konnte. Bei manchen bedarf es zehn Verabredungen, bei anderen nur eine einzige. Die beiden wurden von einer Sympathiewolke umgeben, die wahrscheinlich das erzeugte, was man im Volksmund mit gleichen Wellenlinien bezeichnete.

Sie lernten sich an diesem Nachmittag nachhaltiger kennen und erzählten sich gegenseitig von ihrem Leben.

Nur Jacques hielt sich mit seiner Lebensgeschichte zögerlich bedeckt; er wollte ungern Familiäres preisgeben, vielleicht, weil er darüber etwas anderes erzählen wollte als er konnte.

Er war nicht jemand, der seinem Gegenüber die fantastischen Bilder ausmalte, die allerdings keiner Überprüfung standgehalten hätten. So blieb er in solchen Momenten eher still und lenkte geschickt das Erzählen auf seine Gegenüber.

Dies war eine Methode, die er sich im Laufe der Zeit angeeignet hatte. Zuhören konnte man lernen, hatte ihm ein Gelehrter, mit dem er einmal eine Sitzbank im Bus geteilt hatte und sich zufällig zu unterhalten begann, als Lebensweisheit mit auf den Weg gegeben.

So trainierte Jacques, das Zuhören zu lernen. Nur leider war er im Gegenzug darauf bedacht, dass ihn seine Gesprächspartner nicht nur anhörten, sondern sich ebenso Zeit für ihn nahmen, so wie er es tat.

Nach einiger Zeit, verließ Jacques den kleinen Tisch, um einem menschlichen Bedürfnis nachzugehen.

»Ich bin auf die Toilette gespannt«, dachte er sich auf dem Weg dorthin, schließlich galten jene stillen Orte als Aushängeschilder des jeweiligen Etablissements und mussten in diesem Fall von edler Natur sein.

Er wurde nicht enttäuscht. Weißer Marmor lag ihm zu Füßen und die Wände waren mit kleinen, dunkelblauen Fließen ausgekleidet, die mit weißen verspielten Bordüren auf Augenhöhe unterbrochen wurden.

Der Vorraum, der vier Waschbecken mit großen Spiegeln beherbergte, zeigte eine Schwingtüre, die sich schwungvoll öffnete und einen Herren mittleren Alters durchließ, der gerade bemüht war, den Reißverschluss seiner hellgrauen Anzughose zu schließen.

Jacques wählte sich eines der hängenden, weißen Pissoirs aus, um sich zu erleichtern.

Kaum stand er im passenden Abstand davor, bemerkte er noch die frischen Spritzer, die am Boden hinterlassen waren. »Ach, Shit!«, zischte er und konnte es beim bestem Willen nicht verstehen, wie in aller Welt die Männer, obwohl er ja schließlich auch einer davon war, es schaffen konnten, bei solchen Pissoirs noch daneben zu pinkeln oder abzutropfen.

»Idioten, zu blöd zum ...«, dachte er sich, als er jenes Phänomen an den betreffenden anderen Bodenstellen mehr oder minder ebenso ausmachte und gedanklich notierte.

»Was weiß ich, was ich kann?«, fiel ihm augenblicklich wieder ein und so knöpfte er sich lachend seine Hose zu und wusch sich die Hände.

Als er wieder zu Aurelie zurückkehrte, stand das Essen bereits auf dem Tisch und war von Aurelie bereits getestet und für sehr gut befunden worden.

*

86

Nach dem Essen, als sie bezahlt hatten und sich kurz darauf auf der Straße die letzten Worte zuwarfen, bevor jeder seinen Heimweg angetreten hätte, schlug Jacques vor, Aurelie nach Hause zu begleiten, da er schließlich Zeit hatte und sie – aus welchem Grund auch immer – nicht alleine durch die Straßen ziehen lassen wollte. Aurelie gewährte es ihm mit einem kurzen Augenzwinkern und einem freudigen »Ja gerne, warum nicht?«.

Es war dunkel und kalt. Die Straßenzüge waren meist durchgehend erhellt und der Wind pfiff durch die Gassen, die Aurelie als Schleichwege zu ihrem Zuhause nahm.

Unheimliche Viertel, die Jacques zum Glück nicht allein gehen musste. Er wusste nicht, ob er Aurelie nun mutig nennen sollte, dass sie ohne Furcht hier entlangging, oder sie schimpfen sollte, da sie solche Gassen auch allein zu benutzen pflegte.

Doch bevor er sich noch lange darüber Gedanken machen konnte, standen sie plötzlich vor Aurelies Zuhause.

»Oh, schön!«, sagte Jacques – erstaunt über das schön restaurierte Gebäude mit seinem hohen Treppenaufgang, der sich zur Eingangstüre hin verjüngte und so zum Eintreten einlud.

Letztendlich war es nicht die Türe, sondern Aurelie, die nach einem kurzen »Das war ein schöner Nachmittag!« und »Wir können ja in den nächsten Tagen telefonieren!« kurzerhand Jacques einlud, sie noch zu begleiten, sodass er sich noch ihre Wohnung anschauen konnte.

Er überlegte nicht lange, beziehungsweise ließ ihm Aurelie keine Denkpause und schon befand er sich im Treppenhaus und in Aurelies Wohnung.

»Meine zwei Mitbewohnerinnen sind beide ausgeflogen. Hab' ganz vergessen, dass ich die nächsten Tage ja auf mich allein gestellt bin.«

»Wow, die Wohnung ist der Wahnsinn!«, sagte Jacques voll Bewunderung und dachte an sein Heim, das er in seinem momentanen Zustand nie im Leben Aurelie zeigen durfte.

»Danke, wir fühlen uns sehr wohl. Celine und ich haben dem Ganzen hier den richtigen Schliff gegeben, aber ich kann dir gar nicht sagen, wie das hier vorher ausgesehen hat.«

»Tu's lieber nicht«, dachte sich Jacques, der nicht wollte, dass ihm erzählt würde, wie er womöglich zurzeit hauste.

»Kann ich mir gar nicht vorstellen.«

»Ich erzähl es dir lieber nicht, bin froh, dass nun alles so ist, wie du es siehst. Magst du ein Glas Weißwein?«

»Ja, gern.«

»Ich hab' einen ganz guten im Kühlschrank«, versprach sie und schon war sie in der Küche verschwunden. Jacques folgte ihr langsam, beeindruckt von der gepflegten, mit ausgesuchten Möbeln geschmückten WG-Wohnung.

»Das ist echt traumhaft, wie du wohnst, das würde mir auch gefallen.«

»Danke, es freut mich, dass du dich wohl fühlst. Hier!«, sagte sie und reichte Jacques das Glas Wein.

Sie prosteten sich zu und Aurelie nahm die verspielte Verwunderung ihres Gastes lachend von Zimmer zu Zimmer.

Als sie in ihrem Schlafzimmer angekommen waren, verspürte sie die Bewunderung in seinen Augen, die sie anstrahlten.

»Was ist los, Jacques?«

»Schön, einfach schön.«

Es war ein seltsamer Moment. Man konnte es als Knistern, das in der Luft lag, bezeichnen, aber das traf es nicht. Die Situation war von einem milden Zauber bestäubt, der nicht offenbarte, welchen Zweck er verfolgte.

Aurelie griff nach Jacques' Glas, stellte es auf ein Sideboard und blickte ihm tief in die Augen.

Es war wie ein leichtes Erdbeben, das Jacques' Körper rüttelte. Er wusste nicht, den Moment zu realisieren.

Aurelie hauchte ihren weichen Atem in sein Gesicht. Kurz darauf wurden Jacques Lippen benetzt. Er fühlte eine Wärme und ein Gefühl von Vertrautheit, das er nicht kannte.

Er gab sich hin.

Er war in einer Zauberwelt und wurde von einer Fee geküsst,

die seine Zunge belebte und sie auslot, Zärtlichkeit zu geben. Er spürte die leicht feuchten, kühlenden Stellen, die sie an seinem Hals hinterließ, und wollte sie am ganzen Körper spüren.

Die Knöpfe an seinem Hemd öffneten sich langsam, einer um den anderen von oben nach unten, und zwei warme Hände tasteten sich von seinen Schultern über den oberen Rücken nach vorne auf seine Brust.

Seine Hände begannen dies widerzuspiegeln. Er fühlte einen Engel, der sich ihm offenbart hatte.

Er benetzte ihren Körper mit Küssen. Ihr Bett war eine weiße Oase der Ruhe und Hingabe.

Sie saßen körpergedrängt aneinander. Schweißperlen begannen Jacques' Stirn zu säumen. Es war still. Nur die Leidenschaft verschaffte sich leise Laute. Sein Kopf war geneigt, denn er sann danach, ihren Hof zu umspielen. Ihre Augenlider waren geschlossen, Bilder brauchte der Moment nicht, nur den sinnlichen Kontakt. Sie bekam sie, eine Gänsehaut der Erregung, die sich körperweit ausbreitete.

Sie packte den männlichen Körper und ließ ihn auf dem Rücken liegend auf reinem Satin verweilen.

Die Gürtelschnalle klapperte, als sie geöffnet wurde, und die Knöpfe der Jeans raunten leicht, als sie von ihrer Verankerung genommen wurden.

Seine Boxershort wurde sichtbar. Seine Oberschenkel bekamen Luft und ein Luftzug verriet die steile Flugkurve der Hose, dann lag sie am Boden.

Das Beben wurde stärker, es durchrann seinen Körper. Er ahnte, dass der Ausbruch bald bevorstand, und das Glühen wurde immer stärker. Sein Verlangen wollte ausbrechen, geben, was er zugleich bekam.

Die Stille wurde lauter, nachdringlicher und sollte daraufhin verstummen. Regungen der Liebe sollten alles übermalen.

Er fasste ihr nackten Schultern, wurde fester und stahl sich unter ihrem Körper weg.

»Nein, ich kann das nicht!«, schoss es wie ein Projektil in den sanft beleuchteten Schlafraum hinein.

Aurelie konnte es nicht verstehen und bemühte sich, nachzufragen, was er meinte.

»Ich hätte mit dir … ich hätte …«

»Aber du wolltest es, du hast es mir doch gesagt.«

»Ich habe … was habe ich dir gesagt?«

»Es hat doch alles darauf hingedeutet heute Abend.«

»Aber ich kenn' dich doch überhaupt nicht, ich bin … ich weiß überhaupt nichts mehr.«

Aurelie nahm ihren BH vom Boden, schloss ihn mit geschickter Routine und stand vom Bett auf.

»Du bist mir keine Erklärung schuldig, Jacques. Es ist alles in Ordnung. Mir tut es leid.«

Mit diesen Worten streichelten ihre Finger seine Schulter und nahmen danach das halb gefüllte Weinglas auf, das als einziges im Raum kühl geblieben war.

Es war still. Nur die Kerzenlichter in Aurelies Zimmer tanzten zu ihren verspielten Schatten an der Wand.

Aurelie, die ins Wohnzimmer vorangegangen war, machte sich innerlich Vorwürfe, konnte sich selbst momentan nicht verstehen.

Jacques trat lautlos an sie heran, wusste aber nichts Passendes zu sagen, was in der Situation angebracht gewesen wäre und musste so die unangenehme Stille ertragen.

»Ich bin nicht der Geschickteste«, sprach er entschuldigend in das Schweigen hinein.

»Ich bin …«

»Nein, Jacques, lass es sein! Es ist alles in Ordnung, bitte entschuldige dich nicht. Wir sind doch keine Kinder mehr, die nicht verstehen, mit solchen Sachen angemessen umzugehen.«

Hastig trank Jacques übersprungsartig seinen halbtrockenen Wein hinunter und begann sich bei Aurelie langsam, aber sicher zu verabschieden.

Den Grund, den er dafür nannte, »Es ist doch schon spät geworden«, hielt er selbst auch nicht für genial ausgedacht, aber schließlich galt es nun, die Situation irgendwie zu bewältigen. Was die nächsten Tage bringen mochten, wollte er sich indes noch nicht ausmalen. An der Wohnungstüre angekommen, blickten sie sich noch ein letztes Mal tief in die Augen. Mit gesenktem Blick enthuschte ihm ein »Au revoir«, das ihm Aurelie erwiderte und die Türe daraufhin leise in das Schloss schob, als wenn sie sich für ihn nie mehr wieder öffnen würde. Es war windig und kalt. Sterne hätte er jetzt sowieso nicht sehen wollen und die Kälte blies die versteckte Leidenschaft aus seinen Gliedern. Er dachte nicht mehr, er war einfach leer.

VII

Es polterte an seine Tür. Flugs eilte er hin und drückte die Klinke der bereits aufgeschlossenen Wohnungstüre hinunter. Ein langer Pferdezopf, der unter einer bunt gestreiften Wollmütze hervortänzelte, verschwand eilends im kühlen Treppenhaus.

Von hinten sah der neue Zeitungsdienst wie ein junges Mädchen aus, das sich sein Taschengeld schon vor Schulbeginn am Morgen verdienen musste.

»Schon wieder jemand Neues«, murmelte er vor sich hin und für Jacques wurde es so immer schwieriger, nach dem Verbleib von Paper zu forschen.

In der Redaktion der Zeitung, bei der er sich erkundigt hatte, hatte er vergeblich versucht, an den Namen und die Adresse von Paper zu kommen.

Zum einen hatte er nicht einmal seinen richtigen Namen und zum anderen konnte er auch mit ausgeschmückten Begründungen niemanden dort veranlassen, sich der Personalakte anzunehmen. Datenschutz stand an oberster Priorität aller Mitarbeiter und so hatte er schon fast alle Hoffnung aufgegeben.

»Vielleicht ist er gestorben?«, dachte er. Schließlich war er ja nicht mehr der Jüngste gewesen und das Glas heiße Zitrone vermutlich das Gesündeste, was er am Tag zu sich genommen hatte.

Kaum zu glauben, dass Paper früher ein kleines Haus mit einem großen Garten gehabt hatte, in dem er und seine Frau eifrig Gemüse anbauten und die Obstbäume und Stauden pflegten, damit sie im Herbst eine gute Ernte abwarfen.

Wie ein solcher Schicksalsschlag ein Leben von heute auf morgen verändern kann; das veranlasste Jacques in ein tiefes Grübeln zu verfallen, von dem er sich erst durch das Zischen und Sprudeln des kochenden Wassers aufschrecken ließ.

Sein kleines, morgendliches Ritual versprach ihm Ruhe, bevor ihn die Hektik des anstehenden Tages verschlingen würde. Es waren aber nicht die Gedanken an Paper, die ihn grübeln ließen.

Er fröstelte und versuchte, den gestrigen Abend vor sich selbst zu verbergen. Doch es gelang ihm nicht.

Es schien, als würde er sich selbst anklagen, dass er die beginnende Freundschaft, die erst in ihrer Knospentracht steckte, bereits zum Verwelken gebracht hatte.

Obwohl, das war nicht alles. Dennoch war er zwiegespalten, wie er die Situation beurteilen sollte.

Eine Frau, die ihn verzaubert und mit sicherem Geleit aus seinem Schock geholt hatte. Sie war wie das Kneifen, das man sich zufügt, wenn man glaubt, in einem Traum gefangen zu sein. Keiner Frau hätte er je eine solche Entschlossenheit und Tatkraft gebilligt; waren doch Frauen, die aus seinem Weltbild entstammten, die ruhigen und geduldigen Wesen, die sich im Haus und Hof nützlich zu machen hatten und allenfalls in einer Vertretungshoheit des Hausvaters die Geschicke einer Familie zu leiten und zu lenken vermochten.

Gewiss, er wusste, dass es andere Frauen gab, die er in seinem damaligen Familienmilieu zwar nicht vorgefunden hatte, die aber außerhalb davon ein Leben verwirklichten, das gänzlich von den geforderten Normen seines Vaters abwich.

Diese, ja, genau diese Frau hatte er in seiner Jugendzeit als Traumfigur in sich reifen lassen und hatte es vielleicht schon unterschwellig geahnt, aber erst am vergangenen Abend in ihrer reinen Anwesenheit gespürt.

Gespürt … das konnte er wörtlich nehmen. Er spielte Kurzfilme verschiedener Situationen und aus unterschiedlichen Blickwinkeln vor seinem geistigen Auge ab.

Ein Lächeln umgab das noch morgendliche, verrunzelte Gesicht, das sich nach kaltem Wasser sehnte, um gesellschaftsfähig zu werden.

Das Lächeln, das er an den Tag legte, spiegelte aber leider

nicht eine heitere und glückliche Gefühlslage wider. Nein, kurzerhand wurde er von einem Augenblick auf den anderen in eine dunkle Schlucht geworfen, in der er nichts sehen konnte, aber den freien Fall begriff, der ihm das Wohlgefühl raubte.

Vielleicht passte auch dieses Bild nicht exakt zu seinem Empfinden, aber er fand kein besseres.

Ein Wirrwarr ohne Grenzen und ein lautloser Tumult, der ihm seinen Schädel spalten wollte.

Kurzum, er befand sich in einem Gefühlschaos, das in ihm strudelte, bis er sich an sein geliebtes Fenster niedersetzte, um den aufkommenden Verkehrstrubel als Gegenpol wahrnehmen zu können. Teils erfolgreich, aber dann auch wieder nicht.

Wie konnte er Aurelie nun begegnen? Was würde sie nun von ihm denken?

Er habe ihr Avancen gemacht und sie gewissermaßen herausgefordert, die freundschaftliche Begegnung hin zu einem affärenhaften Charakter zu wenden?

Jacques trug reichlich Fragen an sich heran, aber beantworten – konnte oder wollte er diese auch nicht.

Jacques Maleron war niemand, der einem Mädchen nach einem wiederholten Treffen an die Wäsche ging.

»Ich bin doch anders …« Und gerade deshalb verstand er sich selbst nicht.

Er würde sich am liebsten im Bercy mit ihr verabreden und die Leichtigkeit des Seins genießen, während er mit Aurelie über die wichtigen und unwichtigen Dinge des Lebens sprach.

Das Telefon ließ ihm aber keine Zeit, um länger darüber zu sinnieren.

Er wusste nicht warum, aber das Läuten seines Telefons veranlasste ihn immer zu fast panischen Attacken, um möglichst schnell am Hörer zu sein.

Eine Eigenart, die er sich selbst antrainiert hatte, irgendwann einmal.

»Maleron«, sprach er ungewohnt selbstsicher – schließlich

war er diesmal auf dem Weg zum Telefon nicht einmal gestolpert – in den Hörer.

Eine längere Stille begann sich in der Wohnung breit zu machen. Jacques vermochte nur noch selten ein »Ja« oder ähnlich Zustimmendes von sich zu geben.

Es war ein neuer Auftrag und Assas wies Jacques ausführlich in die wesentlichen Details ein.

Das war nicht das erste Mal, dass Jacques von heute auf morgen einen Auftrag bekam, der ihn augenblicklich vereinnahmte und ihn dazu zwang, alles stehen und liegen zu lassen. Er freute sich auf die Abwechslungen in seinem Beruf und Assas seinerseits war dankbar für den jungen, ungebundenen Journalisten, der auf Abruf ohne zu murren alle Aufträge im In- und Ausland erledigte.

»Das Ticket liegt am Schalter für dich bereit. Komm nicht zu spät und gib mir schnellstmöglich Bescheid, wie alles gelaufen ist! Gute Reise.«

Schon quoll das Belegtzeichen aus dem Telefonhörer heraus und ließ den kurz staunenden Jacques mit zustimmender Miene einen weiteren Augenblick stumm innehalten, bis er schließlich begriffen hatte, wohin ihn seine Reise heute noch bringen sollte.

Er musste packen.

Darin hatte er schon viel Routine entwickelt und wusste genau, was er für so einen viertägigen Kurztrip mitzunehmen hatte. Er entschied sich zuerst einmal dafür, gemütlich an seinem Fenster zu frühstücken.

»Danke«, hauchte er erleichtert an das Fensterglas, das ein wenig beschlug, aber rasch wieder einen klaren Blick nach draußen gewährte.

Er freute sich immer auf solche Aufgaben, doch jetzt tat Assas ihm einen großen Gefallen, nun ja, er hatte schließlich auch etwas gut zu machen in Jacques' Augen; und konnte er doch so der unangenehmen Situation mit Aurelie ein paar Tage entfliehen.

Nachmittags sollte er bereits im Flugzeug sitzen, das ihn

nach Madrid bringen würde.

Es war ein befriedigendes und gleichsam ein flaues Magengefühl, das er verspürte. Aber es war gut so.

*

Eigentlich mochte er keine Flughäfen; entweder musste man jemanden hinbringen, der einen schließlich kurz darauf für einige Zeit verlassen sollte, oder man kam von einem Auslandsaufenthalt wieder nach Hause und niemand stand in der Empfangshalle, um einen zu begrüßen und zu sagen, dass man sich freue, ihn wieder bei sich zu haben.

Diesmal sollte es auch wieder darauf hinauslaufen. Er war allein mit dem Bus angekommen, unter vergnügten Reisenden am Check In angestanden und hatte sich nach Passkontrolle und Anstehen schweigend auf die Suche nach seinem Sitzplatz gemacht.

»Wenn das nur nicht alles immer so lange dauern würde«, flüsterte sich Jacques selbst zu, während er den übrigen Passagieren zusah, wie sie sich durch die Gänge schlängelten, aneinander hängen blieben, weil sie zu dickleibig waren und schließlich versuchten, ihr Handgepäck in den hängenden Stauräumen unterzubringen.

Eine bunte Schar von Menschen unterschiedlicher Kultur und Klasse war in diesem engen Raum eingesperrt, die so in ihrem Leben niemals zusammengekommen wären.

Als logische Konsequenz daraus erschien es Jacques, dass ein Flugzeug im Grunde ein Mittel zur gegenseitigen Verständigung zwischen Menschen jeglicher Art und Kultur sein musste.

Nur nahmen die Reisenden diese einmalige Chance, die sich ihnen bot, nur in den wenigsten Fällen war. Wann hat man schon die Gelegenheit, sich mit einem Brasilianer über seine

Kultur zu unterhalten oder sich von einer Puerto-Ricanerin über die Schönheiten ihrer Heimat berichten zu lassen?

Jacques wusste aber, dass er bei jenem Flug wahrscheinlich nicht in ein Gespräch verwickelt werden wollte.

Ein Franzose, dick, mit durchgeschwitzten Stellen unter den Achseln, saß neben ihm und die ständige Absonderung beißenden Schweißes zog Jacques kontinuierlich in die Nase.

Er drehte sich nach außen auf die Gangseite und blickte nach vorne. Er atmete abwechselnd sehr flach und wiederum einige Male tief ein, wenn er das Gefühl hatte, neutrale, trockene Flugzeugluft inhalieren zu können. Aber es blieb bei diesem Wechselspiel.

»Mist, alle Plätze besetzt!«

So begab er sich in sein Schicksal, schließlich lag Madrid ja nicht allzu weit entfernt.

Allmählich legte sich der Trubel und als die Maschine in der Luft war, hatte er Zeit, sich seine nächsten Platznachbarn genauer anzuschauen. Nach links wollte er sich nicht mehr drehen, was ihm selbst sehr unfreundlich vorkam, aber nein, darauf konnte er verzichten.

Wenn er längere Strecken zu fliegen hatte, prägte er sich die Wesenszüge seiner Nachbarn meist anhand einer oder mehrerer Eigenarten ein und verfolgte diese den gesamten Flug über bis zur Ankunftshalle, in der alle ihr Gepäck vom stupid laufenden Förderband nahmen und sich in alle Richtungen verstreuten.

Ein kurzes und friedliches Miteinander, das nur Stunden überdauerte.

Sein Idealismus kam ihm oft selbst sehr naiv vor, doch immerhin hatte er recht.

Und die Illusion, den kleinen, heilen Schmelztiegel der Kulturen im wirklichen Leben so lang wie möglich beibehalten zu können, blieb ihm, bis er selbst in den ersten Konflikt mit dem Zollamt oder anderen Passanten geriet, der ihn davon befreite.

Es war wie ein Spiel, das er mit sich selbst spielte. Zwar

wusste er, dass er immer verlieren würde, doch wie lange er diesen Moment hinauszögern konnte, war ihm Ansporn genug, sich immer wieder auf ein Neues darauf einzulassen.

Dieses Mal störte ihn dieser Geruch, der ihm das positive Gefühl nahm und ihn zu verärgerten Gedanken anregte. Er überlegte, wie er unbehelligt sein Deospray aus seinem Rucksack holen und dem lästigen Gestank ein Ende bereiten könnte. Doch das war unmöglich. So vergrub er seine Hände in dem Rucksack und besprühte seine Handballen so trefflich er konnte, um hin und wieder, während er sich seine Nase kratzte, davon zu schmecken. Das tat gut.

»Och, jetzt trinkt der auch noch Bier.«

Jacques beäugte seinen Nachbarn mit Argwohn, der, nachdem er von der jungen, aber freundlich unnahbaren Stewardess eine Dose und einen Plastikbecher gereicht bekommen hatte, freudig entgegennahm.

Noch bevor Jacques seinen Becher mit Tomatensaft – das gehörte zu seinem Flugritual – gereicht bekam, hörte er ein lautes Zischen. Wieso sein Flugnachbar nicht gleich aus der Dose trank, war Jacques ein Rätsel.

»Wahrscheinlich kann er auf diesem Weg mehr Flüssigkeit in kürzerer Zeit zu sich nehmen«, ironisierte er die Trinktechnik des Franzosen, die diese dementsprechend so abschließen sollte, dass nach einem kurzen Kehlkopfheben, halblaute Töne aus seinem Mund hervortraten. Aber Jacques wollte ja nicht mehr hinschauen; und zuhören auch nicht mehr.

Ein guter Auftrag stand vor Jacques. Neben den neuen Erfahrungen in dieser Metropole, dem Herzen von Spanien, erwartete ihn eine Fülle von Aufgaben.

Seine Kamera hatte er im Rucksack zu seinen Füßen untergebracht. Schließlich war es ihm während eines Atlantikfluges schon einmal passiert, dass ein unachtsamer Passagier den Gepäckstauraum, in dem auch seine Tasche mit diversem Fotomaterial verstaut war, während des Flugs öffnete und dabei die Tasche mit dem fragilen Inhalt auf den Gangboden fallen ließ.

Doch was konnte er dem alten, leicht dementen Herrn damals vorwerfen, da dieser, nachdem er seine Medizin gefunden und die Klappe wieder geschlossen hatte, ohne Kenntnis von dem Malheur Platz genommen hatte und sich den Gurt von seiner Begleiterin schließen ließ?

»Man lernt in dieser Welt innerhalb eines Lebens niemals aus.« Das war eine Einsicht, die Jacques anhand solcher besonderer Situationen, aber auch aus seinen Beobachtungen im Alltag folgerte und seinem Erfahrungsschatz zufügte, den er, wenn die Zeit gekommen war, eines Tages weitergeben wollte.

Der restliche Flug verlief planmäßig und stellte Jacques' Wunsch nach Harmonie nach anfänglichem Stottern wieder her, nachdem er sich mit seinem unflätigen Nachbarn abgefunden hatte.

Er wusste, wie langweilig es in der Gesellschaft zuginge, wären alle Menschen gleich beschaffen. Sie wären wie Blumen auf dem Feld, die sich nach der Lebenssonne streckten und hinterher im Kollektiv wieder verblühen würden.

Alle wären gleich herzlich und besonnen, hätten die gleichen körperlichen Voraussetzungen. Sie würden das gleiche denken und ebenso viel Kriminelles tun wie jedermann.

Ein seltsames Szenario, das Jacques augenblicklich an den Film „Die Zeitmaschine" erinnerte, in dem die Menschen in monotoner Gleichgültigkeit ein gemeinsames Dasein fristeten, bis sie der Befehl ihrer Gebieter auf Erden zur ihrer eigenen Schlachtung rief.

Er war auf ein interessantes Thema gestoßen, über das er sich gerne mit jemandem ausgetauscht hätte, doch momentan, er guckte einmal mehr vorsichtig zu dem mit halb geöffnetem Mund schlafenden Franzosen, hatte er nicht den passenden Gesprächspartner an seiner Seite.

Mittlerweile befand sich die Maschine im Anflug auf Madrid und Jacques freute sich auf die nächsten Tage.

In der großen Ankunftshalle, in der alle Reisenden aus den aktuell gelandeten Maschinen auf ihr Gepäck zu warten hatten, wurde die kulturelle Vielfalt der umher stehenden Menschen noch mannigfacher.

Am liebsten hätte Jacques seinen Foto ausgepackt und ein paar Schnappschüsse von interessanten Gesichtern geschossen, zu denen man sich später dann spannende Schicksale hätte ausdenken können. Aber hier wäre es der falsche Ort gewesen. Er war doch kein Paparazzo.

Indes bemerkte er, wie er von einem Mann, der an dem hinteren Ende des Gepäckförderbands an einer Säule lehnte, mit ruhigem Blick beobachtet wurde.

Er war kein Europäer, hatte ein helles Leinengewand an und bewegte seinen Körper, wie ein eingesperrtes Zootier, in monotoner Weise leicht nach vorne und nach hinten.

»Nein, der beobachtet nicht mich!«, wollte sich Jacques selbst zureden, aber wohin er auch ging, sich bückte oder sich halb von ihm wegdrehte, konnte er aus seinen Augenwinkeln den starren Blick erahnen, der ihm galt.

Zuerst wusste Jacques die Situation nicht zu realisieren. Doch plötzlich durchfuhr es ihn wie ein stechender Schmerz, sprichwörtlich von Kopf bis zum Fuß.

Kleine Schweißperlen reihten sich an seinem Haaransatz aneinander und begannen, in kleinen, hinab rinnenden Tropfen die Stirn zu kühlen.

»Vielleicht gilt das gar nicht mir?«, überlegte Jacques bei sich, aber recht glauben konnte er es selbst nicht.

Er überlegte, ob er Feinde hätte, die sich an ihm rächen wollten. Er war allein in einer großen Stadt, aber, und das wusste niemand außer ihm, er hatte dort Freunde seiner Familie, die er eventuell besuchen wollte. Er wusste nicht, wen er jemals mit seinen Bildern und Veröffentlichungen verletzt haben konnte.

Er schwitzte. Mit seinem weißen Stofftaschentuch wischte er sich heimlich über die Stirn. Der Hemdkragen schien ihm auf einmal zu eng zu sein und drohte, ihn beim Atmen zu behindern.

»Es kann ein Inder oder Pakistani sein«.

Und schon kreisten seine Gedanken um seine Kolumnen, die

er zur Brisanz des Kaschmirkonflikts geschrieben hatte und die ihm einen gewissen Zuspruch in den lokalen Medien eingebracht hatten. Er hatte sich vor knapp zwei Jahren an das heikle Thema gewagt und seine Meinung kundgetan.

Er verurteilte den Krieg und wies auf das Leid hin, das auf beiden Konfliktparteien seit dem Beginn im Jahre 1947 entstanden war.

Möglicherweise war er mit seiner Anschauung, die in einer freiheitlichen, demokratischen Auffassung wurzelte, manchem Befürworter oder patriotischen Extremisten zu nahe gerückt und sollte nun dafür bestraft werden?

War am Ende Assas eingeweiht in das Komplott gegen ihn? Assas ist gebürtiger Amerikaner und schließlich waren die in den sechziger Jahren ebenfalls in den Krieg involviert.

»Ach, nein! Nein, ich bin niemandem auf die Füße getreten! Oder doch? Ich habe damals keine negative Kritik erhalten! Haben überhaupt so viele Leute die Kolumnen gelesen?«

Er reihte eine Frage an die andere und rekonstruierte, so gut er konnte, die damaligen Geschehnisse.

Ganz geistesversunken sah er seine große, schwarze Reisetasche am Förderband an sich vorbeiziehen. Sofort wachte sein Reaktionsvermögen wieder auf und er ließ der davoneilenden Tasche keine Chance, noch eine weitere Runde Karussell zu fahren. Womöglich würde ihm seine Tasche noch von einem Fremden geklaut.

Doch das wurde selbst ihm zu viel und so haute er sich leicht auf den Hinterkopf und rügte sich selbst, nicht vollends chronisch paranoide Züge zu entwickeln.

»Komisch«, dachte er, aber als er durch den Zoll ging und seinen Blick ein letztes Mal durch die Halle wandern ließ, konnte er den stillen Gaffer nirgends mehr entdecken.

So ging er mit seinem Gepäck, immer wieder nach links und nach rechts schauend, aus der Halle hinaus, an den wartenden Menschen vorbei, die alle nach ihren Freunden, Bekannten oder

Verwandten mit hochgestrecktem Hals Ausschau hielten.

Er wäre auch gerne mit einem Herzlich-Willkommen-Schild oder mit einer Rose empfangen worden, aber die Blicke jener Erwartungsfrohen richteten sich nicht auf ihn, und wenn doch, so glitten sie im nächsten Moment wieder von ihm weg.

Anders erging es ihm, als er ein Taxi beanspruchte, das ihn zu seinem Hotel bringen sollte. Es war angenehm, dass ihm freundlich das Gepäck abgenommen wurde und man sich seiner annahm, auch wenn dieser Service mit einer monetären Gegenleistung zu begleichen war, aber das ging schon in Ordnung.

*

Sein Zwei-Sterne-Hotel lag zwar nicht in der Nähe des Unicampus, an dem sich sein Arbeitsplatz für die kommenden Tage befand, aber im „Finisterre" konnte er es sich erst einmal gemütlich machen, bevor er noch den Schauplatz besuchen wollte, der am nächsten Tag die Aufmerksamkeit auf sich ziehen sollte.

Jacques stammte aus einer einfachen, kinderreichen Familie, in der sich der Vater nicht mit philosophischen oder ähnlichen Dingen beschäftigen konnte. Er hatte genügend damit zu tun, die Familie zu ernähren, arbeitete an Wochenenden und, wenn es seine Schichten in der Fabrik erlaubten, noch dazu auf dem Bau, damit er abends stolz nach Hause zurückkommen konnte, in der Gewissheit, das Oberhaupt einer Familie zu sein, die er allein ernährte.

Jacques' Mutter ließ das alles gewähren, sagte nie ein schmälerndes Wort gegen ihren Mann oder beklagte sich gar, dass er ihre Arbeit daheim nie zu würdigen gewusst hatte. Sie liebte ihren Mann und Jacques vermutete, dass es sich zuhause immer noch so zutrug.

»Zum Glück«, so hatte er sich schon oft gedacht, »habe ich damals den Absprung geschafft, um mein Leben zu führen, so wie ich es für richtig halte. Mit einem offenen Respekt für alle Menschen, ob sie Großes bewirken oder nur unscheinbar kleine Sachen zustande bringen.«

Es gab noch so vieles, was er seinem Vater an Kritik schuldig geblieben war, doch er hätte es wahrscheinlich nie in irgendeiner Form aussprechen dürfen.

Deshalb war er am morgigen Tag nicht nur ein objektiver Journalist, sondern insgeheim auch ein Kundgebungsteilnehmer, der sich für die gleichen Rechte eines jeden Menschen einzusetzen vermochte, wenn es ihm persönlich in irgendeiner Weise möglich wäre.

Die warme Dusche tat besonders gut, war er es doch von zuhause gewohnt, kalt oder an manchen Tagen sogar lauwarm hinter dem Duschvorhang zu zittern und schnellstmöglich das Duschgel von der Haut zu waschen.

Während er sich für den abendlichen Erkundungstrip fertigmachte, dachte er, als er in den großen Zimmerspiegel schaute, unwillkürlich an Aurelie.

Der Spiegel war eingefasst in einen verspielten Rahmen aus vergoldetem Holz und auf kleinen Rollen gelagert, sodass man ihn ohne Mühe umher schieben konnte.

»Was wird sie wohl jetzt gerade tun?«, fragte er sich. Da überfiel es ihn blitzartig, dass er es im Trubel der aktuellen Ereignisse vergessen hatte, Aurelie eine SMS zu schicken. Dies allerdings holte er augenblicklich nach.

Doch es war nicht simpel, in wenigen Worten das Passende, wenn es das für ihn gerade überhaupt gab, einzutippen.

»*Liebe Aurelie, leider musste ich kurzfristig verreisen.*«

»So eine dumme Ausrede, von heute auf morgen, das glaubt sie ja nie. Aber ich kann ihr ja ein Andenken aus Madrid mitbringen, damit sie merkt, ach, ich schreibe das einfach fertig. Das passt schon.«

»*Ich melde mich bald. Viele Grüße, Jacques*«

Er konnte noch nicht angemessen mit der Situation umgehen, dafür war er viel zu frisch im Geschehen, aber der Abendausflug sollte ihn dazu auf Distanz führen. Madrid war für ihn schon seit seiner Kindheit eine aufregende Stadt gewesen.

Sein Großvater, der auch sein Patenonkel gewesen war, hatte ihn damals als Junge zweimal mit nach Madrid zu einem Wochenendausflug genommen und ihm die Prachtbauten und die schönen Oasen jener Stadt gezeigt, die damals noch nicht zu ahnen gehofft hatte, im Jahre 1992 wirklich Kulturhauptstadt Europas zu werden.

Obwohl es schon lange zurücklag, dass er zuletzt in Madrid gewesen war, konnte er dank seiner guten Erinnerungsgabe manche Straßenzüge und für ihn prägnante Stellen in der Stadt wiedererkennen.

Die Abendluft tat unheimlich gut. Er inhalierte sie tief in seinen Bauch und atmete kräftig aus.

Die Luft war ein wenig kalt, doch das hielt die munteren Spanier auf den Straßen und Plätzen nicht davon ab, gemütlich zusammenzusitzen oder beisammenzustehen.

Auch diese schier unüberschaubare Metropole hielt den hohen Stellenwert von Familie und Generationenverbund hoch und zeigte keinerlei Auflösungserscheinungen, wie sie ansonsten oft von den Medien verlautbart wurden.

Wie damals, sowohl in Jacques' Heimatstadt Barcelona als auch in anderen, war es schön mit anzusehen, wie sich Jung und Alt in den Eisdielen trafen und auf den Plazas bis weit nach Mitternacht die Sommerluft genossen und plauderten.

Das liebte er an Spanien, doch diese Liebe hatte er schon in seiner Grundschulzeit aufgeben müssen. So war er in ein anderes Land, eine andere Stadt und eine neue Schule gekommen.

Warum seine Eltern abrupt nach Marseille gezogen waren, hatte er nie erfahren. Angeblich bekam sein Vater dort einen besseren Job, aber insgeheim hielt Jacques das nicht für den tatsächlichen Grund.

Er vermutete, dass sein Vater damals in einen Schmuggel

verwickelt war und ans Messer geliefert worden wäre, wenn er sich nicht abgesetzt hätte.

Doch das waren wiederum nur Vermutungen, die entstanden waren aus Wortfetzen, die Jacques von elterlichen Streitigkeiten und langen Gesprächen aufgeschnappt und zu einem Motiv zusammengesetzt hatte.

Wenn sein Opa ihn in den Ferien manchmal nach Spanien einlud, so wusste er, als ob nur eine Woche seitdem vergangen gewesen wäre, wie er diese sommerlichen Tage im Kreise der Verwandten und Bekannten geliebt hatte.

Und mit welchem strahlenden Lachen er dort verweilte, bis es wieder galt, Abschied zu nehmen, in den Zug zu steigen und nach Hause fahren zu müssen.

Es war damals schon ein Auf und Ab, ein Lachen und Weinen gewesen; und er wollte doch so gern das Weinen vergessen.

An diesem Abend aber wollte er lachen. Die Harmonie, die er aus dem Flugzeug mit nach draußen genommen hatte, trat ihm ins Bewusstsein.

Bevor er sich jedoch vergegenwärtigen konnte, dass wohl der stille Beobachter seine Seifenblase der Harmoniebedürftigkeit bereits in der Ankunftshalle zerplatzt hatte, wurde er Zeuge, wie ein Rollerfahrer mit rotem Helm und brauner Cordjacke einer jungen Frau ihre Handtasche buchstäblich zwischen Unterarm und Körper wegstahl, nachdem er den Trageriemen bravourös und zielgenau durchgeschnitten hatte.

Alles Schreien und Rennen machte keinen Sinn. Der Verkehr schluckte den Kerl, so wie er ihn ausgespuckt hatte, und trug ihn unbehelligt mit sich fort.

Ihr Freund tröstete die Bestohlene und wischte ihr sanft die Tränen von der Wange. Wahrscheinlich wollten die beiden zusammen ausgehen, aber das würden sie nun wahrscheinlich absagen.

»Telepathie«, schien es Jacques in roten, leuchtenden Lettern vor Augen zu hängen.

»Kann es Zufall sein, dass ich an Harmonie denke und ihm

selben Moment tritt jemand in mein Leben und zerstört den Gedanken?«

Dieses Phänomen, über das man an gemütlichen Rotweinabenden ausführlich diskutieren könnte, erschien Jacques einmal mehr nicht nur als purer Zufall, der sich hier und da ereignete, sondern als gezielt übertragene Information von einem Sender zum Empfänger.

Ob gewollt oder ungewollt, es klappte bestimmt nicht bei jedem Gedanken, aber dennoch sicher häufiger, als dass man noch von einem Zufall hätte sprechen können.

Er hielt inne und versuchte an nichts zu denken. Er bemühte den Bus, um an sein Ziel zu gelangen und um sich weitere Gedanken über das Ereignete zu machen.

»Wäre ich in der Lage gewesen, den Vorfall durch eine rechtzeitige Reaktion zu verhindern? Andererseits wusste ich vorher nicht, auf was ich hätte achten und reagieren sollen.«

Er verstrickte sich immer mehr in derartige Überlegungen, dass er es beinahe versäumt hätte, an der richtigen Haltestelle auszusteigen. Wie auch immer, irgendetwas lag seit seiner Ankunft in der Luft, aber er konnte nicht sagen, was ihm wirklich missfiel.

An der Plaza Cardenal setzte er sich ruhig auf eine Parkbank nieder und schaute in den fast sternenklaren Nachthimmel. Dann beging er den Platz und suchte nach einer guten Position für sich und seine Kamera.

Natürlich sah der Platz noch leer und verwaist aus, aber Jacques versuchte sich vorzustellen, wie es tags darauf hier zugehen könnte.

Außerdem wollte er auf dem Rückweg noch stoppen, wie lange er von seinem Hotel bis hierher brauchte.

Es war dunkel und kühl. Der Abend war nun ohne Harmonie. Ausgehen wollte er nicht mehr und Aurelie hatte sich noch nicht gemeldet. Er beschloss geradewegs heim zu fahren und schlafen zu gehen oder vorher noch ein wenig fern zu sehen. Das war für ihn schließlich ein kleiner Luxus.

VIII

Er hatte schlecht geschlafen. Andauernd hatte er sich hin und her gewälzt, um Schlaf zu finden. Doch was es auch immer war, es ließ ihn nur wenige Stunden zur Ruhe kommen. Das Frühstücksbuffet sah sehr lecker und reichhaltig aus. Es würde ausreichen, bis er abends wieder zurückkommen würde. Das allerdings nahm er sich oft vor, aber spätestens, wenn sich der Vormittag neigte, verspürte er schon oft ein Ziehen in der Magengegend und er ließ sich trotz guter Vorsätze, auf seinen Bauch achtzugeben, zu einer vorgezogenen Mahlzeit verleiten.

Er saß an einem Tisch mit jungen, in die Hauptstadt gereisten Spaniern; Studenten und Studentinnen, die das große Fest, das es in ihren Augen werden sollte, unter keinen Umständen verpassen wollten.

Ein munteres Geplauder herrschte im Frühstücksraum und versprach sich auch am Universitäts-Campus weiter fortzusetzen.

Er nahm sich ein Brötchen als Proviant mit auf den Weg. Kurzerhand hatte er sich den zahlreichen Studenten angeschlossen, die alle das gleiche Ziel anvisierten.

Die unterschiedlichen Motivationen und Erklärungen, die er in den Gesprächen sammeln konnte, hatte er natürlich längst in Stichpunkten auf seinem kleinen Notizblock festgehalten. Schließlich sollten bereits heute die ersten Zeilen an Assas fließen.

Sein Handy zeigte keine Anrufe an; keine Nachricht, nur das Datum und die Uhrzeit.

Das war zwar nicht der Grund, weshalb er in der Nacht nicht tief und fest schlafen konnte, aber es hatte damit zu tun.

Es tauchten in ihm vereinzelt Bilder auf, zu unscharf jedoch, als dass er sie hätte erkennen können.

Das Gehen als Lemming kam ihm heute zugute, hasste er es

doch sonst, sich in einer großen Gruppe inmitten vieler als bloße Nummer wiederzufinden.

So musste er wenigstens nicht nachdenken, welchen Bus er zu nehmen hatte, und stieg mit dem fröhlichen Tross in einen hinein.

Das Anfahren des Busses versetzte seinem Gehirn regelrecht einen Ruck.

In Gedanken sah er plötzlich das Portraitbild dieses jungen Mannes vor sich. Ja, es stimmte wirklich. Es hatte neben dem Bett gestanden.

Er hatte nicht darauf geachtet; seine Augen hatten anderes im Blick. Aurelie hingegen hatte es weggedreht und hinter die weißliche Blumenvase geschoben, in der drei weiße Rosen mit ausgedörrten Köpfen das Ende ihrer Pracht verrieten.

Er horchte erst nach dem wiederholten Rufen seiner Mitfahrer auf und tauchte so kurz in die Realität zurück, um für ein paar Fragen präsent zu sein. Es zog ihn zurück.

»Sie warf doch ein Kleidungsstück oder so etwas in den geflochtenen Korb?«

Aber dies war für ihn irrelevant, er sah nur seine Gefühle und blendete alles um sich herum aus.

»Sie verheimlichte etwas.«

Leider wusste er noch keine Antwort darauf.

Sein Kopf begann zu brummen und die drei Bilder kreisten in seinen Gedanken.

»Ein drittes Bild?«

Aber er konnte es nicht dingfest machen.

Ja, es war ein Zettel. Eine schön geschwungene Männerhandschrift hatte darauf Worte des Abschieds geschrieben. Aurelie hatte ihn rasch in ein danebenliegendes Buch eingelegt. Es war eine Bibel gewesen. Das Buch der Bücher, deshalb hatte sich Jacques das gemerkt. Er besaß ein ähnliches Exemplar. Seine Augen waren aber zu schnell davon abgewandert.

Seine Begleiter machten sich schon über ihn lustig, winkten wild vor seinen Augen und holten ihn aus seiner fragmentierten

Wirklichkeit.

Sie unterhielten sich. Sein Handy blieb tot; er wollte auch nicht mehr darauf schauen und machte es aus.

Die Stadt war voll von Menschen, mehr als sonst und gleichwohl konzentriert auf dieses Viertel. Jungen mit Bierdosen liefen neben dem Bus und freuten sich wohl auf die Konzerte, die am Nachmittag gespielt werden sollten.

Doch die Zeit war noch nicht reif für Alkohol. Wenigstens für Jacques nicht. Er musste arbeiten, eine Story liefern.

Er hatte vor einigen Jahren in Italien einen Gottesdienst im Freien mit Papst Johannes Paul II. im Rahmen einer Kampagne für christliches Leben besucht und einige Interviews geführt.

Damals hatte eine ähnliche Stimmung geherrscht. Er hätte es nie vermutet, wäre er nicht selbst zugegen gewesen, welche Wirkung dieser gebrechliche Mensch in weißen Kleidern auf die umherstehende Schar von mehreren tausend Menschen ausgeübt hatte.

Es waren damals Momente der Faszination gewesen, eine grenzenlose Freude und die Stimmung eines großen Aufbruchs in eine neue Zeit.

So etwas konnte man nicht einmal in den Stadien großer Rockkonzerte miterleben, aber an diesem Tag heute lag wieder ein Zauber in der Luft, der darauf wartete, von allen Teilnehmenden inhaliert zu werden.

Nur die Spiritualität fehlte, aber das war für Jacques nicht weiter schlimm.

Er positionierte sich auf einem Hügel, neben einer kleinen und mittelhohen Sträuchergruppe. Er knipste die ersten Bilder und fragte ein paar Herumstehende, was sie sich von dem Event versprachen. Er bekam soweit befriedigende Antworten.

Vielleicht würde er die begeisterten Meinungen einmal separat zusammenfassen und eine Serie schreiben, die der Gesellschaft neuen Mut versprach und aufzeigen sollte, mit welchem Optimismus und Engagement sich junge Leute für Belange, auch für die anderer Menschen, einsetzten. Er behielt das im

Hinterkopf.

Ein Thema beherrschte die vielen selbst gefertigten Transparente, die die Menschen mit sich genommen hatten, welche sich um die Bühne versammelten, die als Zentrum der Kundgebung gewissermaßen magnetischen Charakter besaß.

Sein Telezoom hatte eine gute Reichweite, sodass er sich nicht weiter ins Getümmel vordrängeln musste.

Seine Begleiter aus dem Hotel hatte er leider aus den Augen verloren. Er würde sie aber am Abend ja wieder treffen oder wenigstens am nächsten Frühstücksbuffet.

»Soll ich vielleicht kurz mein Handy anschalten?«

Aber er ließ sich nicht mehr auf derartige Selbstgespräche ein und widmete sich seinen Aufgaben.

»Assas wird begeistert sein«, dachte er sich und überblickte den Campus, zu dem aus allen Himmelsrichtungen Menschen jeden Alters und beinahe auch jeder Kultur zusammenrückten.

»Wie im Flugzeug, nur noch um vieles größer und bunter«, ging es ihm durch den Kopf.

Etliche Menschenrechtsorganisationen sollten an diesem Tag der Einladung zu dieser studentisch initiierten Veranstaltung zur Völkerverständigung anwesend sein und verschiedene Redner entsandt haben.

Sogar König Juan Carlos hatte sich angeblich angekündigt, was letztlich jedoch durch einen Hofsprecher entkräftet wurde.

»Noch eine halbe Stunde Zeit, bis es losgeht«, dachte sich Jacques und fühlte sich wie in der vergangenen Nacht, als er nicht einschlafen konnte. Seine Gedanken begannen wieder zu kreisen.

Von der Decke hinab schaute er in das Schlafzimmer und sah Aurelie und sich selbst. Er holte sich zurück, schloss seine Augen und öffnete sie wieder in Gegenwart von einigen tausend Menschen; schließlich hatte er eine dienstliche Verpflichtung und musste sich selbst hintanstellen.

„Proud Mary" wurde in nächster Nähe gesungen und auf einer Westerngitarre begleitet.

Nein, es war kein zweites Woodstock, was die Leute hier anstrebten. Es war vielleicht auch nicht der Idealismus, die Welt ein Stückchen besser zu machen, sondern vielmehr die Gelegenheit, Menschen zu treffen, zu plaudern und eine Party zu feiern bis spät in die Nacht.

Endlich hörte man ein Rückkopplungssignal am Mikrophon.

Ein Zeichen, dass der erste Redner sich ankündigte. Der Ministerpräsident selbst begann die Kundgebung zu eröffnen und hieß die Anwesenden herzlich willkommen.

Er redete, aber Jacques konnte sich nicht richtig konzentrieren. Plötzlich jedoch ging alles rasend schnell.

Die Stimme des Redners versiegte.

Eine unbewusste Hektik schwappte wellenförmig von der Bühne zu den stehenden und sitzenden Massen.

Mikrophongeräusche.

Heranfahrende Autos quietschten von ferne. Unruhe machte sich breit.

Jacques zuckte zusammen, er war getroffen worden. Aber nicht nur er, sondern alle, die in seinem Umfeld standen.

Menschen begannen davon zu laufen, doch niemand vermochte zu begreifen, was passiert war.

Lautes Schreien schallte über den Campus.

Ein groteskes Bild des Durcheinanders schien wie eine künstlerische Momentaufnahme.

Ein Expressionismus, der in den buntesten Facetten dem Ausdruck verlieh, was noch keiner begreifen konnte.

Jacques war wie gelähmt; dennoch hob er seine Kamera an und fing den Fall eines Mädchens ein. Er wollte das nicht, doch da war es schon geschehen.

Er sah sie nicht mehr. Füße stiegen über sie hinüber, sie hatte keine Chance aufzustehen und kein Blick richtete sich nach unten. Er konnte nicht zu ihr, da er intuitiv wusste, dass ihm dasselbe widerfahren würde, wenn er sich zu ihr hinabbückte. Seine Ohren rauschten, wurden gefüllt mit panischen Hilferufen.

Das Gebüsch, an dessen Seite er sich positioniert hatte, half ihm nun, um dem Menschenstrom nicht hilflos ausgeliefert sein zu müssen.

Die Gruppe um Jacques war wie erstarrt, Taschen und Getränke lagen wahllos auf der Wiese herum, einige Menschen kauerten sich zwischen Zweige und Gestrüpp, das unter normalen Umständen nur Hunde für ihre Bedürfnisse aufsuchten, und hielten sich gegenseitig fest.

Da war das Mädchen: Jemand musste sie bemerkt und mit sich fortgezogen haben. Sie sah schrecklich aus, von Blut umhüllt war ihr Gesicht und ihre Kleidung hing in Fetzen an ihr herunter.

Gebete lagen plötzlich in der Luft und „Santa Maria" wurde laut von allen Seiten gerufen.

»Was ist passiert?«

»Die Welt geht unter!«

»Schnell, lauft alle weg!«

Aber es war eine Vielzahl von kurzen, abgehackten Sätzen die durch die Luft polterten und nach Erklärungen verlangten.

Martinshörner wurden laut, aber es dauerte lange, bis sie auch nur in die Nähe der vielen Menschen kommen konnten.

Eine Komposition aus Schreien, Weinen, Flehen und Fluchen trichterte sich in Jacques' Gehör ein.

Seine Kamera hatte er sich umgehängt und hielt eine Studentin fest im Arm, die aus Angst um ihr Leben zitterte.

Sie hatten sich kurz zuvor noch unterhalten und so wusste er ihren Namen.

Antonias Ideale, für die sie mit vielen anderen an diesem Tag einstehen wollte, waren abrupt in die Luft gesprengt worden.

Eine Sekunde nur – und ein junges Lächeln erstarb zu einer Grimasse des Entsetzens, die Zeugnis von der blanken Furcht vor der Zerstörung ablegte.

Jacques hielt sie fest und so wurde auch er gehalten. Unzählige Stöße an seine Arme, seinen Kopf und Beine registrierte er zwar, erwehrte sich ihrer aber nicht; es galt Existenzielleres zu sichern.

Es musste etwa so sein, als stünde man in der Savanne und sähe eine Herde Elefanten auf sich zu laufen. Man stünde einfach mittendrin, hoffend nicht erfasst zu werden und das Gefühl von Ohnmacht verspürend.

Der Strom versiegte nicht und mancher, der zu Boden gedrängt worden war, krabbelte wie ein Kind auf allen Vieren zu der kleinen Ansammlung in dem Gebüsch, wo man Schutz in der gegenseitigen Umklammerung suchte.

Man hätte meinen können, ein Kuscheltherapeut hätte seine Klienten um sich versammelt, doch der Moment riss jedem Beteiligten den Humor aus dem Leib.

»Eine Autobombe, eine Autobombe!«, verrieten heißere Schreie den Unwissenden, die noch starr vor Schrecken waren.

Jacques erinnerte sich:»Ja, der Knall, das könnte es gewesen sein.«

Der Wind pfiff auffrischend durch das Gebüsch. Es war wie eine Slow-Motion-Einstellung in schwarz-weiß. Zu viele Leute liefen an Jacques vorbei, sodass es ihm vorkam, als würde dieser Menschenstrom nie mehr zum Erliegen kommen.

Seltsamerweise schienen sich die Menschen vor Jacques' Augen wirklich langsamer zu bewegen. Aber das sollte nur er in dieser Weise realisieren. Tausend Gedanken schossen ihm durch den Kopf:

»Die hat ja lange Haare, wunderschön. Oh Gott, der fällt gleich hin, oder doch nicht?

Der beige Rucksack liegt da schon eine Weile und noch niemand ist darauf gestiegen. Aber jetzt wohl. Mist, der hat sich den Fuß umgeknickt, das wird ziemlich wehtun. Hier riecht's wirklich ekelhaft. Ich möchte nicht wissen, wo ich hier liege. Verrückt, was hat Antonia für einen Herzschlag?

Hoffentlich bekommt sie keinen Herzanfall. Was würde ich dann machen? Herausrennen und nach einem Arzt rufen? Sie einfach liegen lassen oder mitnehmen?

Ich werde sie einfach fester an mich drücken, vielleicht wirkt das beruhigend. Ich habe doch selbst Angst.

Ah, jetzt hab' ich noch gerade rechtzeitig meinen Arm weggezogen, sonst wäre der Typ darauf getreten. Ich halte das nicht mehr aus, ich werde verrückt. Ich kann mir nicht einmal die Ohren zu halten. Ich will sie nicht mehr festhalten. Es riecht nach Benzin, oder? Ja, ich denke schon, das könnte Benzin sein. Benzin von der Explosion; oder fliegt gleich noch etwas in die Luft? Ich bin hier sicher, ich bin hier sicher. Ganz tief atmen, Jacques! Versuche, ruhig zu bleiben! Tief ein- und langsam ausatmen! Ich schaffe das hier, tief und gleichmäßig, ja, so ist es gut. Ich sehe überhaupt nichts mehr, es verschwimmt alles vor meinen Augen. Zum Glück hält mich Antonia fest, mir kann nichts passieren.«

Doch sein Sehvermögen stellte sich rasch wieder ein. Es war wohl vielmehr ein Wunsch als die Realität, die ihn beflügeln wollte, sich selbst von den kriegsähnlichen Szenarien, die sich auf dem vermeintlich friedvollen interkulturellen Austausch abspielten, wegzuwünschen.

Er sah eine gigantische Welle auf sich zu kommen, die an ihm brechen sollte, aber sie brach nicht, wenigstens nicht für ihn. Aber um ihn herum wurden die Leute erfasst, weggespült, in ihren Sog getaucht und gepeitscht, als würde sie ewig andauern.

Seine Stirn klebte, er war nass geschwitzt. Antonia klammerte sich mit geschlossenen Augen an seine Schulter. Sie war noch zu jung, um diese Bilder, die sich auf dem Campus abspielten, in ihre Seele brennen zu lassen. Andere hingegen hatten dieses Glück nicht.

Die Polizei schien – nach dem Augenblick des Schreckens – aus ihrer Starre erwacht zu sein und meldete sich über Lautsprecher, wenn auch recht unverständlich, bedingt durch das Chaos und den Lärm.

Ordnung und Ruhe zu schaffen stand an oberster Priorität. Aber die Sicherheitskräfte waren mit dieser Aufgabe zunächst überfordert.

Der Campus lichtete sich, aber es blieb keine Leere zurück. Der Platz war übersät mit liegen gebliebenen Frauen und Männern, von denen einige einen Arm oder ihren Kopf anhoben, um auf sich aufmerksam zu machen. Manche aber blieben reglos liegen, konnten allerdings auch nicht sofort medizinisch versorgt werden, da noch zu wenig Sanitäter und Ärzte vor Ort waren.

Die zusprechenden Worte aus dem Lautsprecher konnten langsam, aber sicher die Masse beruhigen, jedoch der Benzindunst in der Luft ließ keine Gelassenheit aufkommen.

Antonia hatte ihre Augen wieder geöffnet und suchte mit Blicken in allen Himmelsrichtungen nach ihrer Freundin, mit der sie am Morgen gemeinsam mit dem Fahrrad hergekommen war.

Die junge Studentin richtete sich langsam auf und sah betroffen, mit Tränen in den Augen das Ausmaß der Verwüstung nach der ausgebrochenen Panik.

»Angela, Angela!«, rief sie ungläubig auf das Feld, doch die Worte verpufften ohne jede Wirkung.

Sie liebte das Leben in ihrer Stadt, die immer pulsierend war und in der die knapp fünf Millionen Einwohner nie zu ruhen schienen.

Jacques streckte sich, er hatte einige Schürfwunden an seinem Arm. Doch erst jetzt wurden ihm diese Schmerzen bewusst.

Ein Bild, das surreal vor seinen Augen lag; so, als sähe er ein Werk Dalis, aber realer hätte er sich nichts anderes vorstellen können.

Sirenen bildeten die Geräuschkulisse, und bevor sich Jacques orientieren konnte, um anderen helfen zu können, nahm sich ein in Zivil gekleideter Mann um ihn an und reichte ihm etwas zu trinken, wickelte ihn in eine Decke und begutachtete die Wunden an seinem Arm, die er im Folgenden schließlich desinfizierte.

»Tee«, sagte Jacques dankend und ließ sich fallen, ummantelt von der warmen Decke und der vorläufigen Gewissheit, das Schlimmste überstanden zu haben.

Jemand brachte seinen Rucksack und seine Kamera; beides hatte keinen äußeren Schaden genommen.

Nachdem er versorgt war und einfach dasaß, nahm er die Kamera und portraitierte das Umfeld. Er wollte es nicht, aber trotzdem tat er es.

Früher hätte er das nicht getan. Daran erinnerte er sich aber erst, als die Bilder im Kasten waren und so verbarg er sie, enttäuscht von sich selbst, in seinem Rucksack.

Antonia schaute ihn mit großen Augen an; sie saß noch neben ihm, sagte aber kein Wort. Nur ihre Augen fragten ihn und sein Blick antwortete ihr verlegen und mit fortwandernden Augen.

Sie hatten es geschafft, sie waren weitgehend unverletzt geblieben. Aber nun begann die Suche nach Angela und Jacques wollte Antonia nicht alleine aufbrechen lassen. Er nahm sie an der Hand; anfangs wollte sie die des Paparazzos nicht nehmen, aber schon nach wenigen Minuten brauchte sie eine starke Hand, die sie durch das Freiluftlazarett führte.

Reporter standen in kleinen Gruppen zusammen und führten Interviews. Jacques notierte in seinen Gedanken alles Wesentliche für sich mit. Er hatte ein gutes Gedächtnis für Bilder und konnte sich auch an manche Worte erinnern, die er damit verknüpft hatte.

Es fehlte die Stille, die sonst nach einem Gefecht einsetzte, nachdem der große Countdown gezählt und alles vorüber war. Hier kehrte der Trubel Madrids sofort wieder an jenen Ort zurück, jedoch verhaltener und von Tränen durchtränkt.

Es war gespenstisch. Jeder Regisseur von Action- und Horrorfilmen hätte hier ein Drehbuch vorgefunden, das er sich nicht „besser“ hätte ausdenken können.

Aber wer weiß, an wen die Aufnahmen, die mittlerweile von einem Helikopter aus gemacht wurden, für viel Geld verkauft werden würden?

Polizeibeamte in Uniform und Zivil bevölkerten den Schauplatz des Terrors.

Das Szenario, das jeder gefürchtet hatte, aber nicht im Geringsten erwartet hätte, war unfassbare Realität geworden. Wut und Trauer spiegelten sich in den Augen der Menschen wider. Gefaltete Hände streckten sich dem Himmel entgegen und flehten.

Kopfschüttelnd standen viele da; ein groteskes Bild, das geistig retardierte Menschen zu zeigen schien, die gemeinschaftlich ihr Tun nicht umrissen und kollektive Sinnlosigkeit ausstrahlten.

Es war nicht zu begreifen, aber der angestrebte Zauber der Gleichberechtigung aller Menschen auf der Erde war verschwunden.

Die Hoffnungen der Anwesenden auf eine gerechte und lebenswerte Welt waren abrupt zerschlagen worden. Und etliche hatten ihre Träume mit dem eigenen Leben bezahlt, das nun unter einer Decke oder sonstigen Kleidungsstücken begraben lag.

Jacques weinte. Es war zu viel für ihn und er wollte für Antonia oder für wen auch sonst nicht mehr tapfer sein. Er konnte nur noch er selbst sein. Keine Fassade mehr, nur noch er, so wie er sich fühlte.

Antonia drückte seine Hand fest und verzieh ihm vollends. Sie zog Kraft aus der Situation und richtete ihren Mut nach vorne, der entschlossen war, die Freundin lebend in dem Chaos wieder zu finden.

Jacques verspürte den Drang, etwas Großes leisten zu müssen, obwohl er nicht dachte, es auch zu vermögen. Er war entleert, aber dennoch innerlich unruhig.

Die Eindrücke überfüllten sein Gehirn und er ging langsam, wie gelähmt, mit Hilfe zusprechenden Blicken über den Platz.

Ihm wurde schwindlig.

»Antonia, warte, ich muss mich setzen!«

»Aber du kannst doch jetzt keine Pause machen, wir müssen

Angela suchen!«

»In mir dreht sich alles.«

»Geht's dir nicht gut? Hey, sag' mir bitte, was los ist!«

»Es geht schon wieder. Oh, jetzt war mir kurzzeitig ganz schwarz vor Augen geworden. Das kenne ich gar nicht von mir. Das wird nun schon vorbei sein. Komm, hilf mir bitte hoch!«

»Wenn du dir sicher bist, auf drei …«

Kurz darauf war eine Stimme zu hören, die zielgerichtet in Antonias und Jacques' Richtung schallte.

Zunächst nahmen die beiden das noch nicht wahr, doch je eindringlicher das Rufen wurde, desto aufmerksamer fixierte Antonias Gehör die Schallquelle an. Und sie wurde nicht enttäuscht.

»Angela!«, rief sie, so laut sie konnte, und versuchte dabei, schnellstmöglich zu ihr hinüber zu gelangen. Das erwies sich aber wegen der Belebtheit des Platzes und der herumliegenden Menschen als ein wahrer Spießrutenlauf, da die meisten Opfer nur sich und ihre Verletzungen im Auge hatten und jeden, der irgendwie unversehrt davongekommen war, zu sich zogen, um Hilfe zu erhalten.

Doch Antonia gelangte an ihr Ziel: Angela!

Es war, als träfe der Sonnenschein auf eine Mondlandschaft, ein Moment des unbeschreiblaren Glücks. Sie standen still beisammen und umarmten sich innig. Bevor Jacques selbst von diesem Bild gerührt wurde, zog ihn Antonia flugs heran und nahm ihn als Dritten im Bunde auf.

Als sie sich wieder voneinander lösten, nahm die Erleichterung der beiden Mädchen ihren Lauf und sie lachten und weinten gleichzeitig.

Jacques lächelte, vergaß so seine Angst und ließ sich von Antonia vorstellen.

Er hatte ein aufregendes Leben, aber dieses zu führen hatte er selbst nie geplant. Damals war er von seiner Familie in die frühe Selbstständigkeit geschickt worden und fortan lotste sein

Schicksal ihn an die Schauplätze, an denen er reich an Erfahrung werden konnte.

Gewiss, er war einer der Menschen, die irgendwann einmal den Stift in die Hand nehmen könnten, um rückschauend auf ihr Leben oder bestimmte Lebensabschnitte eine biographische Geschichte zu erzählen, die es wahrlich wert war, gedruckt und von vielen begeistert gelesen zu werden.

Diejenigen, die stets behütet und im regelmäßigen Ablauf ihres Alltags ihr Dasein bestritten, waren indes nicht in der Lage, etwas zu publizieren, das diese besonderen Facetten des Lebens beleuchten konnte, die Jacques von klein auf erleben musste, aber auch durfte.

An diesem Tag würde er ein weiteres Kapitel hinzufügen; doch biographisch tätig zu sein, war ihm zu dem Zeitpunkt noch nicht in den Sinn gekommen.

IX

Jacques ließ sich auf sein Bett fallen. Darauf hatte er sich schon die gesamte Heimfahrt im Bus gefreut. Es war merkwürdig, aber er musste plötzlich, während er in seinen Gedanken badete, an Linda denken. Ihm war es, als könnte er sie nun verstehen. Vor ihrer Abreise war es ihm noch nicht möglich gewesen, in ihre Gefühlswelt hineinzutauchen.

Er fühlte Angst, aber nicht, weil etwas ihm augenblicklich drohte und Stresszustände bescherte, nein, es war eine andere Angst. Es war eine Angst, die sich latent in ihm ausbreitete und mit dem Blut in alle Körperregionen transportiert wurde, sich festsetzte und von Zeit zu Zeit ein Quäntchen von sich preisgab.

„Unterschwellig", nach diesem Wort hatte er gesucht. Er fühlte sich zittrig, aber ein äußerliches Zittern konnte er bei sich nicht wahrnehmen.

»Ach egal, ich fahre jetzt mein Notebook hoch und schreibe, was ich erlebt habe. Ich brauche den Job schließlich. Mein Rücken ist so verspannt und alles tut mir weh, aber glücklicherweise bin ich lebendig aus der Apokalypse herausgekommen. Herr, ich danke dir. Das Handy klingelt? Aurelie, bitte. Hallo?«

»Jacques, wie geht's dir, du lebst?«, fragte Assas anstelle der gewünschten Aurelie am Telefon nach.

»Ja, natürlich, das heißt zum Glück.«

»Da wurden eben die ersten Bilder ausgestrahlt im Fernsehen. Alles sah aus, wie die totale Zerstörung.«

»Ich weiß noch gar nicht richtig, was wirklich passiert ist. Die haben gesagt, dass eine Bombe detonierte, ist das wahr?«

»Äh, ja, das ist richtig. Eine Autobombe mit immenser Sprengkraft ging in die Luft und schickte 32 Menschen in den Tod. Außerdem sollen mindestens 50 Personen infolge der eingetretenen Panik zu Tode getreten worden sein.«

»Das ist furchtbar, einfach entsetzlich!«, fügte Jacques hinzu.

»Ich weiß, heute ist wieder ein Tag, an dem diese einzelnen Schicksale, von denen niemand in der Gesellschaft Notiz nimmt, zuschlagen und Menschen ihres Lebenssinns berauben.«

»Das stimmt!«, doch wurde Jacques wegen dieses Satzes aus Assas Mund irgendwie verblüfft.

»Nichtsdestotrotz, du bleibst erst einmal vor Ort und erholst dich. Wann kannst du mir die ersten Zeilen schicken? Ich habe dir extra die Titelseite freigeräumt, also lass dir etwas Gutes einfallen. Das dürfte dir vor allem heute nicht schwerfallen.«

»Ja, ich weiß nicht ...«

»Schick mir in zwei Stunden das erste Material, und sobald du Bilder hast, schick sie rüber; ich melde mich wieder. Alles Gute.«

»Guten Tag«, das war alles, was Jacques gerade noch herausbrachte, bevor Assas auch schon aufgelegt hatte.

Assas war nicht gerade derjenige gewesen, den Jacques in diesem Moment hören wollte, aber was blieb ihm anderes übrig, als seinem Arbeitsgeber zuzuhören.

Der noch immer aufgewühlte Journalist rückte seinen Schreibtisch in die Nähe der Balkontüre und richtete sich darauf so ein, dass er ungestört arbeiten konnte; sein Notebook, Papier, Stifte und ein Glas, gefüllt mit stillem Wasser.

»Zwei Stunden, da darf ich keine Zeit verlieren«, sagte er zu sich selbst und beugte sich über seinen Rechner.

*

In kontinuierlichen Zeitabständen wurden Sondersendungen zu den Ereignissen über Rundfunk und Fernsehen verbreitet.

Man hätte Madrid mit einem Epizentrum vergleichen können, von wo aus sich die Macht des Terrors in immer größeren Radien über die Welt verbreitete.

Aurelie und Celine saßen zusammen und tranken Tee, als sich der Fernseher im Wohnzimmer, der nebenher Geplänkel lieferte, informativ und erschüttert über das Geschehene zu Wort meldete. Die beiden huschten hinüber und sahen die Bilder der Zerstörung und das Weinen der Menschen.

„Ein Angriff auf die Menschlichkeit" wurde der Anschlag oftmals genannt. Politiker aus den verschiedensten Ländern in Europa und Amerika sprachen dem spanischen Volk ihr Beileid aus und boten Hilfe an.

»Ich habe gerade gedacht, dass ich Jacques dort gesehen hätte. Kann das möglich sein?«

»Ich weiß nicht? Schließlich hast du ihn mir noch nicht vorgestellt«, gab ihr Celine lächelnd zurück.

»Er hat mir nur eine Nachricht geschickt, dass er verreisen musste, aber ich sehe das eher als ein Kneifen an. Oder ist er doch dort?«

»Dann ruf ihn einfach an und verschaffe dir Gewissheit.«

»Nein, ich rufe ihn nicht an. Er ist gegangen, er soll auch wiederkommen. Er wird sich schon melden.«

»Aber irgendwie machst du dir ja richtig Sorgen um ihn?«

»Ach nein, mach' ich mir nicht.«

Celine schaute ihre Freundin mit ihren großen, hellbraunen Augen an und forderte so das, was sie von ihr hören wollte, heraus.

»Ein bisschen vielleicht … Du hast ja recht, und schau' mich nicht so an. Er ist anders und interessant. Aber ich melde mich nicht bei ihm.«

»Das würde ich an deiner Stelle auch nicht tun. Du darfst einem Mann nie zeigen, dass du an seiner Angel hängst und von ihm abhängig bist, weil er sich sonst alles mit dir erlaubt. Glaub' mir, ich habe meine Erfahrungen gemacht. Die werfen ihre Rute aus und können es nicht erwarten, dich zappelnd aus dem Teich zu ziehen. Und weißt du, was das Frustrierende an ihnen ist?«

»Nein.«

»Sie nehmen den erstbesten Fisch, der ihnen auf den Leim geht.«

»Ach Celine, vielleicht hast du ja recht, aber Jacques ist kein Angler, eher ein Träumer, der manchmal in die Realität taucht und versucht, jemandem von sich zu erzählen und das Träumen zu lehren.

Ich kenne ihn noch nicht lange, aber er hat mich angesteckt, weißt du, schon fast infiziert. Ich ertappe mich gerade so oft dabei, dass ich aus dem Fenster starre und mir vorstelle, was ich täte, wenn ich nicht mein Studium abgeschlossen und meine Arbeit in der Praxis hätte.

Es stimmt, was er sagt, ohne Träume wäre es hier auf der Erde nicht lebenswert, alles würde im Chaos der Sinnlosigkeit versinken.«

»Was ist mit den Reichen, die sich ihre Wünsche erfüllen, manche bereits schon, bevor sie davon träumen können? Oder die sich jeden Traum erfüllen, der ihnen ganz unverhofft zwischen die Finger gerät?«

»Aber dennoch träumen sie. Meinst du nicht Celine?«

»Schwer zu sagen, aber, wenn ich mich in so jemanden hineinversetze, das kann ich, denke ich, ziemlich gut, dann müsste es wohl so sein, dass ich mir zunächst etwas wünsche und herbeisehne, bevor ich diesen Wunsch baldmöglichst realisieren kann.«

»Und wie steht es mit den Träumen, die sich auch die reichsten Menschen der Welt nicht erfüllen können, wie von einer unheilbaren Krankheit geheilt zu werden?«, fragte Aurelie.

»Die träumen auch, die träumen wahrhaft. Und im gleichen Augenblick werden ihnen der Luxus und ihre Annehmlichkeiten gleichgültig und sie würden dies alles womöglich für den einen Traum eintauschen.«

»Ja, aber nur so lange, bis sie sich diesen erfüllt hätten, oder?«

»Das kann sein, oder sie sind so glücklich fortan, dass sie nichts mehr brauchen, als sich selbst, das wirkliche Kapital des Lebens.«

»Ich kenne das auch«, schloss Aurelie daran an.

»Wie oft habe ich in meiner Lieblingsboutique ein Kleid oder eine Hose unbedingt haben müssen, habe gar nächtelang von diesen Dingen geträumt. Doch sobald diese Sachen in meinem Kleiderschrank hingen, verlor ich die Aufmerksamkeit darauf und wollte mehr oder einfach etwas anderes. Gibt es den realisierten Traum, der traumhaft bleibt, wenn ich ihn greifbar in Händen halte?«

»Vielleicht ist das möglich, wenn du nur wenige Dinge besitzt, also keine Vielzahl von besonderen Kleidern in deinem Schrank hängen hast, sondern wirklich nur dieses eine, das du rausholst und lächelst, wenn du es in Händen hältst oder dich damit im Spiegel betrachtest.«

»Vielleicht, ja, vielleicht. Aber wir haben zu viele Kleider.«

»Ja und unser Schrank ist voll damit. Anders ist das sicherlich bei Frauen, die sich nicht vorstellen können, mehr als ein Kleid zu besitzen.«

»Wir sind wirklich privilegiert und wir genießen diesen Luxus nun schließlich auch«, gab Aurelie zustimmend und nickend zu. Sie kam nicht nur aus einer wohlhabenden Familie, die ihr bereits von Kindheit an die Annehmlichkeiten eines gutbürgerlichen Lebensstils offerierte, sondern leistete ihren eigenen Beitrag mit dem Beruf, den sie ausübte, um in der monetären Gesellschaft von Paris involviert zu sein und daran teilhaben zu können.

Schließlich ist ein Leben in der Gesellschaft kein anderes, als man es in der Natur betrachten kann und nur allzu oft von Grausamkeiten spricht, wenn ein Löwe etwa eine Antilope reißt, wenn auch nur aus dem Antrieb heraus, gesättigt zu werden.

Arbeitslos zu sein, davon blieb Aurelie, wahrscheinlich wegen ihrer hervorragenden medizinischen Leistungen, bislang verschont.

Dennoch war sie nicht zu weltfremd, um zu wissen, dass einen die Gesellschaft relativ rasch ins Abseits drängen würde, säße man ihr auf der Tasche, um Arbeitslosengeld zu bekommen.

Es war also wie im Tierreich ein Fressen und Gefressen werden, ein Schwimmen oder Untergehen, manchmal aber auch die oft zitierte Metapher von dem Drahtseil, das nur einen schmalen Weg begehen lässt.

In der Pariser Wohnung der jungen Frauen lag eine spontane Ruhe über den Ereignissen, die aus dem Fernseher drangen.

*

Anders in einer privaten Agentur, etliche Kilometer davon entfernt, in der sich das Umherirren der gezeigten Menschen in Madrid anscheinend auf die gesamte Belegschaft ausgewirkt hatte. Assas stand wie ein wortgewaltiger Koordinator, der er ja auch in Wirklichkeit war, in der Mitte der Agentur und brüllte lautstark seine Arbeitsaufträge in die von Zigarettendunst durchmengte Luft.

Der Laden schien gut organisiert zu sein; jeder lauschte den wild umhergeworfenen Instruktionen, und sobald jeder das für seinen Arbeitsbereich Relevante vernommen hatte, begab er sich zurück zu seinem Arbeitsplatz.

Jacques wurde des Öfteren beim Namen genannt, anscheinend wurde gewisses Material, welches Jacques im Laufe des Nachmittags geliefert hatte, gleich weitergereicht, damit es so schnell wie möglich publiziert werden konnte.

Assas hatte als freier Mitarbeiter einer mittelgroßen Zeitung in Straßburg erste Erfahrungen gesammelt und sein journalistisches Handwerk gelernt.

Er war damals ein neugieriger junger Mann gewesen, der,

gerade mit dem Abitur in der Tasche, die Gesellschaft mit seiner Art zu schreiben begeistern und die Flut an Informationen in neuartigen Variationen schriftlich fixieren und präsentieren wollte.

Aber er hatte schnell gemerkt, dass er für eine Tageszeitung schrieb, dessen Chefredakteur an seiner, neutral formuliert, experimentierfreudigen Schreibweise nichts Begeisterndes finden konnte und ihn aufforderte, seine in gewisser Weise originelle Schreibkunst für andere literarische Gattungen aufzusparen.

So blieb ihm nichts Weiteres übrig, als sich dem Druck seines Arbeitgebers zu beugen und konkreten Journalismus abzuliefern.

In der Tat begann Assas zu dieser Zeit, Kurzgeschichten über das Leben, wie es an ihm vorbeizog, zu schreiben, aber Veröffentlichungen, die ihm zu allgemeiner Wertschätzung verhalfen, blieben aus.

Mit dem hinterlassenen Erbe seiner Großmutter konnte er seinen großen Traum von einer eigenen Agentur verwirklichen und setze seine Vorstellungen davon in die Tat um.

George Assas war eine Kämpfernatur, die alles daransetzte, ihre Vorstellungen durchzubringen und sich selbst zu behaupten. Er baute zwar kein Imperium auf, aber eine solide Firma, in der zu Spitzenzeiten bis zu 60 Mitarbeiter beinahe weltweit gearbeitet hatten.

„Sein Laden", wie er die Agentur nannte, war so stets in einem überschaubaren Rahmen geblieben, den er selbst leiten konnte, ohne dass er je einen Teilhaber oder Investor hätte hinzuziehen müssen.

Seine Frau hatte sich dem Ehrgeiz ihres Mannes untergeordnet und ihre eigene berufliche Karriere zugunsten der Familie und der Agentur zurückgestellt. Aber sie war glücklich mit ihrem Leben und als etliche Male bereits Journalistennot geherrscht hatte, sprang sie ohne zu überlegen ein, auch wenn sie dafür für einige Wochen ihre Koffer packen und mitsamt den beiden Kindern ohne ihren Mann nach Deutschland, England oder Schweden reisen musste, um vor Ort präsent zu sein.

So griff Assas mit seiner konsequenten Haltung das Telefon und wählte eine lange Nummer. Ein Freizeichen ertönte und George lehnte sich, ein Stück weit innerlich erleichtert, in seinen schwarzen Ledersessel zurück.

»Ja, hallo? Aurelie, bist du es?«

»So ist das also, ich dachte, du arbeitest?«, witzelte Assas in den Hörer, nicht ohne aber zwischen den Zeilen unmissverständlich mitzuteilen, dass Jacques sich vollkommen auf seine Arbeit zu konzentrieren hätte, bis er schließlich alles Relevante zusammengetragen hatte.

»Ich bin so gut wie fertig. Ich brauche noch ein paar Minuten, dann habe ich alles noch einmal durchgelesen und kann es fehlerfrei zu Ihnen mailen.«

»Nein, das dauert mir zu lange, ich muss denen in New York grünes Licht geben, die sitzen mir schon im Nacken. Schick' mir sofort alles, was du hast, durch! Patrice und Filippo haben dafür Zeit und können sich sofort an die Arbeit machen. Du hast zwei Minuten. Und dann gehst du los und sammelst weitere Zeugenaussagen, und Jacques, wenn es möglich ist, nimm etwas auf Tonband auf! Viel Erfolg. Au revoir.«

»Ja, aber …«, doch da waren Jacques nachfragende Worte bereits in der toten Leitung erstickt. Er befolgte die Anweisungen seines Chefs und machte sich nach einer Viertelstunde Ausruhen auf dem Bett wieder ausgefertig, um am Tatort weitere Stimmen einzufangen.

*

Unterwegs wollte er gleich bei dem kleinen, schäbigen Kodakladen vorbeischauen, um zu sehen, ob seine Bilder von dem geschäftseigenen Fotolabor bereits entwickelt und zudem auf eine CD-ROM gespeichert worden waren. Eine Agentur, die ihre eigenen Bilder verwenden konnte, hob sich von den vielen anderen, die nur allgemeine Pressefotos publizieren konnten, besonders ab.

Jacques wurde nicht enttäuscht. Der Geschäftsinhaber mit seinem schmalen Oberlippenbart und der feinen, lang gezogenen Narbe unter dem rechten Auge begrüßte den Eintretenden sehr herzlich und erinnerte sich sofort an den Auftrag, den ihm der junge Mann wenige Stunden zuvor erteilt hatte. Wie in der ganzen Stadt gab es auch in jenem Fotoladen nur ein Thema, über das man sich unterhielt. Nicht dass es den Anschein erweckte, dass Sensationsgier über die Madrilenen hereingebrochen wäre, nein, es war eine tiefe Anteilnahme an den Verstorbenen zu spüren; es wurde ein Zusammenhalt erkennbar, der alle in eine große, stadtübergreifende Familie aufnahm.

Jacques bezahlte die Fotos und verließ flugs den Laden, schließlich wollte er nicht, dass ihm der neugierige Ladenbesitzer über die Schulter schaute, als er sich Bilder von dem Getümmel ansah. Zwar hatte er sie sich bestimmt beim Entwickeln angeschaut, aber sie eventuell nicht in dem Moment Jacques zugeordnet.

»Und wen doch?«

Aber das sollte Jacques nun auch keine Kopfschmerzen mehr bereiten. Er klappte die Lasche der Filmtasche auf und holte die Positive hervor.

»Wow, gestochen scharf, und die Farben!«

Doch kurz darauf besann sich der junge Fotograf und bedachte, was er da eigentlich gerade anschaute, und verließ die Ebene der fotografischen Bildkriterien. Im Grunde hatte er dort Katastrophenaufnahmen vor sich, die nebenbei zwar brillante Qualität aufwiesen, aber das Ausmaß der Geschehnisse wiedergaben, wie er es doch am eigenen Leib erfahren hatte und noch schlimmer.

Eine groteske Situation. Er lachte, kurz darauf fror ihm das Lachen ein und im nächsten Moment lief ihm eine Träne die Wange hinunter.

Er ging in sich, verstaute die Bilder in seiner Jackeninnentasche, sperrte die Augen wieder auf und befahl sich, tief und regelmäßig zu atmen.

Das tat gut.

Er ließ die kühle Luft durch seinen Mund, über den Brustraum in den Bauch ziehen und schickte sie mit dem Entspannen seines Bauches wieder nach draußen.

Das Zittern seines Körpers legte sich wieder und er konzentrierte sich weiter auf das Atmen.

In einem Ratgeberbuch hatte Jacques einmal gelesen, dass man Aufregung und Angstzustände mit entsprechender Atmung reduzieren konnte.

Von Angst wurde er eigentlich nicht geplagt, aber sein Körper reagierte sehr schnell auf Stress und versetzte ihn dadurch rasch in Alarmbereitschaft, mit rasendem Puls und flacher Atmung.

»Es ist gut, sich im jeweiligen Augenblick an das Richtige zu erinnern!«, sagte sich Jacques vor und nahm die letzten hundert Meter bis zum Campus in Angriff.

Sicherheitskräfte, Journalisten und unzählige Zivilpersonen standen immer noch vor Ort. Jacques stellte sich zu den Menschen und lauschte, was sie zu einander sagten.

»Es war definitiv eine Autobombe.«

»Aber mit dieser Sprengkraft, das ist doch eher unwahrscheinlich.«

»Das mag schon sein, aber schließlich war der ganze Laderaum damit gefüllt.«

»Wieso durfte der Wagen überhaupt so nah an das ganze Gelände heran?«

»Es war ein Getränkewagen, ein Lieferwagen.«

Da wurde Jacques hellhörig.

»Ein roter Getränkelieferwagen, der anscheinend einen Lieferauftrag zu erledigen hatte.«

»Das kann doch nicht wahr sein!«

Jacques wandte sich von den Polizisten, denen er zugehört

hatte, ab und ging einige Schritte die Straße hinunter.

»Ein roter Lieferwagen – nein – das ist ein Zufall. Wie geht es dem Mädchen? Oder doch, ist es derselbe? Ganz ruhig, Jacques, ein roter Lieferwagen hier in Madrid. Es ist definitiv nicht der aus Paris. Aber warum schon wieder so ein Auto? Was habe ich damit zu tun? Der Flughafen!«

Kalter Schweiß überzog seine Stirn.

»Der Typ, der mich dauernd beobachtet hat und auf einmal weg war. Nein, das ist alles ein Zufall und hat mit mir nicht im Geringsten zu tun. Was ist nur los? Ist der Verrückte doch hier in der Stadt? Vielleicht reist der Verbrecher in der ganzen Welt unbehelligt herum, versucht einen Anschlag durchzuführen und reist wieder ab, eher man nach dem Täter überhaupt fahndet.

Ist der Kerl am Ende schon wieder in Frankreich zurück oder sitzt in einem Flugzeug nach Amerika, um in San Francisco die Golden-Gate-Bridge in die Luft zu jagen?

Ich weiß es nicht, wahrscheinlich hat eines mit dem anderen nichts zu tun, aber wenn doch, und wenn sich dieser Kerl in Sicherheit wiegen möchte, dann werde ich ihn verfolgen. Ach, was rede ich da, ich muss meine Arbeit erledigen.«

Ein Machwerk aus mannigfaltigsten Gedanken beherrschte ihn, aber er konzentrierte sich auf seinen Auftrag, stellte sich neben Menschen und versuchte, sie als mögliche Augenzeugen oder einfach als Gesprächspartner mit ihren eigenen Meinungen zu interviewen.

Es war ein anstrengender Nachmittag und der Abend kündigte sich mit Raunen in Jacques Magengegend an. Er hatte genügend Stimmen gesammelt und musste Assas, bestimmt schon seit geraumer Zeit überfällig, da er keine Uhr dabeigehabt hatte, das Bildmaterial zuschicken.

»Wenigstens ein lukrativer Monat«, dachte er sich und wollte eigentlich nur noch ein Bier trinken und etwas essen gehen. An diesem Tag würde er zumindest nicht mehr in sein geliebtes Museum, den Prado, gehen. Aber vielleicht würde sich diese Chance noch ergeben.

X

Vier Tage später saß er wieder im Flugzeug, das ihn nach Hause bringen sollte. Die angespannte Atmosphäre in Madrid hatte sich zunehmend mehr und mehr in der alltäglichen Betriebsamkeit der Stadt aufgelöst.

Es wurde kein Bekennerschreiben gefunden und auch ansonsten konnte man keiner der dafür in Frage kommenden Terrorzellen einen Zusammenhang nachweisen.

Dies war für Jacques ein Grund mehr, sich auf seine wahnwitzige Theorie zu stützen, die in ihm bereits beim Bild des roten Lieferwagens aufkeimte.

Er schrieb alles, was zu diesem Fall gehören könnte, fein säuberlich in journalistischer Manier auf, aber vorerst nur für sich selbst.

Assas bekam zwar alle Fakten, die er angefordert hatte, von ihm gemailt, aber diesen Verdacht, der außerdem noch nicht spruchreif war, behielt er zunächst für sich.

Nicht einmal im Prado hatte er sich ganz und gar auf die alten Meister konzentrieren können, da er sich andauernd Gedanken über jenen unbekannten Attentäter machen musste, um ein Profil von ihm zu erstellen, was natürlich schon rein aus seinen mangelnden kriminalistischen Fähigkeiten bis dato keine befriedigenden Lösungen bringen konnte.

»Oh Gott, das darf nicht wahr sein!«

Eigentlich hatte er das schon vollkommen vergessen gehabt. Natürlich hatte er in den vergangenen Tagen rund um die Uhr zu tun, aber das traf ihn nun wie aus heiterem Himmel.

Er saß da hinten, in der vorletzten Reihe an einem Gangplatz und gab vor zu schlafen. Jacques wollte eben auf die Toilette gehen, als er ihn unter den anderen Passagieren wiedererkannte und als den Mann identifizierte, der ihn bei seiner Hinreise in der Flughafenhalle permanent beobachtet hatte und schließlich wie vom Erdboden verschwunden war.

Er wandte sich flugs um und ging eilenden Schrittes zur nächstgelegenen Toilette gangaufwärts, um sich kurz einsperren zu können und die Schweißperlen abzuwischen, die seine Stirn kühlend übersät hatten.

Er kratzte sich am Hinterkopf, so wie er es immer tat, wenn er überlegte und noch keine Antwort auf das finden konnte, was er als Nächstes zu tun hatte.

»Vielleicht ist es doch jemand anderes? Nein, nein, das Gesicht und die Augen, obwohl – die Augen habe ich gerade gar nicht gesehen; aber das Gesicht mit den Furchen ist zu markant, als dass es so eines noch einmal geben sollte. Und wenn er es doch ist, vielleicht ist alles ganz harmlos? Es gibt doch Leute, die einen starren Blick haben, die können einem eher leidtun, als dass man sich vor ihnen fürchten müsste.

Okay, ich darf Menschen nicht verurteilen, die mich einmal anschauen und mir in keiner Weise etwas angetan haben. Gut, das ist gut. Dann geh ich jetzt wieder an meinen Platz.«

Doch bevor er den Entriegelungsknopf nach rechts schob, nutzte er gleich die Möglichkeit, seine Blase von einem angewachsenen Druck zu befreien.

Er ging zurück, schaute verstohlen an jenen Platz, konnte keine Observierung ausmachen und setzte sich einigermaßen erleichtert nieder.

Er dachte an menschliche Gesellschaften zurück, bei denen Angst ums Überleben fest zum Tagesablauf gehörten. Schließlich war heutzutage die Zeit der permanenten Anspannung vorbei, als man noch schutzlos der Natur ausgeliefert war und sich vor seinen Feinden hüten musste, um nicht aus Gründen der Blutrache oder wie auch immer getötet zu werden.

»Was musste das für ein Leben gewesen sein?«, dachte sich der Journalist, als er sich vorstellte, wie so ein Mensch, in höchstem Maße Adrenalin produzierend, durch die Natur streifte und nicht wusste, ob er gesund wieder in sein Zuhause zurückkehren würde.

Diese Eigenschaft hatte im Laufe der Evolution seiner Meinung nach wohl abgenommen, obwohl er dieses Gefühl sehr wohl bei sich selbst kannte.

Er war nicht der selbstsichere Yuppie, den er oft schon in Kneipen vorgab und dabei sein letztes Geld, das er für diesen Monat noch übrighatte, über die Theke reichte. Vielleicht besaß er ein paar schauspielerische Fähigkeiten, aber die tünchten nur eine allzu dünne Trennwand zwischen der Gesellschaft und dem scheuen Jacques Maleron, der sich dahinter verstecken wollte. Er kannte seinen Körper und oft hasste er ihn, wenn er nicht so funktionierte, wie er sich das nun eben vorgestellt hatte. In so manch peinlicher Situation, in die er sich nicht zuletzt selbst durch seine Schussligkeit gebracht hatte, entlud sich seine Anspannung, indem sich seine Gesichtszüge bildlich von den Wangen über die Stirn zu röten begannen und so ein Ventil bildeten, den erzeugten Stress loszuwerden.

Dass sein Körper ihn allerdings damit nicht ärgern wollte, sondern quasi nur als Folge seiner selbst produzierten Anspannung reagierte, war ihm noch nicht bewusst.

Schließlich gab es so viele Dinge, deren er sich noch nicht bewusst war; aber er war eifrig daran, mehr und mehr dieser Phänomene zu katalogisieren und Quintessenzen daraus zu ziehen.

Er dachte schon fast nicht mehr an jenen für ihn ungebetenen Flugpassagier, aber sein Unterbewusstsein ließ ihn auch in der Ankunftshalle am Flughafen Charles-de-Gaulle nicht achtlos umherschauen und durch den Zoll gehen.

*

Jener große Augenblick war für Jacques nahe gerückt. In wenigen Minuten sollte sich für ihn die automatische Schiebetür öffnen und den Blick freigeben auf die Menschenmenge, die freudig auf die Ankommenden wartete. Vielleicht stand diesmal jemand seinetwegen dort?

Insgeheim hoffte er auf Aurelie, aber leider hatte er ihr in der SMS, die er vor zwei Tagen geschickt hatte, nicht mitgeteilt, wann er wieder Pariser Luft schnuppern würde. Wenigstens, und darüber freute er sich am meisten, hatte ihm Aurelie geantwortet und sich nach seiner Gesundheit erkundigt. Weiter jedoch hatten sie sich nicht über die Ländergrenzen hinweg ausgetauscht.

Er hatte schon viele dieser Trenntüren an Flughäfen gesehen und es war nicht immer einfach gewesen, diese zu passieren. Etliche Male verzögerte sich das Durchgehen, da sich das Zollpersonal den Herrn Maleron noch genauer unter die Lupe nehmen wollte. Das war allerdings nicht nur ihm unlieb; wie viele Reisende, die ein paar Urlaubssouvenirs in den Koffern mitbrachten, durften das fein säuberlich Verstaute aus allerlei Reisetaschen hervorholen, bis letztlich die wohl gesonnenen Worte der uniformierten Beamten das „Ok" gaben, alles wieder einpacken zu dürfen.

Nur leider wollte die bis dato perfekt und mit Bedacht voll geschichtete Tasche auf halber Reißverschlussstrecke beim besten Willen nicht die fehlenden Zentimeter überwinden. Das war jedes Mal mit nur einem Wort zu beschreiben: ärgerlich.

Aber nachdem man in einigen Fällen sogar auch noch eine Plastiktüte angeboten bekam, fügte sich alles im Ganzen doch noch positiv zusammen und der Weg in die Heimat war frei.

Diesmal wollte der Zoll nichts von Jacques und so konnte er ungehindert durch die milchglasige Schiebetür in den allgemeinen Ankommensbereich gelangen.

Jacques schaute und blickte wieder zu Boden. Der junge Reisende wollte sich keine Hoffnungen machen, aber dennoch wäre es schön gewesen. Er sah einen herrlich gebundenen Strauß von roten Rosen. Schilder mit darauf geschriebenen Namen wurden vereinzelt hochgehoben und Blitzgeräte funkelten ihm entgegen.

Jacques wusste, dass sie nicht ihm galten, aber sein Träumernaturell verleitete ihn dazu. So schickte er einen letzten Blick rechts zur Seite auf die wartenden Menschen und beinahe wäre er bei diesem Anblick in Freudentränen ausgebrochen.

»Das darf nicht wahr sein. Ich werd' verrückt. Ich bin ihr also doch wichtig. Sie wartet hier auf mich, nur auf mich, um mich abzuholen. Woher weiß sie das denn?«

Aurelie jedoch hatte ihn noch nicht bemerkt und schaute mit einem neutral freudigen Blick in Richtung Schiebetür.

»Also nein, da holt sie mich ab und merkt dann gar nicht, dass ich schon durchgegangen bin. Ach, Aurelie.«

Am liebsten hätte er einfach sein Gepäck stehen lassen und wäre laut rufend in ihre Arme gerannt, aber seine Hemmungen, so etwas im Beisein vieler fremder Menschen zu tun, hielt ihn einmal mehr von dem Charakterzug ab, den zu praktizieren er immer trainierte und nie außerhalb des Übungsplatzes zu zeigen gelernt hatte.

Nur noch wenige Meter trennten ihn von Aurelie, doch da ging sie kurz entschlossen auf einen dunkelhaarigen jungen Mann mit Aktentasche und Reisekoffer zu.

Jacques überlegte kurz.

Aber er kannte den Kerl in dem kurzen Wollmantel nicht und so wunderte er sich ein erstes Mal über den Grund von Aurelies Flughafenpräsenz.

»Ach, anscheinend hat sie hier zufällig einen fernen Bekannten getroffen. Das hat nichts zu bedeuten.«

Doch diese Gedanken wurden jäh im nächsten Augenblick wie mit einem Vorschlaghammer in tausend Splitter zerschlagen.

Sie küsste ihn.

Sie küsste ihn nicht wie einen x-beliebigen Bekannten und auch nicht wie einen Bruder. Nein, es war ein Kuss, wie man ihn in einer Partnerschaft austauscht.

Es lag zwischen den beiden nicht mehr jene knisternde Spannung in der Luft, wie es bei frisch Verliebten sonst zu beobachten war, sondern eher ein Austauschen von Zärtlichkeiten, die man sich in gewohnter Weise schenkte und mit einer bestimmten Routine entgegennahm.

»Was! Was?«

Aber mehr vermochte Jacques nicht von sich zu geben. Wenn ihn jemand gefragt hätte, ob er wüsste, was es hieß, eine Welt in sich zusammenbrechen zu fühlen, hätte er es augenblicklich beschreiben können.

Er blieb stehen. Glücklich sich umarmende Menschen standen um ihn herum, drängten sich an ihm vorbei. Er war fassungslos, kein Gesichtszug regte sich mehr, totenblass wurzelte er still an dieser Stelle.

Aurelie lächelte zwar, aber es war nicht jenes Lächeln, das sie Jacques entgegengebracht hatte, als sie sich begegnet waren. Sie drehte sich während einer Umarmung mit ihrem Freund oder Lebensgefährten zufällig in Jacques' Richtung und wurde schockartig in die Situation mit hineingezogen.

Ein beiderseitig ohnmächtiges Aufeinandertreffen.

Wahrscheinlich wäre es beiden am liebsten gewesen, sie hätten sich in Luft aufgelöst, aber so sahen sie sich einerseits fassungslos und andererseits peinlichst betroffen stumm in die Augen, während Aurelie mit fester Umarmung den Mantelträger an sich band.

Jacques nahm seine Sachen, drehte sich um und verschwand auf dem öffentlichen Parkplatz unter den multikulturell aussehenden Reisenden.

Er war zutiefst getroffen; sie sollte es ihm in ähnlicher Weise bei einem Wiedersehen offenbaren. Er steuerte auf ein Taxi zu, stieg ein und ließ sich und seinen erlittenen Burnout nach Hause bringen.

Dass ein roter Lieferwagen mit mangelhafter Lackierung auf Höhe des Rathauses an ihm vorbeifuhr, notierte er nicht im Geringsten. Vielleicht hätte er ihn wahrnehmen sollen, dann wäre Aurelie aus seiner Zentrierung gerissen worden, aber er starrte

ausdruckslos aus dem hinteren Fenster. Doch plötzlich:
»Monsieur, fahren Sie schneller! Los!«
»Was wollen Sie von mir? Ich fahre schnell genug!«
»Nein, nein, sehen Sie das Auto da vorne? Den Lieferwagen?«
»Ja, den sehe ich.«
»Können Sie das Nummernschild erkennen?«
»Nein, kann ich nicht! Was wollen Sie eigentlich, soll ich jetzt eine Verfolgungsjagd durch die Innenstadt anstiften? Nein, mein Freund, da muss ich passen.«
»Und wenn ich Ihnen sage, dass da vorne ein Verbrecher am Steuer sitzt?«
»Woher wollen Sie das denn wissen?«
»Ich kenne den Wagen, also, ich denke, dass es der richtige Wagen ist.«
»Aha! Sie schauen zu viel Krimis. Kein Wunder, dass so viele auf einmal abdrehen und nicht mehr Wohnzimmerkino und reales Leben voneinander trennen können.«
»Fahren Sie doch! Fahren Sie doch zu!«
»Ich bin nur zügiger gefahren, um noch rechtzeitig über die Ampel zu kommen. Steigen Sie doch aus, wenn ich Ihnen nicht wunschgemäß ein Rennen fahre.«
»Ich sehe ihn gar nicht mehr, das kann doch nicht wahr sein; dort, auf der linken Spur! Er fährt ab. Hinterher!«
»Gut, ich fahre dort auch links ab, aber nur, weil Sie bezahlen und ich werde nichts Kriminelles machen. Können Sie sich bitte wieder hinsetzen und mir nicht in den Nacken atmen? Davon bekomme ich Gänsehaut und zwar keine angenehme.«
»Ja, ist gut, aber … rechts, da rechts, er versucht uns mit fiesen Tricks abzuschütteln, aber das wird ihm nicht gelingen.«
»Ich komme da über die Kreuzung nicht mehr rüber.«
»Natürlich, gehen Sie aufs Gas!«
»Ich sage, es geht nicht mehr! Da sind zu viele Autos dazwischen, außerdem schaltet die Ampel gerade um.«

»Das kann doch nicht sein? wieso sind Sie nicht drangeblieben? Ich hab's Ihnen doch gesagt!«

»Ich glaube, Sie haben ein Problem, aber ich weiß nicht, welches. Am besten sagen Sie mir jetzt, wohin Sie wollen und ich bringe Sie dorthin. Einverstanden?«

Jacques kam wieder auf den Boden der Tatsachen zurück und war wütend, aber nicht auf seinen Chauffeur, sondern auf Aurelie.

Er entschuldigte sich und gab ihm Anweisung, ihn nun doch zur bereits besprochenen Adresse zu transportieren.

Aurelie, der Transporter, der Mann im Flugzeug und das Bombenattentat spukten schwerelos und wirr in seinem Kopf; er konnte sich auf nichts Singuläres mehr konzentrieren.

Jacques wusste nicht, wie er alle Eindrücke gedanklich sortieren und in Ordnung bringen konnte. Es nutzte auch nichts, sich einen Ballast nach dem anderen vorzuknöpfen, da sofort wieder anderes seine Gedanken ablenkte.

Man kann sagen, dass er sich wie von Ohnmacht gehalten fühlte, aus der er momentan nicht fliehen konnte, die ihn im Zaum hielt und peitschte.

Jacques schloss die Augen und ließ sich wortlos nach Hause bringen; er wollte sich nur noch eine warme Dusche gönnen, die er wahrscheinlich sowieso mangels warmen Wassers nicht nehmen konnte, und sich deshalb in seinem Schlafsofa verkriechen, um abzuwarten, ob der nächste Tag Aufmunterndes versprechen konnte.

*

Die kommende Nacht legte sich wie ein dunkler und stiller Schleier über Jacques. Er träumte, aber wusste morgens nicht mehr, wovon. Der junge Reporter schlief sehr fest und konnte sich so von den Strapazen der zurückliegenden Reise erholen.

Die Studenten, die er in dem Hotel vor dem Attentat kennen gelernt hatte, waren danach nicht in der gleichen Anzahl zurückgekommen. Der 22-jährige Juan war zunächst vermisst worden.

Seine Freunde waren regelrecht durchgedreht, als er nicht zu ihnen ins Hotel zurückkehrte. Jacques hatte die Gruppe in der Hotellounge getroffen und mit ihnen Stunden der Ungewissheit, Verzweiflung und der Möglichkeit auf Hoffnung verbracht.

Einige von ihnen waren losgezogen, um noch einmal das Gelände zu durchforsten, andere klapperten telefonisch die Krankenhäuser der Stadt ab, aber sie wurden Juans nicht fündig. Es war eine Zeit des Schweigens und Weinens gewesen. Wahrscheinlich spulte er im Traum die Situation wieder und wieder ab, um zu verarbeiten, dass die Tränen der Angst nicht gestillt werden konnten, sondern am nächsten Morgen der bitteren Wahrheit ins Auge blicken mussten.

Eigentlich war es kaum zu glauben, aber die wenigen Sekunden des Anschlags veränderten das Schicksal so vieler Menschen. Die Ausgelassenheit und Fröhlichkeit dieser Studentengruppe war verweht worden in den unendlichen Kosmos.

Augenzeugenberichte, wie man sie mittlerweile aus den täglichen Nachrichten kannte und die bedauerlicherweise zur Abstumpfung der Fernsehzuschauer im Hinblick auf Gewalt und Terror beitrugen, konnten bei Weitem nicht das wiedergeben, was die nackte Realität – ohne Rücksicht auf zarte Gemüter – zustande brachte.

Es war Wirklichkeit und in dieser steckte man leibhaftig mittendrin. Die Tränen, die Wut und der Schmerz drangen nicht durch ferne Bildröhren in die Wohnzimmer der Welt, sondern wurden miterlebt.

Ohnmacht fesselte viele in jenen Stunden im Aufenthaltsraum zu geknebeltem Schweigen, andere hingegen konnte man kaum beruhigen. Die Erfahrungen, die an diesem Tag gemacht wurden, hätten sich alle Beteiligten lieber erspart, aber die Hinlänglichkeit des irdischen Daseins und seine unbestimmte

Dauer wurden einigen der Betroffenen in aller Nachhaltigkeit vor Augen geführt.

Jacques zählte wohl auch zu dieser Gruppe und arbeitete dies und noch anderes in seinem unruhigen, aber wie schon lange nicht mehr gehabten, tiefen Schlaf auf.

Aurelie hingegen mochte in dieser Nacht nicht besonders lange in den Genuss von festem Schlaf kommen. Zweifelsohne hatte sie sich auf das spontan arrangierte Treffen mit ihrem Verlobten Laurent gefreut.

Eigentlich sollte er bereits in Argentinien eingetroffen sein, aber er nahm sich spontan drei Tage Urlaub, um bei einem Zwischenstopp seiner großen Liebe eine Überraschung zu bereiten.

Er war als Ingenieur oftmals monatelang unterwegs, um große Bauvorhaben, Staudämme und etliche andere Projekte zu betreuen und durchzuführen. Am liebsten hätte er Aurelie immer an seiner Seite gehabt, aber er musste akzeptieren, dass sie ihr Leben in Paris führen wollte, da sie sich hier ihre Praxis aufgebaut hatte, in die sie mit viel Elan und großer Berufung ihre Energie steckte.

Er wusste auch, dass sie hier von so vielen Menschen gebraucht wurde.

Deswegen stand er ihrer Lebensaufgabe nicht im Weg, so wie es auch Aurelie akzeptierte, dass Laurent wie ein Seemann nur selten nach Hause kam.

Aus diesem Grund lebte Aurelie auch nicht mit ihm zusammen, sondern mit ihren Freundinnen in der gemütlich stilvoll eingerichteten Wohngemeinschaft.

Seit Laurents Antrag waren nunmehr fast zwei Jahre verstrichen und die gemeinsame Zeit der unzertrennlichen Liebe ihrer vertrauten Beziehung hatte eine Wendung erfahren.

Laurent hatte das berufliche Angebot seines Lebens erhalten und fühlte das Fernweh, das ihn damals beflügelte, die Welt zu entdecken und sie streckenweise zu verändern, immer wieder. Ob und wie er sie verändert hatte, kann man schwer beurteilen, aber er fühlte sich gut, wenn er abends zum warmen Sonnenuntergang ein Glas Rotwein trank, auf sein jeweiliges Tagwerk blickte und an seine Aurelie in Paris dachte.

Aurelie erwiderte seine Gefühle nach wie vor; das hätte sie auch jedem, der sie gefragt hätte, beteuert.

Vielleicht war es die geraume Zeit der Trennung und der sexuellen Abstinenz, welche sie mit ihrer beruflichen Tätigkeit zu kompensieren versuchte.

Aber dennoch fiel es ihr schwer, die Einsamkeit an Abenden und Wochenenden zu ertragen, seitdem Laurent auf Achse war.

Sie dachte an Jacques. Sie hatte ihn zutiefst verletzt.

»Welch blöder Zufall!«

Sie schämte sich und wusste nicht, wie sie mit der Situation umgehen sollte. Laurent wusste nichts von ihrer Bekanntschaft zu Jacques. Dafür wusste Jacques nun, dass es noch jemanden in ihrem Leben gab, der ihr offenbar sehr nahestand.

»Wieso habe ich ihm nie von Laurent erzählt?«

Aber das spielte nun keine besondere Rolle mehr für sie.

Laurent lag neben ihr und hatte sich seitlich zur Bettmitte eingerollt.

Er schlief ruhig und atmete gleichmäßig.

Aurelie strich ihm über die Stirn und lächelte ihn an, da er mit seiner embryonalen Haltung bei ihr unbewusst mütterliche Instinkte geweckt hatte.

Es schien wie früher.

Ein sinnlicher Abend ging zur Neige und sie spürte die Ruhe und Vertrautheit, die ihr Laurent immer zu geben vermochte.

Noch eine solche Nacht, dann sollte er wieder nach Südamerika fliegen und nur noch über Telefon oder Internet mit ihr verbunden sein.

Einerseits ertrug sie den Gedanken nicht, aber andererseits war sie es gewohnt und hatte ihren Alltag umorganisiert, sodass sie an manchen Tagen erst recht spät nach Hause kam, da sie neben ihrer ärztlichen Tätigkeit noch mehreren kleinen, ehrenamtlichen Verpflichtungen nachging.

Den nächsten Tag hatte sie sich freigenommen. Sie freute sich darauf, aber zunächst wollte sie einschlafen. Sie kuschelte sich an Laurent und schloss die Augen.

Seine Nähe gab ihr bald die nötige Ruhe und schickte sie in den Schlaf.

XI

Das Apartment lechzte nach Wärme und wollte die, die spärlich von den anderen Parteien abstrahlte, nach Möglichkeit absorbieren; leider vergeblich.

Draußen sah es auch nicht freundlicher aus, auch wenn dies zum Teil an der schlechten Sicht durch das ungeputzte Fenster lag. Ein Obdachloser, mit beigem Trenchcoat und Wollmütze bekleidet, lag noch wie versteinert auf der Bank, die nur selten in der Nacht leer blieb.

»Wo wird er hingehen, wenn die Nächte zu kalt werden?«, dachte sich Jacques, während er, eingewickelt in seinem flauschigen, dunkelroten Morgenmantel, den morgendlichen Tee in kleinen Schlückchen zu sich nahm.

Dass es soweit mit jemandem kommen konnte, war ihm manchmal ein Rätsel, aber er wusste auch, wie schnell man ohne Anstellung der Gesellschaft sprichwörtlich auf der Tasche liegen konnte.

Ohne seinen Elan und seine Recherchefreudigkeit hätte er damals Assas und seine vorherigen Arbeitgeber nie davon überzeugen können, dass er jemand war, auf den man sich verlassen konnte.

Nichts um, er musste auch heute wieder in die Agentur, sein Gute-Laune-Outfit überstreifen und sich nach dieser Geschäftsreise bei seinem Chef für eine intensive Berichterstattung blicken lassen. Wie er George kannte, wartete der bereits mit einem Fernsehteam im Büro, damit in den 12.00-Uhr-Nachrichten ein Augenzeugenbericht gesendet werden konnte.

Das war gut so, schließlich wäre ihm heute buchstäblich die Decke auf den Kopf geknallt.

Normalerweise hätte Paper schon längst die Zeitung zu ihm hinaufgebracht, doch die Neue, oder wer auch immer jetzt dafür zuständig war, hatte wohl eine andere Auslieferungsroute, bei der Jacques wahrscheinlich irgendwann auf dem Rückweg eingeplant war.

Er vermisste diesen in seinen Augen großartigen Mann, der trotz seiner schicksalhaften Lebensgeschichte den Mut nicht verloren hatte, der Welt zu begegnen und ein zufriedenes Leben zu führen.

Eigentlich wusste er nicht einmal, wo Paper wohnte, davon hatte er ihm nie erzählt. Jacques hoffte nur, dass ihm nichts zugestoßen war, aber er konnte ihn nirgends erreichen. Sie waren sonst immer sofort ins Gespräch gestürzt und in die Irrungen und Wirrungen der menschlichen, irdischen und den Kosmos umspannenden Belange eingetaucht.

So vertraute er auf das Schicksal, das ihn eines Tages zu Paper führen würde, und machte sich nicht verrückt, indem er nach einem Mann suchte, dessen richtigen Namen er nicht einmal kannte.

»Es ist schwer genug, den Irren von Paris zu finden, und darauf werde ich meine Aufmerksamkeit richten«, dachte sich der fest entschlossene Jacques, während er seine Zähne putzte und schon gierig nach seinem Notizblock schielte.

*

Sebastien unterrichtete Jacques schon an der Pforte, dass ein fünf-mannstarkes Fernsehteam vor einer Viertelstunde eingetroffen sei, das wahrscheinlich oben auf ihn warte. Na ja, er hatte sich das in seiner Fantasie sowieso schon ausgedacht, da würde er es in der Realität auch packen.

»Außerdem«, so dachte sich der Augenzeuge, »könnte ich damit gleich eine Kampfansage an den Irren von Paris machen.«

Ob seine Gedanken nachzuvollziehen waren oder nicht, konnte er selbst nicht beurteilen, aber er hatte sich mehr und mehr darauf eingeschworen, dass die Ereignisse, seitdem

Denise angefahren worden war, in einem Zusammenhang standen.

»Denise? Ach, Denise, mein Gott, ich muss heute unbedingt ins Krankenhaus zu ihr.«

Das fiel ihm bei diesem Stichwort sogleich ein, aber zunächst stand er seinem Chef und der Presse Rede und Antwort.

Er fühlte sich derweil aber unwohl; er war nicht von der Sorte Mensch, der alles daransetzte, ins Rampenlicht gerückt werden zu müssen. Meist brachte er denjenigen sein Unverständnis entgegen, die sogleich ihren Hals verrenkten, dabei Grimassen schnitten, wild winkend gestikulierten oder ein derart breites Lachen aufsetzten, nur um einer auf sie gerichteten Kamera zu imponieren.

Oft riefen viele dieser Leute lauthals irgendein Kauderwelsch hinein, wohl nicht ahnend, dass die Zuseher an den Fernsehgeräten kurz darauf zu hören bekamen, welche Weisheit sie zu verbreiten wussten.

Jacques zählte eher zu der Gruppe von Menschen, die ausgerechnet in solchen Momenten zufälligerweise etwas aus der Hand verloren hatten und es am Boden zwischen vielen verdeckenden Beinen und Füßen suchen mussten.

Aber nun saß er im Scheinwerferlicht. Schweißperlen sammelten sich wie an einem Park & Ride Platz auf seiner hohen Stirn, um in kurzen Intervallen von einer Visagistin weggewischt zu werden.

Trotzdem blieb er ungewohnt souverän und schilderte objektiv und fesselnd die Vorgänge während der folgenschweren Kundgebung.

Er pustete kräftig aus, als er die Session hinter sich gebracht hatte, bekam noch einen kräftigen Klaps von Assas auf die Schulter und verabschiedete sich in Richtung seiner Box.

Schon während des Interviews hatte er sich heißgemacht, das Internet über den mysteriösen Irren zu befragen. Es war eventuell anzunehmen, dass die Amokfahrt der gesuchten Person bei der Pariser Demonstration nicht dessen Erste gewesen sein musste.

»Das Internet birgt fast alle Informationen, die man möchte, man muss sie nur finden.«

Die Informationsflut, die es nun zu sichten galt, war ein größeres Unterfangen, welches nicht garantierte, dass sich Jacques' Vermutungen auch bewahrheiten mussten.

Bis zum jetzigen Zeitpunkt hatte er sich geirrt und konnte auch über prägnante Schlagworte nichts Passendes finden.

»Roter Lieferwagen ... hm nein, ... ich suche keinen Peugeot ... ach, so komme ich nicht weiter.«

Er fütterte seinen Rechner zwar mit unterschiedlichen Daten, aber er konnte von seinem Ausguck aus noch kein Land sehen, das ihn weiter ans Ziel gebracht hätte.

Ein Blick auf die Uhr schreckte ihn auf und erinnerte ihn an seinen Besuch bei Denise im Krankenhaus.

»Wie wird es ihr wohl gehen, ob sie schon aufgewacht ist?«

In der Eingangshalle schritt Sebastien gemächlich, die Hände hinter dem Rücken verschränkt, auf und ab. Er freute sich, als er Jacques aus dem Aufzug steigen sah und ging ihm ein paar Schritte entgegen, um etwas über das Interview von ihm zu erfahren.

Sebastien war ein geduldiger und dankbarer Zuhörer, der es liebte, Informationen zu sammeln und seinen Erfahrungsschatz wachsen zu lassen. Er freute sich für Jacques und dessen unverletzte Rückkehr und den Fokus, den er in den Medien auf sich ziehen konnte.

»Jacques, Sie werden noch berühmt werden. Warten Sie, bald stehen lauter Fans vor der Eingangstüre und wollen Sie sehen.«

»Ach Sebastien, ich werde bestimmt nicht berühmt, nein, das Zeug habe ich nicht dazu.«

»Der Erste stand heute schon vor der Türe, aber er hat sich nicht hineingetraut.«

»Wie meinen Sie das? Wer stand heute da?«

»Nun, ich kannte ihn nicht, aber er sah aus, als würde er auf jemanden warten, und dabei schaute er neugierig von draußen hinein und ging ein paar Mal auf und ab.«

Bei Jacques läuteten die Alarmglocken und er bekam sogleich feuchte Hände.

»Wie ... wie sah der Mann aus? Bitte, Sie müssen ihn mir genau beschreiben!«

»Ich habe ein sicherlich gutes Gedächtnis und ich kann mir Gesichter, wahrscheinlich aus Berufsgründen, sehr gut einprägen.«

»Das ist gut, also erzählen Sie mal.«

»Tja, da gibt es allerdings ein Problem, ich habe diesen Mann nicht erkannt.«

»Das macht nichts, vielleicht kenne ich ihn ja.«

»Nein, so meine ich es nicht, ich erkannte ihn nicht, weil er mit langem Mantel, einer viel zu großen Sonnenbrille und einem dunkelbraunen Hut bekleidet war, den er dazu noch weit ins Gesicht gezogen hatte.«

»Können Sie sonst nichts sagen? War es ein Franzose oder ein Ausländer?«

»Jacques, es tut mir leid, aber ich konnte es beim besten Willen nicht erkennen und bevor ich nach draußen ging, war er bereits verschwunden.«

Jacques' Herz polterte und schlug wild.

Adrenalin wurde frei und trieb ihm Röte ins Gesicht; nicht aus Scham, sondern aus Angst.

Angst, die er zuletzt im Flugzeug verspürt hatte. Er dankte Sebastien, reichte ihm die Hand zur Verabschiedung und verließ mit einem Gruß das Gebäude. Wer war es, der ihn beobachtete, der nach ihm suchte?

»Wahrscheinlich möchte jemand ausfindig machen, wo ich arbeite, wie ich lebe ... oh nein ... wo ich lebe?«

Er schaute sich ausführlich nach allen Seiten um, aber er fand in der allgemeinen Hektik der Umgebung dennoch nichts, was ihn aufscheuchen ließ und ihm verdächtig vorkam.

Er stülpte sich seinen schwarzen Helm über und machte sich

auf den Weg zum Krankenhaus.

*

Der Parkplatz war überfüllt. Wahrscheinlich ebenso wie die Patientenzimmer in der Klinik.

»Dass es doch immer eine so große Anzahl von Menschen in der näheren Umgebung gibt, die auf die medizinische Versorgung hier angewiesen sind, verwundert mich«, dachte sich Jacques, während er in die hohen Hallen des Krankenhauses schritt.

Er zuckte noch jedes Mal zusammen, wenn er einen Krankenwagen mit Sirene vorüberfahren oder einen mit Blinklicht und geöffneten Türen parkenden Rettungswagen an einer Häuserfront sah.

In solchen Momenten schickte er immer ein Stoßgebet in Richtung Himmel, damit Gott den Betroffenen und deren Angehörigen in diesen schweren Momenten zur Seite stehen mochte.

Auch wenn vielen Menschen der Beistand ihres Schöpfers nicht bewusst zu sein oder gar völlig egal schien, war Jacques davon überzeugt, dass Gott niemanden fallen ließ und auch in Krankheit oder bei Unfällen seine Hand reichte, die nur zu fassen war – ohne Wenn und Aber, ohne Gegenleistung.

Denise hatte diese Hand vielleicht genommen und blieb am Leben, hoffte Jacques, als die Klingel des Aufzugs das richtige Geschoss zu ihrem Zimmer andeutete.

Jacques fragte sich an der Informationstheke weiter, aber zu Denise durfte er nicht vorgelassen werden.

Durch eine Glasscheibe konnte er einen Blick in ihr Zimmer werfen, wo sie in einem Bett lag, reglos und wie tot. Das Koma hatte sie in ein dunkles Reich gezogen und niemand vermochte zu prognostizieren, wann und ob sie wieder aus dieser dunklen

Welt zurückkehren würde.

Eine ganze Weile stand Jacques dort und beobachtete all die vielen Instrumente, an die Denise angeschlossen war. Die Kurven des EKGs schienen in gleichmäßigen Intervallen von links nach rechts zu wandern.

Er winkte ihr zum Abschied still zu und wandte sich zum Fahrstuhl, auf den er gemächlich zuging.

Es dauerte nicht lange, bis die Glocke andeutete, dass sein Stockwerk mit der angenehmen Transporthilfe versorgt war.

Die Türe schob sich automatisch zur Seite und der Aufzug offenbarte seinen unvorstellbaren Inhalt.

Jacques hielt inne und starrte mit traumversunkenem Blick in den Fahrstuhlkorb hinein.

Die Hektik der Betriebsamkeit war augenblicklich verschwunden, kein künstliches Licht erhellte jenen Ort, der Eden hätte heißen können. Vogelgezwitscher drang hinaus und der Duft von frischen Blumen lud ihn ein, einzutreten. Kein Mensch war zu sehen, die Natur schien intakt und in keiner Weise für ihn gefährlich zu sein. Es lockte ihn, barfüßig das weiche, satt grüne Gras zu betreten, die Arme in den Himmel zu strecken und laut zu schreien.

Er schloss die Augen und inhalierte dieses Bild. In tiefen Zügen pumpte er den Sauerstoff in seine Lungen, die darauf die Blutbahnen mit frischem Lebenselixier versorgten und den Körper belebten. Es sollte ein Anfang sein; alles Geschehene ruhte im Schlund der Vergessenheit. Alle mussten noch einmal von vorne beginnen, ein Zusammenleben ohne Hektik, Macht und Geld.

Doch wie lange könnte so ein Zustand andauern, wann bräche das Böse wieder hindurch und zettelte Streit oder Kriege an? Wann würde sich der erste Mensch gegen seinen Nachbarn erheben und versuchen, ihm seinen Besitz zu neiden? Würde sich die Geschichte der Menschheit, wenn sie die Chance eines Neuanfangs bekäme, in der gleichen Art und Weise entwickeln, wie sie es bis heute getan hat?

In Jacques' Gedanken formulierte sich ein schnelles Ja, verbunden mit der Tragik des menschlichen Seins und der Determiniertheit, der Möglichkeit seines freien Willens nicht gerecht zu werden.

Zwar kein generelles, aber ein mehrheitliches Ja, das den egoistischen Neigungen angetan war und nach eigenen Vorteilen zu erlangen strebte, gewollt oder unbewusst.

Der klare Blick begann sich zu trüben, die Luft wurde unangenehm trocken und der Atem stockte, ließ nur so viel an Luft in den Körper hinein, wie es eben sein musste. Das Blau und das Grün verblassten, wurden zu einem matten, silbernen Schild, das Jacques den Zugang verwehrte. Doch er hielt dagegen und durchbrach ihn, so dachte er wenigstens, aber der Realität imponierte das in keiner Weise.

Der Zusammenprall eines Kopfes mit der sich schließenden Fahrstuhltüre brachte ihn wieder auf die Krankenhausstation zurück, sein Trugbild aber auf die Reise zu den unteren Geschossen.

»Oh, was war jetzt nur los?«, fragte er sich erschrocken und malte sich das Ausmaß vor, wenn er so etwas einmal im Stadtverkehr auf seiner Vespa halluzinieren würde.

»Meine Stirn tut weh.«

So fasste er sich mit leichtem Druck dorthin, um dem Schmerz entgegen zu wirken.

Er wandte sich dem nächstgelegenen Aufzug zu, der gerade von oben kam und bei ihm halten sollte.

Die Türe öffnete sich.

»Ist das jetzt auch ein Traum?«, fragte er sich in Gedanken.

Aber diesmal sah er alles richtig; vor ihm stand Aurelie, die auf ihn wohl oder übel zugehen musste, da er vollends in ihrer Laufrichtung positioniert war.

Sie standen sich gegenüber und ihre Augen blickten sich gegenseitig still an. Jacques, der sich vorgenommen hatte, dass er bei einem Wiedersehen Aurelie seine Enttäuschung kundtun wollte, verstummte gänzlich in ihrer Gegenwart. Sie begrüßten sich nicht, aber öffneten ihre Arme für eine lange Umarmung.

Aurelie musste dabei wohl gespürt haben, wie wild sein Herz pochte und nur langsam wieder zu ruhigeren Intervallen zurückzubringen war.

Er spürte ihren Rücken unter dem Mantel; er wusste nicht warum, aber sie war ihm mehr als vertraut geworden in dieser kurzen Zeit, in der sie sich kennengelernt hatten.

Die Zeit der Stille war vorbei, länger hätten sie sich nicht umarmen können und so suchten beide nach Worten, um die fehlenden der Begrüßung zu ersetzen und ein Gespräch zu beginnen.

»Jacques, ich muss dir ...« fing Aurelie holprig und unsicher an, aber zu viel mehr kam sie auch nicht.

Professor Casper kam mit seinem Ärztestab an den beiden im Laufschritt vorbei und forderte Aurelie unverzüglich auf, ihm doch bitte dringend zu folgen.

Ihre Augen und ihre Mimik deuteten äußerlich für Jacques an, wie leid es ihr tat, sich so unvermittelt von ihm zu dem Zeitpunkt trennen zu müssen, andererseits atmete sie auf, dieser Situation ausweichen zu können.

Es interessierte Jacques nicht, welcher Notfall sich in diesen Minuten ereignet hatte und welches Leben es zu retten galt; ein für ihn untypischer Zug, aber in diesem Moment war er dafür kalt. Er wandte sich zum Fahrstuhl um, stieg ein und fuhr dem Erdgeschoss entgegen.

Er war wieder ein Stück erwachsener und sein Erfahrungsschatz wieder um einiges wertvoller geworden, wenn man das so sagen konnte.

Jacques Maleron, der damals nie erwachsen werden wollte und dennoch schneller, als ihm lieb war, seiner Kindheit beraubt worden war.

Mit seinem frühen Auszug aus dem Elternhaus verabschiedete er sich von seiner sowieso strapazierten Kinderwelt und streifte den Anzug des Einzelkämpfers, der für sich zu sorgen hatte, über.

Nein, er wurde nie ein Egoist, doch er musste zutun, um nicht auf der Bank zu landen, die er von seiner Wohnung aus, Tag für Tag, mit ihrer Gästeschar wahrnahm.

Er mochte Spielzeug und oft blieb er staunend vor den Schaufenstern von Bastel- und Spielzeugfenstern stehen und betrachtete neugierig, was dieser Markt stetig zu bieten hatte. Jacques war nicht mit all dem Krimskrams groß geworden, der heute angeboten wurde. Anstelle von futuristischen Plastikfiguren, mit allerhand Waffen bestückt, hatte er mit simplen Holz- und Plastikklötzen die fantasievollsten Gebäude gebaut. In diesen Momenten war er geistig nicht zu Hause gewesen, sondern auf großer Reise irgendwohin.

Allzu oft wurde er viel zu früh von seinen Abenteuern zurückgeholt, galt es schließlich, im Haushalt mitzuhelfen und sich um seine Geschwister zu kümmern, die seiner Mutter regelrecht, wie sie oft gesagt hatte, den letzten Nerv raubten.

Jacques Maleron war wieder erwachsener geworden; wieder einmal aus heiterem Himmel aufgeschreckt und – wie damals – aus einer Traumwelt in die Realität gezogen.

Seinen Kindern würde er es einmal in dieser Weise ersparen wollen. Und wenn die Geschichte von Peter Pan nicht schon geschrieben gewesen wäre, so hätte Jacques sie geschrieben und die Sehnsucht seiner Kindheit in der Erzählung verewigt.

Doch das Schicksal oder die Bestimmung, die jedem Menschen in seinem Leben zugedacht war, konnte von niemandem vorherbestimmt werden. Kein göttlicher Plan würde je von einem menschlichen Wahrsager preisgegeben werden und so wusste Jacques, dass er nur das tun konnte, was in seiner Macht stünde, um seinen Kindern einmal ein ihnen gerechtes Aufwachsen zu ermöglichen.

*

Noch zweieinhalb Stunden hatte er Zeit, dann würde er sie treffen, wenn er es denn wollte. Aurelie rief es ihm hinterher, bevor sie mit dem aufgekratzten Rudel um die Ecke verschwand.

Sollte er sich wirklich mit ihr ihm Bercy treffen? Wollte er an die schönen, romantischen Erinnerungen dort jenes ernüchternde Gespräch seiner möglicherweise unerreichbaren großen Liebe anreihen?

Zwei von mehreren Fragen, die er sich während seines Spaziergangs stellte und bemerkte, dass er schon viel zu weit von seinem Roller weggegangen war.

»Es ist notwendig!«, sagte er zu sich mit einem zustimmenden Kopfnicken. Und so kehrte er flugs um und machte sich auf den Weg zu seiner Maschine, um vor Aurelie an dem Bistro zu sein, damit er sich mit der Situation vor Ort bereits vertraut machen konnte.

Jacques ging auf und ab. Er schaute durch die großen Glasfenster hinein und wandte den Blick wieder auf die Straße. Hätte man ihn beobachtet, wäre er als nervöser Verehrer durchgegangen, der es nicht mehr erwarten konnte, bis seine Herzensdame endlich erschien.

Schließlich war er kein Routinier, der alles eiskalt und gelassen hinnehmen konnte, wie irgendein Leinwandheld, der so etwas den Zuschauern im Kino vorgaukelte.

Und plötzlich war es so weit. Sie stand schon wieder unverhofft vor Jacques' Augen und begrüßte ihn. Er hatte sie nicht herannahen bemerkt und so zuckte er merklich ein wenig zusammen, begrüßte sie und lud sie sofort ein, doch gleich mit ins Bistro zu gehen.

Er hätte ihr bei einem solchem Treffen vielleicht einen Antrag gemacht, zuvor zwei Gläser Champagner bestellt und ihr mit gebeugtem Knie eine langstielige rote Rose dargeboten.

Doch jenen Antrag hatte sie schon hinter sich. Wahrscheinlich war es eine traumhaft romantische Situation gewesen, in der sie gefragt wurde, ob sie ihr Leben von nun an nicht mehr allein bestreiten wolle.

Es half nichts, es war geschehen. Jacques gestand sich ein, dass es vermessen gewesen war, zu denken, eine solche Frau würde bis dato allein durchs Leben gehen. Bis zu jener Ankunft in der Flughafenhalle jedoch hatte er es wenigstens gehofft.

Seine unterschwelligen Wahrnehmungen in Aurelies Schlafzimmer hatten ihn nicht getäuscht und decodierten sich schneller, als es ihm lieb gewesen war.

Aurelie erzählte von dem Notfall, merkte aber rasch, dass es nicht das war, was Jacques von ihr nun hören wollte.

Ihr fiel es schwer, davon anzufangen. Zuallererst entschuldigte sie sich in aller Nachdrücklichkeit bei ihm und versuchte zu erklären, wie sich eins zum anderen gefügt hätte, bis sich ihr ureigenes Hiroshima in der Ankunftshalle ereignet hatte.

Sie konnte selbst diese Geschichte wunderbar mit Metaphern ausschmücken und ergreifend erzählen.

Ein vorgespieltes Lächeln zeigte sich von Zeit zu Zeit.

Jacques trug das Lächeln hinweg, schloss es ein und ließ es wieder frei.

Der warme Sand am Strand von Biarritz umspielte ihre Fußsohlen und die Gischt spritzte leicht an ihre Beine.

Jacques hatte Aurelies Hand genommen und führte sie am La Grande Plage entlang der Wasserlinie. Die warmen, abendlichen Sonnenstrahlen, die von einem wolkenlosen Sommerhimmel hinabdrangen, legten sich sanft auf ihrer Haut nieder.

Aurelies Arm und Zeigefinger schossen in die Waagerechte, begleitet von einem staunenden »Schau mal, Jacques«, und blieben harrend auf dem jungen Wellenreiter, bis der seine Welle zu Ende geritten hatte und lässig mit seinem Brett an den Strand angespült kam.

Der Atlantik war aufgewärmt und lud ein zum Spielen. Sie wanderten noch einige Schritte, vorbei an Badegästen, die ihr Tagesquartier langsam abbrachen, um sich in ihren Hotelzimmern für das anstehende Abenddinner zurechtzumachen.

Die beiden schauten sich an und nickten sich zu. Schließlich war es wirklich an der Zeit, ins Hôtel du Palais zurückzukehren, um den Sektempfang der täglichen Dinnerparty nicht zu verpassen.

Kinder weigerten sich, auch auf die kulinarischen Verlockungen ihrer Eltern hin, sich entweder aus dem Wasser oder von ihren liebevoll errichteten Sandburgen und Schlössern zu lösen, wurden ihre Kunstwerke doch am nächsten Tag wieder zerstört und von Säuberungsmaschinen dem Strand gleichgemacht.

Trotz der vielen Menschen rings herum, wurde das Gefühl der Ruhe und Zufriedenheit nicht beeinträchtigt.

Aurelie und Jacques spazierten zum Hotel zurück. Möwen begleiteten sie und der Duft von frischem Meerwasser zog befreiend in ihre Körper.

Die Gischt schlug sanft gegen die Felsen des einstigen kleinen Fischerdorfs und versetzte ihre Zuschauer in einen Zustand des wunschlosen Daseins mit allem Glück, das man sich nur erträumen konnte.

Nicht zuletzt versprach das Dinner ein romantisches Plätzchen am äußeren Rande der hoteleigenen Terrasse, von wo aus man den schönsten Blick auf die untergehende Sonne ergattern konnte.

Das Abendrot spiegelte sich auf dem ruhiger werdenden Meer wider, wurde eins mit ihm und lud ein, den eigenen Trubel des Tages abzustreifen und sich den Abendstunden hinzugeben, miteinander zu plaudern und das herrliche Panorama zu genießen.

Sie plauderten zwar nicht, aber Aurelie bemühte sich, die Konversation aufrecht zu erhalten. Als sie bereits wiederholt Jacques aufforderte, sich zu ihrer eben abgelegten Entschuldigung zu äußern, nahm er ihr Lächeln von jener Terrasse mit und blickte ihr wieder geistesgegenwärtig im Bercy ins Gesicht.

Er konnte nichts sagen, wie denn auch. War er schließlich

traumbefangen nicht bei der Sache gewesen.

Es hatte ihn auch nicht interessiert, obwohl er nun doch gerne gewusst hätte, was sie ihm zu erzählen gehabt hatte. »Nun sag doch was, Jacques. Kannst du mich nicht ein wenig verstehen?«

Er rekonstruierte ihre erzählte Geschichte, ließ sich aber Zeit mit seiner Antwort und forderte Aurelie so indirekt auf, nochmals einige Passagen ihres Monologs zu wiederholen. Er hätte es nicht wiedererzählt bekommen müssen, hatte er sich dies ja ohnehin schon für sich zusammengereimt gehabt.

Die Zeit war um. Jedenfalls musste sich Aurelie von Jacques verabschieden.

Aber war auch ihre gemeinsame Zeit abgelaufen? Beide wussten darauf keine passende Antwort. Sie hatten ihre Telefonnummern und wurden von jenem unsichtbaren Komaband verbunden, das von Denise gleichsam wie ein feingliedriges Spinnennetz über sie gewoben war.

Sie reichte ihm die Hand, gab dem Kellner auf dem Weg hinaus einen Geldschein, der die entstandene Rechnung reichlich abdeckte, und ließ sich von ihm in ihre Jacke helfen. Dann war sie verschwunden.

Er saß alleine da. Nach Biarritz wollte er sich nicht mehr denken; dort wäre wahrscheinlich sowieso schon die dunkle Nacht hereingebrochen gewesen.

Ein schwarzer Himmel ohne Sterne oder ein kleiner runder Tisch in einem feinen Café mitten in Paris, an dem ein verlassener Gast saß und zur Eingangstüre schaute.

Jacques mochte eigentlich keine von Filmen getesteten Allüren, aber für diesen Moment dachte er, dass es gut sein könnte, das Erlebte mit einem Glas französischen Cognacs hinunterzuspülen, obwohl jener Cognac es letztlich wert gewesen wäre, mit Genuss getrunken zu werden.

XII

»Paper!«, schrie Jacques, aber der die Avenue entlangfahrende Mopedfahrer drehte sich nur kurz zu dem rufenden Jacques um, wusste ihn nicht einzuordnen und wandte sich wieder dem Straßenverkehr zu. Ebenso tat es Jacques.

»Er kann doch nicht einfach von heute auf morgen alles aufgeben und die Stadt verlassen? Vielleicht ist er gestorben, nein, dann hätten mir die am Telefon es doch gesagt – oder haben sie es gerade deswegen nicht weitergeben? Vielleicht ist er auf merkwürdige Weise ums Leben gekommen und nun sollte alles vertuscht werden?«

Jacques ließ nichts unüberlegt, sich Papers momentanen Aufenthaltsort vorzustellen, und grübelte darüber, weswegen er unauffindbar war.

Natürlich konnte er unerwartet aus dem Leben geschieden sein; schließlich kann man nicht, wie es viele tun, die im Leben stehen, den Tod als Ereignis verdrängen, weil er momentan nicht in den gepflegten Lifestyle passt.

Nein, aber das war es nicht bei Paper. Jacques spürte, dass er am Leben war, aber er wusste auch, dass er nicht hundertprozentiges Vertrauen in seine Gefühle stecken sollte.

Trotzdem, Jacques erinnerte sich an den alten Justo Gallego, den Spanier, der seit vielen Jahren an einer Kathedrale baute und immer noch nicht damit fertig war.

Dieser Mann hatte einen Antrieb, der ihn seit Jahrzehnten anspornte, sein Werk zu vollenden und der Nachwelt zu überlassen.

Wer wusste schon, ob Paper einen ähnlichen Antrieb verspürt hatte, irgendetwas in seinem Alter zu beginnen und durchzuführen?

Paper war ein Mann mit Visionen, jemand, der nicht dafür geschaffen war, Zeitungen auszutragen. Er hätte an der Spitze der Gesellschaft positioniert sein sollen, um der Gemeinschaft mit seinen Ideen großen Nutzen zu bringen.

Aber an jener Spitze war für ihn kein Platz. Er war nicht machtpotent genug, um sich in den Staatsgeschäften durchzuboxen. Vielleicht hatte er sich schweigend zurückgezogen, der Millionenstadt den Rücken gekehrt und sich aufgemacht, seinem Lebenssinn nachzugehen.

Wie verrückt war es wohl, eigenhändig und allein eine Kathedrale bauen zu wollen?

Was konnte Papers Kathedrale sein?

Fragen reihten sich wie Perlen an einer dünnen Schnur in Jacques Gedanken auf, doch bevor er ein Ganzes daraus machen konnte, rutschte ihm der Knoten aus den Fingern und die einzelnen Perlen verloren sich am Boden.

Plätschernd schlugen sie in kurzen Intervallen nacheinander auf und sprangen glitzernd in alle Himmelsrichtungen davon.

Kurzum, er ließ alles unbeantwortet und schob die Beantwortung wieder einmal, aus mangelnder Kenntnis heraus, von sich fort.

*

Der Straßenlärm verdichtete sich mehr und mehr. Dröhnend pfiffen die Autohupen die Kreuzungen entlang, an denen Jacques vorüber kam.

Ein Knall.

Jacques zuckte augenblicklich zusammen, ging in die Knie und vergrub schützend den Kopf unter seinen Händen. Wie gut nur, dass er noch nicht auf seiner Vespa unterwegs gewesen war. Wahrscheinlich hätte es ihn vor Schreck über die Lenkstange gehoben.

Ein Unfall hatte sich ereignet, nichts Schlimmes, nur ein Blechschaden. Aber die Bilder von Madrid waren ihm sofort im Gedächtnis.

Er sah sich in der kleinen Sträucherinsel versteckt, geschützt vor den umherlaufenden Massen und er hörte Antonias Stimme, als wenn es eben erst passiert wäre. »Wie wird es ihr wohl gerade gehen?«, fragte sich Jacques und erinnerte sich dabei an ihr freudiges Lachen, als sie ihre Freundin auf dem Campus entdeckt hatte.

Sein Handy beendete dieses Bild mit seinem schrillen, mehrstimmigen Piepsen und am anderen Ende der Leitung begrüßte eine junge Frau in vergnügtem Spanisch den verwunderten Jacques, der nicht glauben konnte, dass es Gedankenübertragungen tatsächlich gab und diese auch prompt zutage traten.

»Antonia, das freut mich ja riesig! Du glaubst es nicht, wenn ich dir sage, dass ich soeben an dich gedacht habe. Wie geht es dir?«

»Mir geht's soweit ganz gut, aber ich kann nachts immer noch nicht schlafen, weil mir die Bilder von dem Anschlag ständig im Kopf herumgehen. Wie geht's dir damit?«

»Ich denke schon oft daran, aber ich habe hier so viel zu tun, dass ich davon relativ gut abgelenkt werde.«

»Wir haben hier in meinem Wohnviertel einen Selbsthilfeverein gegründet, in dem viele Jugendliche zusammenkommen und über das Erlebte sprechen, um es irgendwie verarbeiten zu können.«

»Das ist gut, Antonia. Ich denke, das kann sehr viel bewirken.«

»Ich habe an dich gedacht und überlegt, ob du auch irgendwie darüber sprechen willst, über das, was uns passiert ist?«

»Das ist lieb von dir Antonia, aber ich komme ganz gut zurecht, ich habe Freunde, mit denen ich darüber reden kann. Aber ich würde mich freuen, wenn wir in Kontakt bleiben würden und uns auf dem Laufenden halten, wie es uns geht.«

»Das ist eine gute Idee, das werde ich auf jeden Fall tun.«

»Du bist wirklich tapfer.

Ob derjenige, der das Verbrechen zu verschulden hat, sich jemals zuvor Gedanken gemacht hat, was er all den Betroffenen und Leidtragenden antat, die sich aus friedlichen Absichten auf dem Gelände versammelt hatten?«

»Ich denke nicht, Jacques, sonst würde es solche Anschläge nicht geben. Ich muss aufhören, aber ich melde mich wieder. Mach's gut.«

»Mach's auch gut und vielen Dank für deinen Anruf, das hat mich wirklich sehr gefreut.«

So beendete er in seinen Gedanken das Telefonat, das eventuell sogar so hätte verlaufen können, und wurde sich bewusst, dass er noch gar nicht mit irgendeinem Freund darüber gesprochen hatte, seit er aus Madrid wieder zuhause war. Nun gut, er hatte sich der Presse anvertrauen dürfen, aber die sollte wohl nicht zu seinem Freundeskreis gezählt werden.

Natürlich hatte er die Tage in Madrid noch längst nicht verarbeitet, aber angesichts der vielen Ereignisse in seinem momentanen Leben war er überhaupt nicht in der Lage, klare Gedanken darüber zu fassen, um eins nach dem anderen ad acta zu legen. Vielleicht bräuchte er auch den Beistand einer Selbsthilfegruppe, aber in Paris waren leider nicht so viele Betroffene zu finden, geschweige, dass es in den Tagesnachrichten einen privilegierten Raum einnahm.

Es war eindeutig eine Überflutung an Vorkommnissen, die auf Jacques eingestürzt war, aber dennoch ging es ihm seltsamerweise einigermaßen gut. Aus diesem Grund war es ihm wahrscheinlich nicht wichtig genug, die Telefonnummer von Antonia hervorzusuchen und tatsächlich mit ihr zu sprechen.

Er hatte keine Zeit zu grübeln; ständig war ihm etwas im Sinn. Doch bevor er sich tiefgründiger damit beschäftigen konnte, wurde er mit etwas Neuem konfrontiert.

Sein Puls schlug höher als sonst und seine Adrenalinproduktion war schon seit einiger Zeit reger als gewollt.

Daran änderte auch die Beförderung durch seinen Chef Assas nichts; unversehens war Jacques zu einem seiner besten Mitarbeiter avanciert. Davon hätte Jacques nie im Leben gewagt zu träumen, aber die Paradoxie seines Lebens hatte ihn

160

wieder einmal voll erwischt.

Die Sensationsagentur, von der er sich langsam, aber sicher distanzieren wollte, hob ihn aus seiner bekannten, finanziell minimalistischen Existenz und katapultierte ihn zu einem beachtlichen Monatsgehalt plus Bonusaussichten bei sehr guter Leistung.

Dieser Tag sollte schließlich auch so enden, wie er morgens begonnen hatte.

Jacques wurde unter dem Vorwand einer Recherchearbeit noch einmal in die Agentur gerufen. Aber statt eines neuen Auftrags gab es edlen Sprudel und lobende Worte, die Assas laut und ebenso stolz in dem Großraumbüro versprühte.

Jacques war ein wenig durcheinander, aber fühlte sich dennoch zutiefst anerkannt und geehrt. Mal ehrlich, wer hätte sich nicht gefreut, wenn er für seine Arbeit von seinem Chef vor allen anwesenden Mitarbeitern in lobender Weise vorgeführt geworden wäre?

Lange hatte er nur miese Jobs zu erledigen gehabt und kleine Rechercheaufgaben übernehmen dürfen, aber wie durch eine Fügung des Schicksals war er anscheinend in jüngster Zeit, wie man so schön zu sagen pflegt, sprichwörtlich zur passenden Zeit am richtigen Ort zugegen gewesen.

Auf dieser großen Welle schwimmend, dachte er nicht daran, was er eigentlich ursprünglich einmal seinem Chef an den Kopf werfen wollte.

Vielleicht hatte das Sprichwort, das dem geldgebenden Arbeitgeber auch die Rolle des Delegierens und Anschaffens zusprach, diesmal wieder glaubwürdig seine Bestätigung erlebt.

Jacques standen von nun an Türen offen, an die er nicht einmal im Traum gedacht hätte.

So wurden eventuelle Kündigungsabsichten erst einmal auf Eis gelegt und mit frischem Mut den neuen Aufgaben ins Auge geblickt.

Blitzartig schoss es ihm durch den Kopf, ob er nicht die Suche nach dem Irren und dem Lieferwagen zur Exklusivstory emporheben sollte; so könnte man auf die unterschiedlichsten Hinweise von Passanten und Augenzeugen hoffen. Doch darin war er sich noch nicht einig mit sich selbst, schließlich lag es wahrscheinlich auch nicht in seinem Kompetenzbereich, eigene Storys anzuleiern, um sie auch groß zu vermarkten.

*

Mit Philosophie hatte sein Job momentan nicht viel gemein. Die Liebe zum Wahren war bei Assas oft genug verschleiert und wenn sie überhaupt zu Ehren kam, wurde der wahre Kern in einer Form aufgebläht und der Öffentlichkeit dargeboten, in der neben Aufmerksamkeitsgehasche nicht mehr allzu viel von dem vermittelt wurde, was ein klassischer Wille zum Journalismus in seiner konservativ-objektiven Weise zu leisten bereit gewesen wäre.

Obwohl ihm die philosophischen Ausflüge, sowohl mit sich selbst als auch mit Freunden und Bekannten, immer lieb und teuer waren, schaute er noch nicht von seinem Wellenritt an das Ende am Strand oder gar jener Möglichkeit ins Auge, von einem Strudel erfasst und an den Grund gezogen zu werden.

Wahrscheinlich fehlte Jacques gerade dieser freundschaftliche Austausch, der ihn sicher veranlasst hätte, seine Situation differenzierter zu betrachten.

Er führte den Schlüssel in das Schloss seiner Wohnungstüre und drehte ihn fest nach rechts.

Kaum hatte er die Türe hinter sich zugeworfen, klingelte schon sein Telefon.

»Maleron«, sagte er selbstbewusst in den Hörer und hörte eine vertraute Stimme, die ihn ansprach, als wäre die Verbindung von Boston nach Paris zu vernachlässigen kurz.

»Linda? Das ist ja eine Überraschung! Sag', wie geht es dir? Ich hab' in letzter Zeit oft an dich gedacht.«

Linda schien es sehr gut zu gehen, aber ein Zwischenton in ihrer Stimme verriet, dass sie Ihre frühere Leichtigkeit seit jenem fast lebenszerstörenden Abend bis zum momentanen Zeitpunkt noch nicht richtig wiedergefunden hatte.

Sie freute sich, ihren Beschützer endlich einmal wieder sprechen zu können.

»Ich wollte dich fragen, ob du vielleicht über Weihnachten nach Boston kommen willst? Der Winter hier um diese Jahreszeit ist wunderbar, ganz egal, ob man in der Stadt ist oder ein wenig aufs Land fährt, um die Natur und die Ruhe zu genießen.«

»Das ist eine fantastische Idee, Linda, aber ich weiß nicht, ob ich es einrichten kann. Einerseits bin ich gerade eben befördert worden und weiß nicht, ob oder wann ich meinen Chef um freie Tage anhauen kann, und andererseits überlege ich wirklich, mich bei meiner Familie blicken zu lassen, wenn ich denn frei bekäme.«

Linda nahm diese Worte mit einem Seufzen hin und versuchte dennoch, Jacques mit weiteren Geschichten über Boston den Besuch bei ihr schmackhaft zu machen.

Jacques jedoch konnte sich ihrer Überzeugungskraft schließlich fürs Erste entziehen, sagte ihr aber prinzipiell weder zu noch ab, bevor er ihr alles Gute wünschte und versprach, sich bald bei ihr zu melden.

Er hatte dieses Jahr noch gar keinen Sinn für vorweihnachtliche Gefühle; zu viel drängte ihn davon weg, die Ruhe der Besinnlichkeit zu inhalieren und sich auf das vorzubereiten, was schlechthin als eines der größten Feste des europäischen Abendlandes galt.

Jenes Fest, an dem die Christenheit daran dachte, dass der Befreier der Menschen das irdische Lebenslicht erblickt und mit seinem Leben und Wirken die gesamte Welt verändert hatte.

Dass dies allerdings der Grund für das gegenseitige Beschenken der Menschen war, verblasste leider immer mehr in den Köpfen der Leute.

Seltsam, wie viele Christen es doch in Wirklichkeit gab. So

machte es jedenfalls den Anschein, dachte man an die Unsummen von Geldern, die vor Weihnachten in den Geschäften über die Ladentheke für Geschenke aller Art eingetauscht wurden.

So dürfte es eigentlich auch nicht dazu kommen, dass Gotteshäuser aufgegeben, verkauft oder gar abgerissen werden mussten, rein aus Gründen mangelnder Besucher.

Die traurige Gewissheit einer anscheinend immer größeren Anzahl von Atheisten traf Jacques vor einigen Tagen, als er in einer Bar den Bericht aus Deutschland sah, in dem eine „unrentabel" gewordene Kirche als Kneipe fungierte, da auf diese Weise das Gebäude wieder mit Gästen gefüllt werden konnte.

Wieso also Geschenke? Nur aus dem Grund, sich gegenseitig zu beschenken und gar nicht zu wissen, aus welchem Grund man es eigentlich tat?

»Eine törichte Vorstellung«, durchzog es Jacques, aber wohl eine naheliegende Realität.

Was würde Gott sagen, wenn man ihm zuhörte? Oder hat er sich von dieser Welt schon abgewandt, weil er es nicht mehr ertragen kann, mit anzusehen, was aus seiner Schöpfung geworden ist?

»Nein!«, sagte Jacques energisch zu sich selbst.

»Ich höre ihn, wenn auch nur manchmal und wenn ich Ruhe finde.«

Das Geplapper der Massen ließ alles untergehen und jene göttliche Stimme zerstreute sich in der Ewigkeit des Universums, um letztlich wieder auf die Welt zurückzukehren und die Chance erneut zu nutzen, einen Zuhörer zu finden.

Es waren Fragen dieser Art, die sich Jacques oft selbst stellte und Antworten darauf finden wollte, aber nicht konnte.

Der Gedanke, über Weihnachten nach Amerika zu reisen, klang sehr verlockend.

Assas wollte bereits seit einiger Zeit einen Lifestyletrend aus den Staaten abdrucken oder eine Kampagne über die praktizierten transatlantischen Terrorbekämpfungsmaßnahmen starten, doch momentan hatte er wohl an europainternen News genügend zu recherchieren.

*

Es war dämmrig geworden.

Der dreckige Schleier von Autoabgasen und Industrieschmutz hatte sich wieder millimeterdick auf den Fensterscheiben festgesetzt.

Jacques stellte seinen frisch gebrühten Tee beiseite und bemühte sich, mit seinem Fensterputzlappen eine zufriedenstellende Durchsicht wiederherzustellen.

Vielleicht wären seine Fenster auch länger sauberer geblieben, wenn er beim Reinigen nicht ständig das Umfeld begutachtet und so den Schmutz oft nur von oben nach unten gewischt hätte, anstatt ihn komplett von der Scheibe zu nehmen.

Doch das half nichts, schließlich wurde der menschlichen Spezies schon seit geraumer Zeit nachgesagt, sie würde der Gewohnheit in ihren unterschiedlichen Formen Untertan sein.

Wie schwer es war, sich von einstudierten Verhaltensweisen zu lösen, vor allem, wenn man ledig durch die Welt schritt, konnten oder mussten seit je her viele am eigenen Leib erfahren.

Obwohl sich Jacques in einer, man kann sagen, postaduleszenten Lebensphase befand, hatte auch er sich bereits ein Verhalten ankonditioniert, das er in verschiedenen Situationen ohne nachzudenken abrufen konnte und in immer wiederkehrender Weise an den Tag legte.

Wie sich ein solches Verhalten im Alter auswirken würde, versuchte er sich momentan noch gar nicht einmal auszumalen. Er hatte Angst, dass er eines Tages zu einem sturen alten Bock mutieren könnte, der nur noch sich und seine konservative Sichtweise der Welt sah und jegliches Abweichen davon, das von Außenstehenden und vornehmlich von jugendlichen Gesellschaftsmitgliedern initiiert wurde, mit Rüge und Verurteilung belegen würde.

Wie oft hatte er sich während Busfahrten oder bei ausgiebigen Menschenbeobachtungen an seinen Pariser Lieblingsplätzen Gedanken darübergemacht, wie er wohl im Alter sein würde, ob er dann immer noch seine geistige Flexibilität und weitgehend unvoreingenommene Urteilsfähigkeit behalten konnte.

Waren jene Senioren, die sich an der Quirligkeit und Andersartigkeit der jungen Generation stießen, in seinem Alter auch irgendwie so wie er jetzt gewesen, gespickt mit guten Vorsätzen, wie sie am Lebensabend sein wollten?

Es war gut, dass er nicht wusste, wie er selbst in einigen Jahrzehnten sein würde. Er wollte es streng genommen auch gar nicht wissen, ebenso wenig, wie er wissen wollte, wann sein letzter Tag auf Erden kommen würde.

Er hatte noch reichlich Zeit, bis er dorthin kommen sollte, wohin er gelangen musste.

Wie reich an Erfahrungen würde ihn sein Leben bis dahin noch machen?

Er zog seine Mundwinkel bei diesem Gedanken leicht nach oben und an seinen Augen bildeten sich blitzartig tausend kleine Fältchen, die seine Augen hervorhoben und ihn zufrieden aussehen ließen. Es war ein Geschenk, das nur er bekommen hatte und an dem er ein Leben lang Freude haben sollte.

So lief dieser automatisierte Fensterputzvorgang ohne weiteres Denken wie immer gleich ab.

Doch da! Auf einmal fiel ihm sein Putzlappen aus der Hand und stürzte durch die Schwere der Feuchtigkeit und des aufgewischten Schmutzes sekundenschnell zu Boden.

Da war er!

Jacques war sich allerdings nicht ganz sicher.

Doch!

Der Motor wurde angelassen und dann erkannte er ihn unverwechselbar am Geräusch.

Schweißperlen sprangen ihm blitzschnell auf die Stirn und ebenso zügig sprang er auf, riss die Wohnungstüre auf und rannte das Treppenhaus hinunter.

Maria Reille, die gerade ihre frisch gewaschene Wäsche aus dem Keller holte, konnte sich noch schnell an die Wand drücken, als Jacques wie ein Wirbelwind zur Eingangstüre jagte und nach draußen hetzte.

Es stank nach Benzin und der Ruß zog dunkel in die Weite der Nacht, so wie der Wagen.

Ein Schauder lief ihm kalt den Rücken hinunter. Es musste jener Verhasste gewesen sein, den er sich vorgenommen hatte zu stellen und seiner gerechten Strafe zuzuführen. Doch was bewog diesen Menschen, in der Nähe von Jacques' Haus zu stehen?

Blitzschnell erinnerte er sich an seinen vermeintlichen Beobachter bei seiner Madridreise. Dafür war er nicht gewappnet und so hatte er Mühe, seinen zitternden Körper nach außen hin einigermaßen ruhig scheinen zu lassen, damit die Passanten, die in seiner Nähe vorübergingen, nicht sehen konnten, dass er zu Tode erschrocken war.

War er nun der Gejagte anstatt der Jäger?

Er versuchte, sich solche Gedanken auszureden, schließlich schien es ihm nicht realistisch, dass der Attentäter der Demonstration auf ihn aufmerksam geworden war. Es sei denn, jener hätte ihn erkannt, als er ihm neulich hinterher gesprintet war.

»Nein, auch wenn, wie soll dieser jemand wissen, wo ich wohne? Nein, ich darf mich jetzt nicht verrückt machen. Ich bin schon viel zu sehr in den Wahn verstrickt, als dass ich noch klare Gedanken fassen könnte.

Ich brauche Urlaub, ich bin fix und fertig. Ich brauch' einen Psychologen oder ein halbes Jahr Schlaf. Hoffentlich lässt Assas mit sich reden und gibt mir ein wenig frei. Ich glaube, dass es am besten wäre, Lindas Angebot anzunehmen und über

Weihnachten zu verreisen. Schließlich kann ich es mir jetzt auch leisten. Oder sollte ich wirklich einmal meine Familie besuchen? Ich weiß nicht, ob ich das will oder ob ich nur eine Verpflichtung verspüre, die mir sagt: Du musst einen Schritt auf deinen Vater zugehen.«

Wie auch immer Jacques sich entscheiden sollte, er wusste, dass er für sein Seelenheil eine Auszeit brauchte, um wieder neue Kraft und Lebensenergie zu tanken.

Er schlenderte langsam zurück zu seiner Wohnung, ignorierte wissentlich die neugierigen Blicke Maria Reilles, die noch immer im Gang herumstand, und verschwand flugs hinter seiner Wohnungstüre, ehe seine Nachbarin auf die Idee kommen konnte, ihn über seine Sprinteinlage auszufragen oder ihn sogar zu einem Kaffee einzuladen.

Es musste wieder mehr Ruhe in sein Leben hineinkommen; seit Denise' Unfall hatten sich die Ereignisse förmlich überschlagen. Waren es symbolkräftige Endzeitphänomene, die da auf die Menschen niederprasselten, oder waren jene Erlebnisse ganz und gar auf ihn abgerichtet?

Er wusste, dass er sich zu viele Fragen stellte, die er nicht befriedigend oder überhaupt nicht beantworten konnte.

Jacques war kein oberflächlicher Typ, der seine Lebensaufgabe darin sah, möglichst viel Spaß und ein gutes Leben zu verbringen. Vielmehr war er ein intellektueller, hinterfragender Zeitgenosse, der sich um das Zusammenleben der Menschen Gedanken machte und sich die Frage stellte, wie es allen Menschen ermöglicht werden könnte, ein Leben zu führen, das sie in Würde und in Dankbarkeit ihrem Schöpfer gegenüber bestreiten konnten.

Es gab zu viele Missstände, die von den Regierenden beseitigt werden konnten; er aber war nur auf sein Umfeld beschränkt, in dem er agierte und in dem er oftmals auch nicht das zu erreichen vermochte, was er sich vorgenommen hatte.

Selbst die Notwendigkeiten schienen oftmals auf der Strecke bleiben zu müssen.

Ja, er brauchte Urlaub. Zeit, um alles Geschehene zu verarbeiten und auch um seinen Gedankenspielen nachzuhängen, die ihm nicht nur die Einsamkeit vieler Abende und Nächte nahmen, sondern um daraus Nützliches für ihn selbst und seine Umgebung wachsen zu lassen.

Zeit, um von diesem Irren abzulassen, der nun womöglich schon vor seinem Haus Stellung bezogen hatte, um ihn, Jacques, den Retter des hilflosen, angefahrenen Mädchens, für seine Mitmenschlichkeit zu bestrafen.

Tatsächlich, er wusste selbst, dass er ausspannen musste, und überlegte sich, wie er es Assas am besten abfordern konnte.

XIII

Jacques ließ seinen Gedanken freien Lauf.

»Es ist einfach alles viel zu kompliziert geworden, aber wieso nur? Aus welchen Gründen heraus? Vielleicht hätte sich die Menschheit nie zu dem entwickelt, was sie heute ist?«

Er saß gemütlich auf einem engen Economystuhl und sinnierte, während die Boeing 767 der amerikanischen Luftfahrtgesellschaft mit ihrem geräuschintensiven Grundtonus über den Wolken schwebte. Er hatte es geschafft.

Obwohl er es nicht zu hoffen gewagt hatte, gab ihm Assas ohne jegliches Bitten und Versprechen zwei Wochen Urlaub. Nun gut, er hatte noch einiges abzuarbeiten gehabt, aber das hatte ihn von seinen teilweise schon depressiv anmutenden Zuständen abgehalten und auf dieses Ziel hinarbeiten lassen.

Denise lag nach wie vor unverändert auf der Intensivstation und Aurelie kümmerte sich, wenn sie Zeit hatte und sowieso in der Klinik war, ein wenig um das Mädchen.

Mit Aurelie hatte er seit dem letzten Treffen keinen Kontakt mehr gehabt, abgesehen von ein oder zwei kurzen Handynachrichten, die sie sich gegenseitig wegen Denise' Gesundheitszustand geschrieben hatten.

Er schaute sich im Flugzeug um und musterte die anderen Passagiere. Er war entspannt; niemand schien ihn zu beobachten. Vielleicht war er ja von seinen paranoiden Vorstellungen befreit worden?

Er lehnte sich zurück in seinen Stuhl, knipste mit dem Daumen den Knopf an seiner Armlehne hinunter, ließ sich einige Zentimeter nach hinten gleiten und knüpfte an seinen zuletzt unterbrochenen Gedankensträngen weiter.

»Wieso ist alles so kompliziert geworden? Als Moses die Zehn Gebote empfangen hatte, gab es ein gültiges Gesetzwerk auf zwei steinernen Tafeln. Wie viele der heutigen Gesetze würden wohl auf den beiden Steinen Platz finden? Angenommen, man hätte sich seit damals nur an die Gesetze beider Tafeln gehalten, wie wäre unser Zusammenleben heute gestaltet?«

Jacques liebte es, sich in derartige Überlegungen zu verstricken, die er gewissermaßen mit puristischer Neugierde nur zu gerne beantwortet hätte, aber ihm war auch klar, dass er weniges oder nichts wusste, und war deshalb nicht so vermessen, sich mit dem Denken eines Sokrates zu vergleichen.

Nicht nur die Christen waren den göttlichen Geboten nicht gefolgt; so war es schon schwierig genug, die eigene Gruppe oder Glaubensgemeinschaft für eine gemeinsame Sache zu begeistern.

Eine einzelne Dorfgemeinschaft hätte man vielleicht dazu bewegen können, die zehn gottgewollten Lebensregeln zu befolgen, aber eine globalisierte, von der Verschiedenheit unterschiedlicher Denkweisen und Philosophien geprägte Weltgemeinschaft konnte anscheinend nicht mit solcher Einfachheit geleitet werden, wie es gedacht war.

Was wäre, wenn alle Menschen nach diesen zehn Regeln leben würden? Wahrscheinlich würden wir Menschen uns dann im Paradies wiederfinden, aber die Erde ist nun mal kein Garten Eden mehr. Schon lange nicht mehr.

Eigentlich hätte er am liebsten seinen Reisenachbarn in seine Überlegungen eingebunden, da er aber dessen dürftig karge Kommunikation mit der Flugbegleiterin bei der zurückliegenden Getränkeausgabe beobachtet hatte, brauchte er es erst gar nicht zu versuchen, den Turban tragenden Herrn anzusprechen.

So war es ihm aber auch recht, die Ruhe des Flugs zu genießen.

Trotzdem ärgerte es ihn ein bisschen; wie schon oft, harrte er mit Fragen oder Gedanken aus, bis er jemanden traf, den er dort mit hineinziehen konnte. Und kaum war er mit seinen Gedanken zurück im Tagesgeschehen, waren sie ihm auch schon aus dem Gedächtnis geflohen.

Deshalb hatte Jacques begonnen, sich wirklich Wichtiges augenblicklich zu notieren, um das Gedachte zu einem späteren

Zeitpunkt wieder hervorkramen zu können.

Doch nun wollte er nichts aufschreiben, er wollte nur faul sein und versuchen, seine Beine und Füße so auf dem engen Bodenraum zu platzieren, dass sie ihn nicht dauernd nach spätestens zehn Minuten wieder zu schmerzen begannen.

»Der heutige Staat hat doch in seiner Demokratie einige Parallelen zu der Gesellschaftsform, wie es sich Sokrates in seinem Wünschen für die Gesellschaft erdacht hatte. Gibt es nicht auch heute jene, die dafür geschaffen sind zu herrschen, Ordnung zu halten, bestimmte Dienste zu tun? Und nicht auch jene, die die am geringsten angestrebten Tätigkeiten in der Gesellschaft übernehmen müssen? Ist seine Utopie nicht doch zu Teilen umgesetzt worden?«

Es war müßig, sich alleine mit solchen Fragen abzumühen. Aber er konnte es nicht schaffen, seine Gedanken einmal abzustellen und an rein gar nichts zu denken. Viel zu mächtig waren die Einflüsse, die auf ihn hereinbrachen, als dass er sie nur während der Schlafenszeiten in Träumen verarbeiten konnte.

Er war unruhig geworden, aber er kannte die Zeiten, in denen er unbeschwert leben durfte, schon lange nicht mehr. Vielleicht trug dieser Gedanke auch dazu bei, Weihnachten nicht zu seiner Familie zu fahren und den Kontakt aufzunehmen, den er damals hatte abreißen lassen.

Innerlich war er noch nicht so weit, obwohl er sich manchmal nach jenen leckeren Kuchen sehnte, die seine Mutter so oft in der Woche für ihn und seine Geschwister gezaubert hatte. Der Duft lag ihm noch in der Nase, als wenn er erst vor ein paar Tagen zuletzt die Backofentüre geöffnet hätte, um das warme Aroma von Nüssen und Schokolade tief zu inhalieren.

Und wirklich, sie fehlte ihm. Er hatte es ihr auch bereits gesagt, aber leider nicht, während er ihr in die Augen sah.

Sie hatte die schönsten Augen, die er jemals an einer Frau gesehen hatte; nirgends, wo er bis jetzt auch gewesen war, hatte er eine Frau gesehen, die mit solchen hell glitzernd blauen Augen beschenkt worden war.

Sie spiegelten die Reinheit und das Gute wider, das ihn beschützte, in den Arm nahm und Geborgenheit vermittelte.

Es war kein ödipaler Komplex, es war nur seine Mutter, die ihn liebte, so wie er war, mit all seinen Eigenschaften, Träumereien und Visionen, für die sonst niemand Verständnis gezeigt hatte.

Er wusste, wie schwer es ihr gefallen war, als er Hals über Kopf die familiären Brücken hinter sich abgebrochen hatte, um seinem Leben die Freiheit zu gewähren, der er seit seiner Kindheit beschnitten wurde.

Jacques wusste aber, dass sie nicht alleine war und ihre Familie um sich hatte. In unregelmäßigen Abständen schickte er ihr Briefe nach Hause, damit sie wusste, was er ungefähr trieb und wie es ihm ansonsten erging.

Er wischte sich eine Träne ab, die sich bereits angeschickt hatte, an seiner linken Wange hinunterzulaufen, schloss die Augen und konzentrierte sich auf den Flug über den Wolken.

Ein Tonsignal durchbrach das monotone Rauschen. Das Bitte-Anschnallen-Symbol leuchtete. Nicht zu unrecht. Der Magen wurde leicht hoch und heruntergeworfen, aber weiter geschah nichts.

Routine.

Der Pilot meldete sich über die Lautsprecheranlage zu Wort. Anscheinend war mit einigen Turbulenzen zu rechnen, sodass sich alle Passagiere augenblicklich angurten sollten.

Jacques saß bereits angeschnallt an seinem Platz; er hatte schon etliche Male davon gehört, wie Leute von ihren Sitzplätzen gehoben und erst von der Kabinendecke abgebremst wurden. So etwas brauchte er nicht am eigenen Leibe zu erfahren.

Definitiv nicht.

Es wurde augenblicklich ruhig unter den Mitreisenden. Man hielt inne. Worte zu wechseln schien manchen nun gerade nicht angebracht zu sein.

Und der Pilot hatte recht mit seiner Warnung. Luftmassen

hagelten auf das Flugzeug ein. Niemand schrie, obwohl bei einer Achterbahnfahrt jeder sonst das getan hätte.

Jacques reiste in einem Linienflieger. Berichte von zerschellten und notgelandeten Chartermaschinen waren nicht nur ihm von vergangener Zeit lebhaft vor Augen. Doch er versuchte, sich sicher zu fühlen. Was hätte er auch für eine andere Wahl gehabt? Ein »Bitte, sehr geehrte Stewardess, mir ist hier nicht wohl, ich möchte aussteigen« etwa?

Nein, er fühlte sich gut, außerdem litt er nicht an Klaustrophobie, die ihn zumindest veranlasst hätte, Fingernägel zu kauen. Trotzdem tat er es.

Eine Marotte, die er sich schon als Kind hätte abgewöhnen sollen, was er aber letztlich bis jetzt noch nicht in die Tat umgesetzt hatte. Wie schwer es doch war, eingefleischte Gewohnheiten loszuwerden, sah er wieder, als er sich den Nagel seines rechten kleinen Fingers anguckte.

Sein Magen sprang in unregelmäßigen Abständen nach oben und senkte sich danach rasch wieder in seine Ausgangsposition zurück.

»Tief durchatmen!«, dachte sich Jacques und versank in einem kurzen Gebet.

»Was ist, wenn gleich alles vorbei ist? Wenn die Maschine nach einem kurzen Sinkflug auf der Wasseroberfläche zerbirst? Werden alle Passagiere noch vor Hilflosigkeit hin und her rennen, sich gegenseitig anschreien, versuchen, die Türen zu öffnen, um aus dem Flugzeug zu entkommen?«

Was ging in den Menschen vor, die den wirklich unvermeidbaren Absturz ihres Flugzeugs unmittelbar vor Augen hatten?

Schlossen sie mit ihrem Leben ab, versuchten sie den Frieden zu finden, den sie ihr ganzes Leben bis zu jenem schicksalhaften Ereignis nicht gefunden hatten?

»Oh Gott, steh' mir bei!«

Sein Körper kühlte. Tausende kleiner Schweißperlen zierten Jacques' Stirn. Er zog sein Stofftaschentuch aus der Hosentasche und wischte darüber.

Und bevor er wieder den momentanen Augenblick erfasste, war das Leuchtsymbol zur Angurtpflicht bereits erloschen und das Murmeln und Hantieren unter die Fluggästeschar zurückgekehrt.

»Danke«, murmelte er halblaut vor sich hin und zog damit den Blick seines Nachbarn, der links neben ihm über dem schmalen Bordgang saß, auf sich.

Der jedoch sagte kein Wort, lächelte Jacques an und hob schließlich seine rechte Faust mit dem Daumen nach oben, wie es einst die römischen Kaiser als Geste des Lebens oder Überlebens in den Stadien und Arenen den Anwesenden gezeigt hatten.

Es musste von der Nationalität her ein Inder sein, aber Jacques war sich nicht ganz sicher.

»Ist das ein guter Aufhänger, ein Gespräch anzufangen, hm, na ja, vielleicht spreche ich einfach über meine momentanen Gefühle mit ihm.«

»Das ist ja noch einmal gut gegangen, was?«

»Oh, ich habe schon viel erlebt, das macht mir nichts mehr aus.«

»Sie reisen wohl oft?«

»Ja, ich bin schon des Öfteren unterwegs, aber meistens geschäftlich. Doch am liebsten bin ich mittlerweile zu Hause, in meinem Haus am Meer und genieße die salzige Meeresbrise.«

»Das klingt wunderbar. Wenn ich mich an mein Fenster zu Hause setze, bin ich fern von solch gesunden Brisen. Ich sage nur Smog.«

»Ja, die Großstadt, aber ohne sie wäre ich auch nicht das, was ich heute bin, sie hat mir schließlich zu allem verholfen. Ich denke, dass selten eine Karriere ohne die Mithilfe der Großstadt gelingen kann. Aber ich bin wieder herausgezogen, hab' mich abgenabelt. Zu viel von ihr frisst einen auf.«

»Das mag sein, aber es stimmt: Ich habe mein Glück, oder wenn ich es überhaupt als ein solches bezeichnen kann, in ihr gefunden. Aber sie zehrt auch an mir. Ich bin froh, für zwei Wochen von ihr ausbrechen zu können.«

»Ausbrechen? Sie befinden sich im Anflug auf die nächste, nennen Sie das fliehen?«

Er lachte Jacques dabei von ganzen Herzen an.

»Nein, aber irgendwie doch. Der Wagen ist weg und sein Fahrer, das ist gut.«

»Aha, na ja, ich kann Ihnen gerade nicht folgen, aber ich muss auch nicht alles verstehen.«

»Tut mir leid, ich rede oft über Dinge, die eigentlich niemand verstehen kann. Das ist eine kuriose Geschichte, aber ehrlich gesagt, möchte ich gar nicht darüber sprechen.«

»Das müssen Sie nicht. Ich muss sowieso erst einmal auf die Toilette.«

Damit erhob sich Jacques' Nachbar und marschierte mit ausgestreckten Gliedern den Gang entlang zur nächstgelegenen Toilettenkabine.

Die Bordtoiletten hatte Jacques besonders gerne. Klein, ewig laut und nach einigen Stunden Flugdauer übel beansprucht. Die Bezeichnung „Stilles Örtchen" passte bei einer Flugzeugtoilette auch nicht. Allein dieser Name irritierte Jacques; er fand es zuweilen schrecklich, wenn er auf einer öffentlichen Toilette in einem stillen, hallenden Raum seinem Bedürfnis nachgehen musste.

Irgendwie hasste er es, wenn in einer Nachbarkabine oder gar neben ihm an einem Pissoir jemand aus gleichen Gründen anwesend war und ihn in seiner Einsamkeit störte.

»Lieber sollte man eine Toilette „geräuschvolles Örtchen" nennen, aber das klänge ja auch doof«, überlegte sich Jacques, der auch nicht wusste, weshalb er beim Wasserlassen solche Hemmungen verspürte, wenn andere anwesend waren.

Einerseits wollte er nicht von Pissoirnachbarn begutachtet werden, die aus Langeweile oder was weiß die Welt für einen Grund ihren Kopf weit über deren Schüsselrand streckten, um zu glotzen, was der nebenan hat oder auch nicht.

Wie auch immer, die Bezeichnung „still" schien ihm dafür nicht geeignet.

*

An den kleinen Flugzeugfenstern rauschten dicke graue Wolken vorbei und verdunkelten die Kabine.

Anflug auf Boston.

Es war komisch, Jacques konnte es nicht ablegen, sich vor der Landung immer wieder darüber Gedanken zu machen, ob die Maschine auch heil landen würde. Er selbst konnte nur vertrauen und mit den anderen hundert Reisenden hoffen.

Das tat er auch diesmal. Er faltete seine Hände und saß gerade in dem engen Sitz.

Die Fahrgestelle waren ausgefahren. Land wurde sichtbar und die Landebahn kündigte sich an. Seine Hoffnung wurde nicht enttäuscht. Kleine Schläge durchrauschten den Rumpf, doch dann setzte die ganze Maschine auf der Asphaltstrecke auf und der Lärm des Abbremsens schüttelte die Insassen durch. Es war geschafft.

»Wunderbar.«

Er freute sich auf die Ankunftshalle. Er wusste, dass er sich nicht alleine orientieren musste, er würde abgeholt werden. Wie oft hatte er sich dies schon gewünscht?

Linda würde sicher schon in einer großen Menschentraube auf ihn warten. Er würde diesen Augenblick in sich aufsaugen und in sein Gedächtnis fotografieren und dort sicher verwahren.

Wie so oft dauerte das Prozedere mit Pass- und Sicherheitskontrolle und der Gepäckwiederbeschaffung am Laufband ungewollt lange.

Er zappelte ein wenig, weil er ungeduldig war und endlich durch den Zoll wollte. Und endlich sah er seine schwarze Reisetasche aus der Luke kommen und sich langsam auf ihn zu bewegen.

Noch wenige Schritte, dann öffnete sich die elektrische Schiebetür und gab den Blick auf die vielen wartenden Freunde und Verwandten frei, die ihre Lieben für das Weihnachtsfest empfangen wollten.

Sein Blick wanderte freudig rings herum und suchte nach Linda.

»Mann, sind da viele Leute. Und die Größte ist sie ja auch nicht gerade. Winkt sie mir da? Ach, das ist sie ja gar nicht. Ah, da hinter dem Schild. Hab' dich schon entdeckt.«

Nur leider entpuppte sich die junge Dame, die das Schild ihres Transferunternehmens hochhob, nicht als Linda.

Jacques blieb hinter der Menschentraube stehen und guckte sich um. Er musterte alle Anwesenden, aber Linda war nicht darunter.

Sein Traum – ein weiteres Mal blieb er unerfüllt. Doch nun, was sollte er tun? Wohin konnte er gehen?

Bevor er jedoch noch mehr unbeantwortete Fragen aufwerfen konnte, vernahm er das laute Rufen, das ihm vertraut war. Er wandte sich um und sah Linda auf ihn zukommen. Ihre Wolljacke hing nur halb auf ihren Schultern und der Autoschlüssel baumelte an einem orangefarbenen Schlüsselband an ihrer rechten Hand.

»Oh, Jacques, du bist schon da? Es tut mir leid, aber ich bin einfach nicht durch den Verkehr gekommen. Und die Karre ist ewig nicht angesprungen; und diese vielen roten Ampeln ...«

Aber Jacques stoppte sie in ihrem Redeschwall und drückte sie fest an sich zur Begrüßung.

»Hi, es ist schön, dass du da bist. Ich bin froh. Ich dachte schon, du hast mich vergessen.«

»Nein, natürlich nicht. Du bist gut, wie könnte ich dich vergessen? Okay, lass uns gehen, nicht, dass ich noch 'nen Strafzettel wegen Falschparkens bekomme.«

»Wunderbar, gehen wir.«

Jacques staunte. War diese junge, quirlige Frau wirklich Linda? Sie war gar nicht so, wie er sie die Zeit über in Paris kennen gelernt hatte. Was war passiert?

Linda nahm ihm seine Tasche ab und packte sie mit einem wuchtigen Wurf in den Kofferraum ihres Chevis und schickte sich an, den Behindertenparkplatz schnellstmöglich zu verlassen.

»Wie geht's dir, Linda?«

»Danke, mir geht es gut.«

»Ja, das habe ich mir gleich gedacht.«

Jacques war verwundert. Wahrscheinlich hatte sie sich in dem fremden Land nicht zuhause gefühlt und war deswegen während ihres Aufenthalts schüchtern und zurückhaltend geblieben. Die gerade noch vereitelte Vergewaltigung hatte dazu ihr Übriges getan. Aber Angst schien sie momentan nicht mehr zu haben.

Sie war wie ein anderer Mensch und Lebensfreude strahlte aus ihren Augen.

Sie fuhren ungefähr eine halbe Stunde, bis sie zu Lindas kleinem Häuschen kamen. Es war schön dort. Jacques genoss die Autofahrt und den Ausblick auf die für ihn nun fremde Gegend. Aber er blieb nicht zurückhaltend. Er saugte alles tief in sich auf und erzählte Linda sofort, wenn er etwas Wunderbares am Wegesrand gesehen hatte.

Er war fasziniert. Es waren zwar viele Autos unterwegs, aber kein Fahrzeuglenker drängelte, hupte oder regte sich grundlos über irgendetwas auf. So würde er auch gern auf seiner Vespa zur Arbeit fahren: Gelassen und entspannt.

Die nächsten Tage konnte er sich ein wenig von Paris erholen und in die Natur ausweichen, die ihm Linda in nächster Zeit zeigen wollte.

In ihrem Zuhause brannte schon Licht. Kaum war Linda auf den hofeigenen Parkplatz gedonnert, sprang auch schon die Haustüre auf und ein junger Mann trat heraus, der gleich auf den

Wagen zukam.

Mike hieß der junge sympathische Mann und außerdem Linda und ihren Besucher willkommen.

Äußerlich war er ein großer, gut gebauter, athletischer Typ, wie man ihn von High-School-Filmen her kannte. Mike lud alle ein ins Haus zu kommen und sich zu Tisch zu setzen, da er bereits für sie eine Kleinigkeit zubereitet hatte.

Er sah also nicht nur sehr gut aus, sondern hatte auch noch hausmännische Qualitäten. Die Umarmung, die sich die beiden gewährten, zeugte davon, dass sie sich gut verstanden und ein stabiles Verhältnis zueinander hatten.

Das Häuschen schien Jacques ganz und gar nicht amerikanisch eingerichtet zu sein. Keine flauschigen Teppiche und keine überdimensionale Couch, die auf einen stattlichen Fernseher gerichtet war.

Vielleicht hing diese Vorstellung der typisch amerikanischen Wohnung nur in Jacques' Gedanken, aber trotzdem war er von der Einrichtung positiv überrascht.

An weißen Wänden hingen großformatige Acrylbilder in leuchtenden Farben. Ansonsten waren die Möbel in Weiß und Grau gehalten, die einerseits wunderbar zu den mittelbraunen Fußbodendielen passten und andererseits aber dem Wagnis entstammten, zwei Farben miteinander zu vereinen, die von Haus aus nicht gewillt waren zusammenzupassen. Dennoch war es reizvoll.

Es war interessant, in ein unbekanntes Zuhause vorzudringen und es zu erkunden; festzustellen, was man dort mochte, sich eventuell abschauen konnte, aber auch zu kritisieren, was man hätte besser machen können.

So etwas könnte, wenn man es wollte, zu einer großen Passion gedeihen, aber Jacques hatte schon einen Beruf. Und mittlerweile einen sehr gut bezahlten.

Linda und ihr Freund kümmerten sich fürsorglich um ihren Gast und fragten ihn, welche Ausflüge und Sehenswürdigkeiten, die sie ihm ans Herz legten, er denn gerne in die Tat umsetzen wollte.

Zunächst jedoch wollte er nur mit einem Verdauungsspaziergang den angebrochenen Abend verbringen, um das Umfeld näher zu besichtigen.

Mike schickte die beiden nach draußen, damit er in Ruhe den Abwasch erledigen konnte.

Es war kühl und windig. Einige Schneeflocken wirbelten versprengt in der Luft umher und schmolzen irgendwann auf dem Asphalt. Es war ruhig. Linda wohnte in einer beneidenswerten Gegend; gepflegt und nicht überfüllt.

Ein Motorengeräusch begann die Stille zu stören. Linda und Jacques ließen sich davon nicht in ihrer Unterhaltung stören. Doch schließlich kam das Geräusch näher von hinten an sie heran.

Der Motor ratterte. Es musste ein altes Modell sein.

Auf Höhe der Spaziergänger heulte der Motor nochmals kräftig auf, wurde angetrieben, um Geschwindigkeit aufzunehmen und an den beiden vorbeizuzischen.

»Nein!«, schrie Jacques aus voller Brust.

»Das kann doch nicht wahr sein!«

Eigentlich konnte es das auch nicht. Aber sollte es wirklich wahr gewesen sein? Linda erkundigte sich sofort, was denn in Jacques gefahren war.

Er begann zu zittern, schaute sich nach allen Seiten um, sah nichts und versuchte, sich besonnen zu zeigen.

»Ach, tut mir leid, ich dachte, ich habe ein Gespenst gesehen. Aber ich habe mich echt getäuscht. Das kann gar nicht sein.«

»Dafür bist du aber ganz schön von der Rolle, mein Lieber. So, jetzt spannst du hier erst einmal gründlich aus und machst ordentlich Urlaub; ich glaube, den hast du bitter nötig.«

XIV

Er fühlte sich wie einst einer aus dem Kreis der Pilgrimväter, die nach dem neuen Land aufgebrochen waren, um ihrem alten Leben „Goodbye" zu sagen. Doch was sie vorfanden, war nicht übermäßig mit Gold überzogen gewesen. Aber das hatten sich die 101 Reisenden von 1620 hoffentlich auch nicht anders vorgestellt. Jacques jedoch wollte von seiner Mayflower, der Boeing 767, ohne gedanklichen Ballast an den Irren von Paris an Land gehen.

Linda und er standen auf dem nachgebildeten Schiff, das damals englische Siedler ins neue Land gebracht hatte. Kaum vorstellbar, dass man mit einem solchen Schiff ein Weltmeer bezwungen hatte. Welchen Strapazen musste die Besatzung damals ausgesetzt gewesen sein? Heutzutage bestand der einzige Wermutstropfen darin, beim Einchecken Schlange zu stehen oder während des gut sechsstündigen Fluges die Füße auf dem engen Bodenraum der einzelnen Economysitze zufriedenstellend unterzubringen.

Es war Luxus. Luxus, dessen sich die Angehörigen der reichen Industrienationen nicht mehr bewusst waren. Schließlich war ein Flug nichts Außergewöhnliches mehr.

Jacques stand an der Reling des Bootes und begutachtete die ordentlichen Planken und die stabile Holzkonstruktion.

Es war ein wunderschöner Ausflug, den Linda für ihn organisiert hatte. Sie wollte ihm schließlich einiges bieten; dafür, dass er ihr ein guter Freund geworden war, seitdem er sie aus der Hand des Vergewaltigers befreit hatte.

Der vergangene Kuss am Flughafen in Paris setzte sich nicht in Form weiterer Zuneigungsbezeichnungen fort, wie es Jacques vielleicht vermutet oder gar gehofft hatte, sich aber nicht traute, sie daraufhin anzusprechen.

Sie mochte ihn. Sie mochte ihn sogar sehr gerne. Deswegen

hatte sie ja auch angerufen, ob er Weihnachten mit ihr und ihrer Familie verbringen wollte. Er war für sie aber nicht jemand, den man liebte; nein, er war zu einem Freund geworden, den man genau auf diese Art liebhatte. Vielleicht war er ihr auch zu kindisch oder zu chaotisch in seinem Leben; was auch immer, er war der lebende Beweis dafür, dass es platonische Freundschaft zwischen Männern und Frauen geben konnte. Ob Jacques allerdings genauso empfand, wusste sie nicht exakt, aber sie glaubte es zu spüren.

Sie konnten wunderbar miteinander sprechen. Und so nahm sie Jacques die ausstehende Frage über ihren Abschiedskuss am Charles-de-Gaulle auf elegante Weise ab, indem sie von sich erzählte und von ihrer Beziehung zu ihm.

Er fühlte sich gut, aber der rote Lieferwagen, den er vorgestern gesehen zu haben meinte, überschattete seinen Überseeurlaub.

Linda konnte er sich anvertrauen, sonst hätte ihn doch eh jeder für verrückt erklärt.

»Ich kann gut nachempfinden, was du fühlst. Ich projiziere meine Erfahrung in Paris auch ständig auf Männer, die irgendwo im Dunkeln stehen, schwarze Klamotten anhaben oder mich einfach auch nur anschauen. Ich weiß, dass es irreal ist, aber so bin ich auch ein wenig auf der Hut und bin vorsichtig, dass ich nie mehr in eine solche Situation gerate, wie an jenem Abend.«

Sie nahm Jacques in den Arm und sagte stolz zu ihrem Retter: »Woher soll ich denn wissen, dass mich wieder ein verwegener und tapferer Held errettet?«

Beide mussten lachen und schubsten sich gegenseitig auf dem Deck umher.

Linda hatte dieses Ereignis besser verarbeitet, als es Jacques je gehofft hatte. Er nahm sie wieder in den Arm und drückte sie. Das tat gut. Beiden.

Jacques war feinfühlig. Darin war er nicht normal. Nein, er

musste sich drei Mal oder zehn Mal über etwas den Kopf zerbrechen, ehe er ihn wieder frei für Neues hatte.

Und außerdem: Die Sache mit dem vermeintlichen Kleintransporter stank gewaltig. Wäre dies möglich hier? Nein, hier würde nur seine Fantasie mit ihm durchgehen. Andererseits jedoch, was war mit dem finsteren Kerl, der ihn auf seiner Madridreise zu observieren schien? Im Flugzeug hatte ihn niemand beschattet. Oder hatte er es diesmal nur nicht gemerkt? Das waren selbst für ihn Räuberpistolen, schließlich gab es weitaus wichtigere Persönlichkeiten, die sich um ihren leiblichen Schutz größere Sorgen machen mussten als er.

Im Gift Shop verlor er dazu den Faden und vergrub sich in den teils albernen Produkten, die zum Kauf standen. Nachgemachte Figuren, Mini-Mayflowers, Seemannshüte und alles, was man seinen daheim gebliebenen Freunden unbedingt mitzubringen hatte.

»Hier, Jacques, probier' den mal!«

Und schon hatte er einen Puritanerhut auf dem Kopf, mit dem er stolz vor dem Ankleidespiegel posierte und die Worte eines übergesegelten Siedlers improvisierte:

»Ich habe das Meer bezwungen, schaut mich nur an.«

Lachen war seit je her die beste Medizin gegen Kummer und Grübeln. Unbeschwert zu sein, wenigstens für einige Augenblicke, wie viel Menschen sehnten sich wohl danach?

Als Kind konnte man solche Momente nicht schätzen. War doch eine westlich erlebte Kindheit oft in Unbeschwertheit eingebettet und von ihr bestimmt.

Das mag der Grund sein, weshalb sich viele nicht darauf einlassen möchten, erwachsen zu werden, obwohl sie es doch schon längst sein müssten. Aber trotzdem braucht man nicht das, was man einmal war, vollends abstreifen.

*

Weihnachten war in greifbare Nähe gerückt.

Großstädte wie Paris und Madrid legten zwar unmerklich von ihrer Unrast ab, aber freuten sich dennoch auf die stillen Tage. In Madrid erinnerte nichts mehr an das vergangene Attentat, Menschen durchquerten wieder den Platz und erfüllten den Ort des Weinens und Schreiens mit munterem Studentenleben.

Im Pariser Zentralkrankenhaus herrschte Betriebsamkeit wie eh und je. Egal, ob es nun Sommer oder Winter war, die Betten waren belegt und das Personal ausreichend beschäftigt.

Herr Portal nützte jede freie Minute, um bei seiner Tochter zu sein. Er redete mit ihr, obwohl er nicht wusste, ob sie auch nur ein klein wenig davon mitbekam. Er hoffte, dass sie spürte, nicht alleine in dem fremden, sterilen Zimmer liegen zu müssen.

Ihr Zustand hatte sich zunehmend stabilisiert. Ein wiederholtes Mal nahm Aurelie bei einem ihrer Besuche einen Strauß bunter Blumen weg, der unbeobachtet dort auf Denise' Bett drapiert worden war und stellte ihn in eine Vase.

Sie war wieder mit ihren Freundinnen alleine zu Hause. Ihr Verlobter konnte nicht über Weihnachten zu ihr kommen, da er von seinem momentanen Projekt nicht abgezogen werden konnte. So war Aurelie an diesen ruhigen Tagen häufig allein und dachte über die vergangenen Wochen intensiv nach.

Sie hatte in ihrem Beruf ständig etwas um die Ohren, aber nun, da sie auch einmal zur Ruhe kam, hatte sie häufig Jacques vor Augen und dachte daran, was er nun wohltun würde.

Ja, er war ihr ans Herz gewachsen, aber sie hatte ihn sehr verletzt. Aber das war nicht der Knackpunkt. Sie wusste selbst nicht, in welche Richtung sie gehen sollte.

Jacques war ein guter Zuhörer, er war nicht wie andere Männer; er war anders. So hatte sie selten mit einem Mann über ihre Wünsche, Ideale und Ängste gesprochen. Im Grunde hatte sie das bis dahin noch gar nicht getan.

Mit ihren Freundinnen konnte sie sich über alles austauschen, das war selbstverständlich, aber mit einem fast unbekannten Mann, den sie mehr oder weniger auf der Straße aufgegabelt hatte, hätte sie sich das nicht gedacht.

Das war es auch, worüber Aurelie, mit einem Glas Rotwein in der Hand am Wohnzimmerfenster stehend, grübelte. Was empfand sie für diesen vertrauten Fremden?

War es Zuneigung, intuitives Interesse an seinem undurchblickbaren Wesen oder spielten Gefühle aufkommender Liebe eine weit größere Rolle, als sie es sich selbst oder ihrem Verlobten gegenüber eingestand?

Der fruchtig-liebliche Wein rann Aurelies Schlund hinab und spülte jene Fragen unbeantwortet in den warm werdenden Magen.

Sie würde ihn vermissen. Wen?

Neben ihrem Verlobten auch Jacques? Es war Weihnachten und somit auch die Zeit der Besinnlichkeit eingekehrt. Nur leider fehlte ihr an diesen Tagen die Nähe einer vertrauten Person.

Ihr Handy klingelte, sie nahm ab und am anderen Ende erklang ein Trommeln und ein buntes Lebensgefühl, das von einer ganz anderen Kultur zeugen musste.

»Hallo Aurelie, ich bin's! Wie geht es dir?«

»Oh, Laurent! Wie schön, von dir zu hören. Mir geht es gut und dir?«

»Ich vermisse dich schrecklich. Ich habe nachgefragt, ob es einen Flug hierher gibt und seit vorhin weiß ich, dass ich dir ein Ticket besorgen kann. Was sagst du?«

»Laurent, das wär' doch nicht nötig gewesen. Ich weiß nicht, ob mir das im Moment nicht zu viel ist. Verstehe mich nicht falsch, aber ich brauche einige Tage Erholung von meiner Arbeit und ...«

»Schon gut, ich verstehe das. Sag' nichts weiter, ich hätte mich nur wahnsinnig gefreut, Weihnachten mit dir zu verbringen.«

»Ich würde mich ja auch freuen, aber ich glaube, dieses Jahr soll es wohl nicht sein.«

»Feierst du mit deinen Eltern und deiner Familie?«

»Ja, meine Mama hat sich bereits bei mir gemeldet und mich nach Hause eingeladen. Die WG wird dann über die Festtage leer stehen, da alle ein paar Tage ausfliegen werden. Irgendwie fühle ich mich allein, aber andererseits tut es auch gut, nicht ständig Menschen über den Weg zu laufen.«

»Es tut mir leid, dass ich nicht da sein kann, ich würde dich ordentlich verwöhnen.«

»Das merke ich mir für den Tag, an dem du wieder zurückkommst.«

»Ja, tu' das. Aurelie, ich muss wieder an die Arbeit. Alles Liebe. Fröhliche Weihnachten. Ich meld' mich bald wieder.«

»Fröhliche Weihnachten, Laurent.«

Und so war sie wieder allein und prostete ihrem Spiegelbild in der Diele zu und seufzte leicht auf, nicht so recht wissend, ob sie die spontane Absage bereuen sollte oder nicht.

*

Ein paar tausend Kilometer weiter wurde ebenfalls geseufzt. Jacques stand auf einer aufgeklappten Aluleiter und mühte sich ab, die Lichterketten, die er von Lindas Freund gereicht bekam, am oberen Drittel des vorgärtlichen Nadelbaums festzuklemmen. Es war schweißtreibend, aber machte Spaß.

Linda kam mit einer umgebundenen Schürze aus der Küche und brachte den Weihnachtsbaumschmückern frische Plätzchen als Lohn für ihre Mühe.

Sobald der Baum mit Lichtern, Kugeln und Girlanden verziert war, brach der gemütliche Teil der Dekorationsaktion an. Der Punsch, den Linda unter Verschwiegenheit bezüglich der Rezeptur den beiden Männern einschenkte, schmeckte bitter und süß, aber dennoch lecker.

Wie lange war es wohl her, seit Jacques solch harmonische

Weihnachtsvorbereitungen erlebt hatte?

In den letzten Jahren hatte er sich nicht viel um das Fest der Freude gekümmert. Meistens hatte er gearbeitet, war auf irgendwelchen Bällen und Veranstaltungen gewesen und hatte dort die gut gelaunten Gäste für die Zeitung abgelichtet.

Da hatte er sowieso keine Zeit gehabt, die weihnachtliche Ruhe und Freude zu genießen und selbst auszukosten. Außerdem hatte er nie gewusst, mit wem er hätte feiern können.

»Meine Mutter fehlt mir. Eigentlich hatte ich vorgehabt, sie dieses Weihnachten zu besuchen.«

»Oh, das tut mir leid. Hast du das wegen mir jetzt abgesagt?«

»Linda, ich bin dir so dankbar für deine Einladung, du ahnst gar nicht, wie gut mir diese Reise tut. Und wer weiß, am Ende hätte ich doch wieder gekniffen, weil ich meinem Vater nicht begegnen wollte.«

»Hast du nie das Bedürfnis gehabt, dich mit deinem Vater auszusprechen?«

»Ich weiß nicht; eigentlich schon, aber dann fällt mir bei diesem Gedanken ein imaginärer Vorhang herunter, der mich davon abhält. Ich hatte nie ein gutes Verhältnis zu ihm aufbauen können. Sollte sich das auf einmal nun ändern können? Ich bin damals weggegangen und ich habe es nie bereut, im Gegenteil.«

»Aber man vermisst doch seinen Vater, auch wenn es kein guter Vater war, oder?«

»Man hat nur einen leiblichen Vater, aber es gibt viele Ersatzväter, die einem in seinem Leben aushelfen können. Nein, ich vermisse ihn nicht, aber ich habe ihn auch nie so kennen gelernt, wie ich es mir immer gewünscht hätte.«

»Und deine Mutter und deine Geschwister?«

»Sie fehlt mir, aber sie ist zu Hause. Ich möchte nicht zurückkehren; mir ist, als ginge ich wieder als jugendlicher Bub zurück, wenn ich dort auftauchen sollte. Nein, ich habe dabei kein gutes Gefühl. Ich schreibe regelmäßig und sie weiß, dass es mir gut geht. Ich hoffe, dass sie nun stolz auf mich ist, da ich befördert wurde und doch noch etwas aus meinem Leben mache. Ob das aber meinem alten Herrn genug ist? Na ja, kann mir auch egal sein.«

»Was wäre, wenn dein Vater auf dich zugehen und dich um Verzeihung bitten würde?«

»Ich denke nicht, dass mein Vater sich zu irgendetwas schuldig bekennt und sich entschuldigt für etwas, nein, das kenne ich nicht von ihm.«

»Glaubst du daran, dass sich Menschen ändern können? Denn wenn ja: Du weißt nicht, wie dein Vater heute über all das Geschehene denkt und vielleicht wünscht er sich seinen ältesten Sohn zurück.«

»Ich glaube daran, aber es trifft nicht auf jeden Menschen zu. Nein, das wäre zu einfach. Man ändert sich nicht einfach so, nur, weil man älter wird oder was weiß ich weshalb. Tut mir leid, ich wollte nicht laut werden.«

»Das ist in Ordnung. Ich kann mir vorstellen, dass mit diesem Thema viele Erinnerungen verwoben sind.«

»Ja, aber lass' uns von etwas anderem sprechen, schließlich ist Weihnachten.«

Mike schürte den Kamin. Es war eine herrliche, anheimelnde Stimmung in dem Haus. Jacques hatte sich darin verloren und inhalierte den Duft von Vanille und Zimt, der in der Luft lag und wäre am liebsten mit Sack und Pack bei Linda und Mike eingezogen.

Diese Sehnsucht sprach aus seinen Augen. Linda schaute ihn mitfühlend an. Sie ahnte, dass er momentan so ruhelos war und vor seinen Problemen zu Hause floh.

»Linda, meinst du, dass der Irre von Paris auch mal anders war, ein ganz normales Leben geführt hat, oder ist es ein Krimineller, der von Jugend an mit dem Gesetz in Konflikt geraten war?«

»Gute Frage. Das kann alles möglich sein. Aber ich bin keine Kriminologin, die sich da näher auskennt.«

»Hm, ich würde ihm gern einmal in die Augen schauen und

ihn dann zu Denise ans Bett zerren, damit er sehen kann, was er angerichtet hat. Ob er wohl auch Weihnachten feiert? Feiern solche Kriminelle eigentlich Weihnachten?«

»Ach Jacques, woher soll ich das wissen? Komm, mach dich nicht verrückt.«

»Nein, so jemand kann das Fest der Freude nicht feiern. Er ist sicher allein, zieht sich ein Bier nach dem anderen rein und plant seine nächste Tat.

Oder die Schuldigen von Madrid, sitzen sie um ihren Christbaum und prosten sich zu: *»Das haben wir ja wunderbar hingekriegt?«*

Diese Leute gehen in den Supermarkt wie du und ich, vielleicht redet man mit solchen Menschen sogar beim Anstehen an der Kassenschlange, im Bus oder sonst wo. Menschen wie du und ich, aber kriminell.«

Linda stieß ihn an seine Schulter und holte ihn aus seinen Ausschweifungen wieder zurück.

»Jacques, lass es gut sein, belaste dich nicht die ganze Zeit damit. Schalte doch einmal ab. Du bist hier ein paar tausend Kilometer von Paris entfernt. Lege deine Sorgen doch wenigstens für die wenigen Tage hier beiseite und erhol' dich.«

»Ja, aber es ist nicht leicht, denn ich weiß, ich bin bald wieder zurück und dann geht die Verfolgung weiter.«

»Jacques!«, schrie Linda ihn an.

»Ziehe um deines eigenen Friedens willen einen Schlussstrich unter das Geschehene und kümmere dich um deinen Job und dein Privatleben!«

»Hm, ja, aber ich kann es nicht versprechen. Linda, ich danke dir, dass ich bei euch sein darf. Das tut mir richtig gut.«

»Wir freuen uns auch und du weißt, dass du jederzeit willkommen bist.«

Linda schnupperte ein bisschen irritiert im Wohnzimmer herum und rief nach Mike, der gerade in der Küche verschwunden war.

»Mike, riechst du das auch? Hier ist es völlig verqualmt. Ist mit dem Kamin etwas nicht in Ordnung?«

»Was meinst du?«, fragte der aus der Küche schlendernde Mike und ließ sich die Frage von seiner Freundin wiederholen.

»Nein, hier ist alles soweit in Ordnung. Aber das kommt doch von draußen, oder?«

Von einer Sekunde auf die andere wurden die Gesichter der drei bang und Mike sprang zur Türe, um nachzusehen, ob er mit seiner Vermutung richtiglag.

Und er war es.

Ungefähr sieben oder acht Häuser weiter auf der gegenüberliegenden Straßenseite quoll dicker Rauch aus Fenstern und Türen. Ruß lag in der Luft. Nachbarn und Passanten versammelten sich und blickten angstvoll auf das Haus. Flammen begannen sich bereits aus den Dachplatten heraus ihren Weg zu bahnen.

Linda und Mike liefen so schnell sie konnten dorthin. Es gab keine Kommunikation zwischen ihnen, sie wussten sofort, dass sie dort helfen mussten. Jacques schlug noch schnell die Wohnungstüre zu und folgte den beiden.

Sirenen wurden laut und schon bogen zwei Einsatzwägen um die Ecke. Linda und Mike waren eher da und nahmen Kinder und eine Frau in den Arm.

Sie diskutierten, gestikulierten, zeigten auf das Haus und dann wieder auf das Auto.

Es wurde schnell klar, dass noch jemand fehlen musste.

»Oh Gott, nein!«

Es schien, als wäre der Vater noch im Haus. Die Einsatzwagen positionierten sich vor dem Haus und die Löschmannschaft brachte ihre Gerätschaften in Funktionsbereitschaft.

Jacques ging näher zu Linda und den anderen, sodass er ihre Stimmen hören konnte.

»Nein, er war nicht im Haus, ich habe nach ihm gerufen.«

»Ist er weggegangen?«

»Ich weiß es nicht.«

»Denk' nach!«

»Ich weiß nicht, wo er ist … doch, er wollte im Keller etwas

191

für die Kinder basteln … Oh mein Gott, er ist im Keller!«

Der Einsatzleiter hatte das Gespräch mit angehört und sprach augenblicklich etwas in sein Walkie-Talkie.

»Mam, wir kommen jetzt nicht mehr ins Haus hinein! Gibt es einen äußeren Zugang zum Keller?«

Die Nachbarin sank zusammen und stammelte unter Tränen nur, dass es auf der anderen Seite des Hauses einen Bretterverschlag gäbe, in dem eine Stiege direkt zum Keller führe.

Die Feuerwehrmänner machten sich mit Äxten und Gerät zu dem Verschlag und bemühten sich, das Vorhängeschloss zu knacken.

Ein gezielter Schlag und es sprang weit in die Luft hinauf. Zwei Männer mit Gasmasken sprangen in den Verschlag hinunter und schlugen sich lautstark in den Kellerraum vor.

Es wurde still.

Bangend standen Feuerwehrleute und Passanten um den Verschlag. Nichts.

»Adam, Steve!«, schrie jemand nach unten, aber es kam nichts zurück. Der Einsatzleiter schaute bang auf das lodernde Feuer und zurück auf den Schacht.

Man löschte bereits, aber viel war von dem Haus nicht mehr zu retten. Das Holz war der Flammenbrunst nicht gewachsen und wurde nach und nach verzehrt.

Der Feuerwehrhauptmann wurde ungeduldig. Sie kamen nicht zurück. Weitere Männer nach unten zu schicken, war zu gefährlich. Entweder schafften sie es oder keiner von den Männern kam mehr lebend dort heraus.

Der Schock darüber breitete sich still zuerst über einzelne starre Mienen aus und lähmte so dann alle Beteiligten. Es konnte nicht wahr sein.

Doch dann unterbrach ein lautes Stoßen und Rumpeln das Zischen der Flammen.

»Komm' hierher! Da liegt ein Balken.«

»Ja, da nimm' ihn! Ich gehe nach vorne. Ich sehe den Ausgang. Los!«

Abrupt löste sich das Zeitlupengeschehen und eine wieder gefundene Hektik sprang lebensmunter auf den Schacht zu.

»Vorsicht, da nimm' ihn!«

»Hast du ihn?«

»Ja, kein Problem, lass' los!«

Mit sicherer Routine bargen sie den ohnmächtigen Mann, den sie bewusstlos auf dem Kellerboden liegend aufgefunden hatten.

Beide Männer waren dreckig und im Gesicht stark verrußt. Die ersten Schaulustigen hatten derweil begonnen, das Szenario auf ihren Handys oder Digitalkameras festzuhalten. Jacques indes hatte nichts mit sich, womit er Bilder machen konnte. So stahl er sich ein wenig von der Gruppe um Linda, Mike und die Nachbarsfrau, um einen Hobbyfotografen zu bitten, ihm ein paar Bilder, die er aufgenommen hatte, auf seine E-Mail-Adresse zu schicken, unter dem Vorwand, es den einstigen Hauseigentümern zeigen zu können.

Seltsam, sobald schon hatte er das Leid vergessen und seine Chance gewittert. Es traf ihn wie ein Geistesblitz, er hatte Assas' Blick vor Augen, der ihm positiv zunickte und sich anschickte, ihn zu loben.

Er schrieb zwar nichts auf, aber das musste er auch gar nicht: In den schillerndsten Bildern lief dieses Event an seinen Augen vorüber und brannte sich buchstäblich in seinem Gehirn ein.

Noch auf der Straße waren bereits die Reanimierungsversuche begonnen worden. Spannung und Herzklopfen lag in der Luft. Der Mann lag still und unverändert da.

Ein oder zwei Minuten vergingen, dann sah man ein zufriedenes Lächeln auf den Lippen der drei hantierenden Notärzte, die den Mann den Sanitätern übergaben, um ihn ins Krankenhaus zu fahren. Es wurde laut aufgeatmet. Die Tränen der Angst schlugen in Freudentränen um.

Die Hitze des Feuers war unerträglich. Ebenso der Gedanke, alles verloren zu haben außer dem nackten Leben. Doch das konnten die Geretteten im Augenblick noch gar nicht realisieren. Vor allem nicht die jüngste Tochter mit ihrem acht Monate jungen Leben.

Linda war warmherzig. Das erkannte Jacques nun wieder, als er sah, wie sie sich um die Nachbarin und deren Kinder kümmerte. Es war gut, dass Linda und Mike dabei waren.

Schließlich folgten Gespräche mit Einsatzkräften und Polizisten, die ein Protokoll über den Brandhergang aufnehmen mussten. Es waren keine fremden Personen. Man kannte sich. In einem solch beschaulichen Vorörtchen ging man offen miteinander um. Man traf sich zu Barbecues, Hintergartenpartys und zu manch anderen Anlässen.

Die Vertrautheit, die in der Luft lag, tat gut. So lief alles herzlich und in unbürokratischer Weise ab. Der Duft von warmem Tee wurde vom Qualm des ertränkten Feuers überdeckt.

Die lodernden Flammen ließen sich nur mit Mühe bändigen. Es schien, als wenn wirklich nichts mehr aus dem Haus zu retten wäre. Ein herber Verlust. Ein Haus zu verlieren, mit allen Einrichtungsgegenständen, Lieblingsstücken und Erinnerungen, die man mit so vielem verknüpft hatte.

Es war wie aus heiterem Himmel geschehen, wie eine Bombe, die auf einem Platz zündete und etlichen Leuten so viel nahm. Doch das Wichtigste hatten sie gerettet, das Leben. Alles Weitere, wussten sie, könnte man regeln. Und damit hatten sie recht.

Linda und Mike zögerten nach einem kurzen Blick zueinander keine Sekunde, Betty und ihren drei Kindern ihr Haus als Unterkunft anzubieten und duldeten auch keinen Widerspruch.

Jacques war zuerst ein wenig irritiert, aber dann keimte in ihm der Gedanke auf, mehr von den Überlebenden der Feuerattacke erfahren zu können. Er sah es als Weihnachtsgeschenk für Assas und als Beweis dafür, dass sich sein Chef nicht in ihm geirrt hatte.

Doch die ganze Situation war zweischneidig.

Er fühlte sich schäbig, das Leid dieser Familie zu Profit zu machen. Profit ausschließlich für ihn.

Nein, Linda würde er nichts von seinem Vorhaben erzählen. Sie wäre sicher nicht begeistert. Er wäre in ihren Augen nur ein unrühmlicher Held und ihr Bild von ihm würde erlöschen. Er war stolz darauf, Linda damals in Paris ohne Hintergedanken geholfen zu haben. Vorhin, als er vor dem brennenden Haus gestanden war, wäre er auch gerne wieder der Held gewesen. Er malte sich aus, wie er in den Keller gerannt wäre und Bettys bewusstlosen Mann unter dem Jubel und Beifall der umherstehenden Menschen nach draußen gebracht hätte.

Dieser Held wäre aber nicht jener gewesen, der einst Lindas Seelenheil gerettet hatte. Er gestand sich das allerdings in diesen Augenblicken selbst nicht ein.

XV

Weihnachten in Lindas und Mikes Haus war wunderbar. Bryan, Bettys Ehemann, war schon wieder aus dem Krankenhaus entlassen worden. Er war froh, seine Frau und die Kinder bei sich zu haben. Sie hatten keine Geschenke, weder für sich selbst, die Kinder oder ihre Nachbarn, aber das machte nichts. Sie waren alle mit etwas ganz Besonderem beschenkt worden. Mit einem neuen Leben und der Liebe zueinander, die vielleicht noch nie so groß war wie an diesem Weihnachtsfest.

Jacques fühlte sich geborgen und so wohl, dass er seine Arbeit und seine Vorhaben, die er nach seiner Rückkehr nach Paris anpacken wollte, einfach vergessen hatte.

Beim traditionellen Weihnachtsessen fasste er seinen Mut zusammen, stand von seinem Platz auf und bat mit einem Gabelschlag gegen sein Weinglas seine Tischgenossen um Ruhe.

»Ich möchte nur ganz kurz etwas sagen und mich bedanken. Linda und natürlich auch dir, Mike, vielen Dank, dass ihr mich hierher zu euch eingeladen habt. Ich bin glücklich, dass ich dieser Einladung gefolgt bin. Und trotz des Rummels und des Schreckens mit eurem Haus, Betty und Bryan, habe ich hier Ruhe und Geborgenheit gefunden. Ich fühle mich wohl und glücklich. Und ich kann euch sagen, dass es das schönste Weihnachtsfest ist, das ich je feiern durfte. Es ist das Fest der Freude und ihr alle habt mir gezeigt, was es heißt, für einander da zu sein und Freude zu schenken.

Ich danke euch und deshalb trinke ich auf euch alle. Fröhliche Weihnachten.«

»Fröhliche Weihnachten«, stimmte ein bunter Chor aus kindlichen und erwachsenen Stimmen an.

Linda zog Jacques, der im rechten Winkel neben ihr saß, zu sich heran und küsste ihn auf die Wange.

Da war es wieder. Sie war stolz auf ihn. Komisch, sie war ihm nur freundschaftlich verbunden, aber trotzdem so stolz, als wäre er mehr für sie. Jacques war gerührt.

Im selben Moment schoss ihm Assas vor Augen, Hände ringend und lechzend nach dem Flammenreport aus dem kleinen Vorort von Boston.

»Nein, ich verkaufe die Leute nicht. Ich halte meinen Mund. Ich mache das nicht zu Geld.«

Er machte sich gedankliche Vorsätze und wischte sich den Gedanken an Assas aus dem Kopf.

*

Linda, Mike und die Nachbarsfamilie hatte er bald schon in sein Herz geschlossen, so sehr, dass er sich am liebsten gleich dort niedergelassen hätte. Vielleicht würde er es sogar eines Tages verwirklichen.

So dachte er in diesen Tagen oft an Fernando und dessen Traum, nach Amerika zu gehen. Sollte er ihn das nächste Mal zu Hause sehen, würde er ihn ermuntern, seine Visionen aufrecht zu erhalten.

Jacques allerdings hatte noch Verpflichtungen in seiner Wahlheimatstadt Paris nachzugehen, die er nicht unerledigt liegen lassen wollte.

Zu sehr hatte er sich an seine enge Wohnung und den unromantischen Ausblick auf die Straße gewöhnt. Er liebte die kleinen Straßen und Gassen, die Kneipen, in denen er sich so oft schon sein zukünftiges Leben ausgemalt hatte. Der Lärm und der Verkehrstumult waren zu festen Bestandteilen seines täglichen Arbeitsweges geworden.

Wahrscheinlich lag es an der besonderen Fähigkeit der Menschen, sich den Rahmenbedingungen anzupassen und sich ihnen zu fügen; letztlich aber nur deshalb, um trotz all der negativen Aspekte ein doch einigermaßen respektables Leben zu führen.

»Das muss es sein, sonst würde es doch niemand in einer

solchen Metropole aushalten und dann noch von sich behaupten, man lebe gerne dort.«

Aber im Grunde wollte er hinaus in die Natur, weit weg von der Zivilisation und deren dunklen Seiten.

Irgendwann würde er dies auch nachholen, aber er spürte einen unsichtbaren Sog, der ihn wie ein Magnet zurückzuholen suchte.

Der Irre von Paris ließ ihm keine Ruhe mehr. Nicht zuletzt beim Hausbrand von Betty und Bryan hatte er sofort an jenes Phantom gedacht, das ihn verfolgte, von jenem Tag an, seitdem er sich um das verletzte Mädchen gekümmert hatte.

»Jacques, träumst du schon wieder?«, riss ihn Linda unsanft aus seinen Gedanken. Es war der letzte Abend bei seinen Freunden und Linda hatte extra für ihn eine Cocktailparty organisiert, um ihm den Abschied zu versüßen.

»Nein, ich träume nicht.«

»Tja, das habe ich gemerkt. Komm, erzähl', was bewegt dich!«

»Es ist komisch, Linda, aber seit diesem Unfall mit Denise hat sich mein Leben in einer solch rapiden Art geändert, dass ich es nicht verarbeiten kann. Ich kann mit der Hektik nicht mehr lange mithalten.«

»Das musst du auch gar nicht. Du hast einen Job, erledige den und gönn' dir deine freie Zeit. Und lass' die Polizei ihre Arbeit machen. Jacques, es liegt in deiner Hand, du kannst es entscheiden.«

»Aber, wenn ich wieder unvermittelt irgendwo hineingezogen werde?«

»Dann denk' an meine Worte und entziehe dich dem, egal was es auch sei. Und wenn du Hilfe brauchst: Ich werde immer für dich da sein, auch wenn ich eine Atlantikdistanz von dir entfernt bin.«

»Ich danke dir, und ich danke euch für die wunderbaren Tage hier. Nun hab' ich endlich mal gesehen, wie du so lebst; es ist traumhaft.«

»Danke. Und wenn du willst, komm' einfach wieder. Mike würde sich auch freuen, wenn du wiederkämst.«

»Ich komme wieder; allein schon deshalb, damit ich von dir am Flughafen abgeholt werde.«

Beide begannen zu lachen und prosteten sich mit einem Glas Bowle zu.

Der Heimflug verlief ohne weitere Vorkommnisse. Niemand schien ihn diesmal zu observieren und so verschlief Jacques die meiste Zeit des Fluges und wurde erst eine halbe Stunde vor der Landung von einer Stewardess geweckt.

Die vergangenen Stunden hatte Jacques relativ wortkarg verbracht und saß letztlich grübelnd im Taxi, das ihn nach Hause bringen sollte. Er dachte an Lindas Worte, aber gleichzeitig ging ihm dieser Lieferwagen nicht aus dem Kopf. Linda hatte gesagt, er solle sich auf seine Arbeit konzentrieren. Und in diesem Moment folgte er einer spontanen Eingebung und dirigierte den Taxifahrer zu Assas' Agentur.

»Jetzt ist nicht die Zeit, nach Hause zu gehen, Wäsche zu waschen und sich Tee zu kochen«, dachte er.

Plötzlich entbrannte in ihm ein Eifer, der ihn anspornte, das Vertrauen, das Assas ihm entgegengebracht hatte, zu rechtfertigen.

*

»Jacques, du bist schon zurück?«, begrüßte ihn Assas, der gerade hektisch mit einem Stapel Blätter durch die Büroboxen schritt und seine Mitarbeiter lautstark zur Arbeit motivierte.

Er kam sofort auf Jacques zu, reichte ihm die Hand und erkundigte sich nach dessen Urlaubsaufenthalt.

Für Jacques war es ungewohnt, in dieser Weise von seinem Chef wahrgenommen zu werden. Nun gut, Assas hatte immer schon irgendwie an ihn geglaubt, aber nun war es anders; er war ein vollwertiges Mitglied im erlesenen Kreis von Assas' Agentur.

»Ich dachte, dass ich gleich wieder anfange zu schreiben, schließlich durfte ich dank Ihnen zwei wunderbare Woche erleben. Nun hab' ich einiges zum Nachholen.«

»Jacques, das ist genau die Einstellung, die jeder hier zeigen sollte. Hey Leute, nehmt euch mal ein Beispiel an diesem jungen Herrn, von dem könnt ihr noch viel lernen.«

Das ehrte ihn zwar, es berührte ihn aber zugleich auch peinlich, auf diese Weise vor allen anwesenden Mitarbeitern herausgestellt zu werden.

Er machte sich flugs auf, um in seine Box zu kommen. Er hatte sich gerade eingerichtet und den Computer herauffahren lassen, als er Rafael, seinen Kollegen, mit dem er sich schon lange sehr gut verstand, von der Caféecke zurückkommen sah. Er sprang auf und wollte ihm entgegengehen.

»Rafael, hallo! Wie geht's dir? Nun haben wir uns schon lange nicht mehr gesehen.«

Doch sein Kollege ließ sich nicht lange aufhalten.

»Hallo, ja, das stimmt. Aber es gibt viel zu tun.« Und mit dieser knappen Begrüßung ließ er Jacques wie ein unmündiges Kind im Flur stehen und ging zu seiner Box, die sich am Ende des Ganges befand.

Jacques wusste nicht, wie ihm geschah. War ihm die sprichwörtliche Laus über die Leber gelaufen? Er sah ihm verdutzt und gleichermaßen auch wütend hinterher, bis er in seiner Arbeitsbox verschwunden war.

Jacques schüttelte den Kopf. Was sollte dieser Auftritt? Hatte es vielleicht gar nichts mit ihm zu tun? Hatte er Sorgen und Probleme zu Hause? Er hätte noch eine lange Reihe weiterer Fragen formulieren können, aber da fiel es ihm wie Schuppen von den Augen; Rafael war schon länger mit seinem Job unzufrieden gewesen und hatte Assas schon oft gedrängt, ob er ihn nicht befördern wollte.

War das der Grund? Neid und Missgunst? Wenn dem so wäre, dann konnte hinter dem Begriff Freundschaft zwischen Rafael und Jacques nicht viel gesteckt haben.

»Na klar, was soll es sonst sein, er hatte doch schon immer genörgelt und über Assas hergezogen, nur, weil der nicht so wollte, wie er es sich ausgemalt hatte. Natürlich ist er dann sauer auf mich, dass ich ihm das nun vermasselt hab', obwohl ich damit gar nichts zu tun habe. Ach, was soll's, vielleicht rede ich später mal mit ihm.«

Doch das hatte Jacques sich nur halbherzig vorgenommen; es gab nun Wichtigeres zu erledigen. Er durfte George nun nicht enttäuschen und hatte seine Arbeit zu verrichten.

»Die Feuergeschichte, die Feuergeschichte, soll ich die nun nehmen oder nicht?« Er tippte unruhig mit seinen Fingern auf seiner Schreibtischunterlage umher und konnte sich noch nicht wirklich entscheiden.

Er wollte das Erlebte nicht zur Sensation machen. Andererseits dachte er:

»Wer erfährt in den USA schon von der Geschichte? Vielleicht ändere ich die Namen und den Ort, an dem es passiert ist, einfach um? Es könnte sich doch auch irgendwo hier in Frankreich ereignet haben. Ich weiß es nicht; ich fang' jetzt einfach zu schreiben an und warte, was dabei herauskommt.«

So begann Jacques mit seiner ihm eigenen Zweifingertechnik die Gedanken an das Geschehene in seinen Rechner zu tippen.

Er zentrierte seine Gedanken nur noch auf diese Geschichte. Er schmückte sie mit liebevollen Details aus, sodass sie flüssig zu lesen war, und schickte sich an, mit jedem neuen Satz, den er gewissermaßen zu Papier brachte, die Neugier der potenziellen Leserschaft mehr und mehr zu entfachen.

Um ihn herum blendete er alles aus. So bemerkte er Rafael auch nicht, als dieser sich ungefähr zwei Stunden später einmal scheinbar zufällig in der Nähe von Jacques' Box aufhielt.

Von Zeit zu Zeit wischte er sich die kleinen, aber zahlreichen

Schweißperlen von seiner Stirn, die sich eifrig immer wieder nachbildeten und von seiner Impulsivität zeugten, die er während des Schreibens an den Tag legte.

Längst war es Abend und ziemlich still in der Agentur geworden. Die meisten Mitarbeiter hatten sich schon längst auf den Nachhauseweg gemacht oder waren noch unterwegs zu oder auf irgendwelchen Terminen.

All das war an Jacques vorübergegangen, ohne dass er Notiz davon genommen hatte. Erst als er den Schlusspunkt setzte, schaute er auf, reckte seinen Nacken und realisierte, dass er nunmehr fast alleine in der Agentur zurückgeblieben war.

Er verspürte das seltsame Verlangen nach einer Zigarette. Warum das seltsam war? Jacques hatte in seinem Leben noch selten ein derartiges Verlangen gespürt und wunderte sich über sich selbst. Warum war es ihm in diesem Moment nun danach?

Er wischte sich den Gedanken aus dem Sinn und machte sich daran, die Story auszudrucken, um sie nochmals auf dem Blatt durchlesen zu können.

»Fantastisch!«, sprudelte es aus ihm hervor, noch während er die Geschichte las. Der junge Reporter hatte natürlich die Namen der Beteiligten und der Stadt abgewandelt, aber sonst die Ereignisse so belassen, wie er sie erlebt hatte. Schließlich war er Journalist und der Wahrheit verpflichtet. Seine Skrupel, aus dem Leid seiner Freunde Kapital zu schlagen, hatten sich in diesem Moment endgültig zerschlagen.

Er dachte an Assas und wollte ihn nicht enttäuschen. Mit dieser Story sollte sein Chef davon überzeugt werden, dass er seine Entscheidung, Jacques einen richtigen Job gegeben zu haben, nicht zu bereuen brauchte.

So ballte der treue Mitarbeiter seine Faust und streckte sie stolz und siegestrunken in die Höhe.

Dieses Tagwerk war vollbracht und am nächsten Morgen sollte Assas die Geschichte von ihm bekommen. Jacques gönnte sich ein Taxi, ließ sich nach Hause chauffieren und verstaute erst einmal sein Reisegepäck.

Doch es hielt ihn nicht lange zu Hause. Der noch verhüllte Erfolg sollte mit einem kühlen Bier in der nächstgelegenen Kneipe begossen werden. Der junge Journalist ließ sich an diesem Abend nicht von vielen Gedanken ablenken. Er feierte wie ein Feldherr, der siegreich von Schlachten und Feldzügen zurückgekehrt war.

Dass ihm im Gegensatz dazu aber niemand zujubelte und sich neben ihn an den Bartresen setzte, störte ihn nicht sonderlich.

Seit er aus Boston zurück war, hatte er auch noch keine Zeit dazu gehabt, sich um Denise oder auch um Julian Gedanken zu machen.

Erst auf dem Nachhauseweg fielen ihm diese Personen ein. Julian hatte er eigentlich versprochen, sich sofort nach seiner Rückkehr zu melden.

»Mist, wollte Julian nicht heute für mich kochen? Natürlich habe ich mein Handy aus und meinen Anrufbeantworter habe ich nicht angeschaut.«

Betroffener wurde Jacques allerdings dann, als sich seine Gedanken um Denise zu drehen begannen. Wollte er nicht als Erstes ins Krankenhaus fahren, wenn er wieder in der Stadt war?

Er schlenderte mit hängendem Kopf die Avenue entlang, schämte sich wegen seines Vergessens und seiner blinden Schreibgier und wollte nur noch seinen leichten Rausch zu Hause ausschlafen.

Schließlich sollte ihn am nächsten Morgen ein ganz großer Tag erwarten.

*

Mit verschränkten Armen wartete Jacques ungeduldig in Assas' Büro, während sein Chef das Manuskript ruhig und ohne

203

Kommentar durchlas. Es lag eine schreckliche Stille in der Luft; vergleichbar der oft zitierten Ruhe vor dem Sturm. Doch welche Art Wind würde über Jacques hereinbrechen? Würde ein Tornado ihn hinweg schmettern oder würde ihn ein süßer Sommerwind auf den Sessel des Wohlgefallens heben?

Assas verbarg sein Gesicht hinter den Blättern, sodass Jacques nicht die leistete Vermutung hatte, ob dessen Gesichtspartien eher einer Gebirgslandschaft glichen oder die Augen von hunderten Lachfältchen umrahmt wurden.

Ein Hubschrauber unterbrach die Stille des Moments. Assas wurde barsch aus seinen Zeilen gerissen und schaute jenem Geräuschherd hinterher.

»Schon wieder ein Unfall passiert? Das häuft sich aber in letzter Zeit enorm.«

»Wie meinen Sie das?«, wollte Jacques nachhaken, um mehr darüber zu erfahren, aber sein Chef war schon wieder mit seinen Gedanken bei dem Text.

»Das Zentral-Hospital. Lebt sie noch? Oder ist sie schon tot? Shit, ich bin ein Idiot. Ich muss nachher unbedingt hin und mich erkundigen.«

Noch während Jacques sich tiefer mit seinen Vorhaben auseinandersetzen konnte, wurde er durch einen gewaltigen Donner, den Assas mit einem Faustschlag auf den Schreibtisch verursacht hatte, zurückgerissen.

»Du bist genial. Das hier ist einsame Klasse. Ich wusste, dass du den richtigen Riecher für wirklich gute Storys hast. Mensch, Junge, das ist wirklich gut. Komm' her, du musst noch ein paar Stellen überarbeiten und dann können wir das Ding gleich morgen abdrucken. Das ist total verrückt. Ich hab' mir schon tagelang den Kopf für eine Titelstory zerbrochen und dann legt er mir heute das hier vor, von dem ich die letzten Nächte geträumt habe. Los, an die Arbeit, wir gehen das jetzt kurz durch und in zwei Stunden bringst du es mir fertig zurück.«

Jacques konnte und wollte diesen Monolog nicht unterbrechen und stand nur mit offenen und feucht untermalten Augen am Schreibtischende und konnte sein Glück kaum fassen. »Hey, was ist los? Komm', wir haben jetzt keine Zeit zum Träumen, mach' das in deiner Freizeit!« Jacques, der in seiner oft verdröppelten Art und Weise nicht wusste, wie ihm geschah, geschweige, wie er zu reagieren hatte, folgte dem Winken Assas' und setzte sich neben ihn an seinen Schreibtisch.

Die beiden gingen das Manuskript zusammen durch und Jacques notierte sich währenddessen, was er ändern sollte, um die Story für Assas hundertprozentig drucktauglich zu machen. Den Gedanken an Denise konnte er natürlich bei so viel Arbeit nicht aufrechterhalten. Sie und ihre ungewisse Situation hatten hinter der Verwirklichung seines beruflichen Aufstiegs zurückzustehen.

Es sollte die atemberaubendste Story werden, die Jacques je für Assas zu Papier gebracht hatte. Die Wortgewandtheit und das Zusammenspiel von tragischen Ereignissen und emotionalem Zusammenhalten stellten sogar den unglaublichen terroristischen Akt des madrilenischen Attentats in den Schatten.

Kaum zu glauben, aber dieses Ereignis interessierte in Frankreich niemanden mehr und so gab es zu den Hintergründen jenes Anschlags, die wohl noch in der Untersuchungsphase steckten, keine Informationen unter das Volk zu bringen, die genügend Aufmerksamkeit und Auflagensteigerung versprachen.

Jacques kümmerte sich nicht darum. Er hatte das Erlebnis einfach verdrängt. Die Minuten, die er in der kleinen Strauchinsel mit Antonia zugebracht hatte, schienen schon abgehakt zu sein.

Antonia und ihre Freundin Angela hatten nicht das Glück, das Erlebte so gefühlsneutral hinter sich lassen zu können. Sie wurden immer noch psychologisch betreut, um die wahrgenommenen Bilder in ihrer Seele zu verarbeiten. Antonia wartete seit jenem Tag auf einen Anruf von Jacques, dem sie ihre Telefonnummer auf den Handrücken geschrieben hatte, damit sie sich gegenseitig helfen konnten, das Geschehene in Gesprächen verstehen zu lernen. Die Telefonnummer aber war schon längst von seiner Hand gewaschen und der Zettel, auf den er die Nummer zur Sicherheit notiert hatte, war irgendwo in seinem häuslichen Chaos untergegangen.

War Jacques' moralisches Denken über Gott und die Welt nur ein Produkt seines nicht ausgelasteten Alltags, ein Füllen seiner Gedanken, da er oft nichts Weiteres zu tun hatte, als aus seinem Fenster die Geschehnisse auf der Straße zu verfolgen?

Jacques würde sich, da er gerade in seiner Box vor dem Computer saß und die Story verfeinerte, zu dieser Frage nicht äußern. Vielleicht aber dann, wenn sich Zeit für eine gute Tasse Tee finden ließe.

»Fertig!«, schoss es aus der Box. Noch ein paar Klicke hinterhergeschickt und das Raunen und stottern des Druckers begann, die Titelgeschichte schwarz auf weiß Gestalt annehmen zu lassen.

Mit dieser Geschichte hatte er Assas' Vertrauen gerechtfertigt und war der mittelmäßigen Schreiberei entwachsen. Sein Arbeitsplatz sollte sich zwar nicht ändern, aber die Anerkennung schnellte ebenso wie sein Selbstwertgefühl in ungeahnte Höhen.

Nun war der Zeitpunkt gekommen, an dem alle seine Spötter und Zweifler eines Besseren belehrt werden sollten. Wie gerne würde er sofort bei seinem Vater anrufen und ihm stolz vor Augen halten, was er, entgegen dessen Prognosen, doch geschafft hatte.

Trotzdem tat er es nicht, da er Angst vor einem Kontakt zu ihm hatte und auch gar nicht wusste, wie er ihm gegenübertreten sollte.

Vielleicht würde er es ja auch aus der Presse erfahren, welchen bravourösen Weg sein Sohn eingeschlagen hatte.

Das Rotorgeräusch eines vorüberfliegenden Hubschraubers brachte ihm ein Bild ins Gedächtnis.

»Denise!«

Und sofort kramte er seine Sachen zusammen, veranlasste alles Weitere, damit die Story gedruckt werden konnte, und fuhr seinen Computer herunter.

XVI

Da Jacques Aurelie nicht anrufen wollte, war er gleich selbst ins Zentral-Hospital gefahren.

Denise lag nicht mehr in dem Zimmer, in das sie nach dem Unfall und der Operation verlegt worden war.

An der halbrunden, weißfarbig gehaltenen Rezeption erkundigte sich Jacques nach dem Verbleib des Mädchens. Nachdem er eine Verwandtschaft mit Denise verneinen musste, verhielt sich die Diensthabende auf einen Schlag sehr sonderbar und ließ sich für einen Moment entschuldigen.

Jacques schaute sich ein wenig um. Auf den Gängen standen einzelne Betten bereit, Patienten in Morgenmänteln, teils allein und teils mit Besuchern, spazierten die sterilen Flure entlang. Manche machten von den bereitgestellten Teekannen Gebrauch und füllten sich Kräutertee in kleine Glastassen ab.

Obwohl keiner der Anwesenden in irgendeiner Weise laut sprach oder über sein Schicksal klagte, lag dennoch ein hektischer und unruhiger Tonus im Raum und erfüllte Jacques mit Unbehagen.

Wahrscheinlich spielten der Geruch von Desinfektionsmitteln und das permanente Tönen von Durchsagen über die Lautsprecher zusammen und gaben seiner Stimmung Nährboden.

Kurz bevor Jacques nochmals die Serviceglocke an der Rezeption drücken wollte, erschien die Schwester wieder und hatte einen älteren Herrn im weißen Mantel im Schlepptau.

»Guten Tag, mein Name ist Casper. Was kann ich für Sie tun?«

»Hallo, ich heiße Jacques Maleron und wollte mich erkundigen, wie es Denise Portal geht. «

»Darf ich Sie fragen, in welcher Beziehung Sie zu dem Mädchen stehen?«

»Äh, ja, ich habe bei ihrem Unfall Erste Hilfe geleistet und war dabei, wie alles passiert ist.«

»Ach ja, Sie sind das. Aurelie hat mir von Ihnen und Ihrem ärztlichen Geschick bereits viel erzählt. Kommen Sie doch kurz mit mir in mein Büro, dann können wir uns in Ruhe unterhalten.«

Jacques folgte ihm auf sein Zimmer, das von einem großen, dunklen Schreibtisch beherrscht war. Es fiel ihm deswegen auf, da sonst kaum etwas anderes als weiße Gegenstände im Krankenhaus zu sehen war.

»Vielleicht haben Sie sich schon gewundert, weswegen wir so geheimnisvoll mit dem Thema Denise umgehen?«

»Ja, eigentlich schon.«

»Nun ja, es kam bereits zum wiederholten Male vor, dass in Denise' Zimmer Blumen hinterlassen wurden. Das mag nichts Ungewöhnliches sein, aber schon beim zweiten Strauß fragten wir uns, wieso jemand unbemerkt auf unsere Station schleicht und klammheimlich Blumen für ein Mädchen hinterlässt. Aus diesem Grund sind wir ein wenig beunruhigt und haben nun ein wachsames Auge auf Denise.«

»Das verstehe ich. Haben Sie eine Vermutung, von wem die Blumen stammen könnten?«

»Nein, das habe ich nicht. Es ist nun auch schon einige Zeit her, seit der letzte Strauß an Denise' Bett gelegt wurde. Herr Portal ist deswegen auch sehr besorgt gewesen, aber ich glaube, nun passiert uns so ein heimlicher Besuch nicht mehr.«

»Haben Sie Kameras aufgestellt?«

»Ja, das hat Herr Portal mit veranlasst.«

»Wie oft schaut Herr Portal bei seiner Tochter vorbei?«

»Oh, er kommt eigentlich jeden Tag. Im Grunde dürfte er gerade bei ihr sein.«

»Herr Casper, darf ich kurz zu Herrn Portal? Ich hätte da ein paar Fragen an ihn. Bitte, ich sorge mich wirklich auch sehr um Denise.«

»Nun gut, das Zimmer ist das letzte im Korridor auf der linken Seite. Aber nur kurz.«

»Ich danke Ihnen.«

Doch bevor Professor Casper Jacques noch fragen konnte, ob er denn nicht den aktuellen Zustand von Denise erfahren wollte, war der Reporter schon aus dessen Zimmer gerauscht, um Portal zu erwischen.

Denise lag unverändert still und an verschiedenen Schläuchen angeschlossen in einem weißen Bett. Portal saß neben ihr auf einem Stuhl und hatte seinen Kopf auf die Brust gesenkt. Er war eingenickt.

Durch das unsanfte und zügige Öffnen der Türe schreckte er jedoch hoch, musterte den Fremden einen Augenblick von oben bis unten und begann, Jacques lautstark anzuschreien, wer er den sei.

»Es tut mir leid, wenn ich hier so reinplatze, aber Professor Casper sagte mir, wo Denise liegt. Ich habe ihr direkt nach dem Unfall Erste Hilfe geleistet und sorge mich daher um ihren Zustand.«

»Gut, ich dachte schon, Sie seien der Irre, der ihr dauernd Blumen hinlegt.«

Bei der Bezeichnung „Irre" läutete es bei Jacques Alarm.

»Wie meinen Sie das?«

»Na, da schleicht sich dauernd jemand zu Denise und bringt ihr Blumen ans Bett und niemand hat bis jetzt irgendetwas beobachtet. Weder ihre Mutter noch sonst ein Bekannter würde sich heimlich zu Denise aufmachen. Aber ich weiß nicht, ich bin mit den Nerven am Ende. Seit Wochen liegt sie nun schon da und nichts hat sich geändert.«

»Es wird alles gut", versuchte Jacques tröstend auf Portal einzuwirken.

»Wir werden den Schuldigen, der Denise das angetan hat, finden und bestrafen, das verspreche ich Ihnen.«

Doch das schien bei Portal allerdings nicht die Reaktion hervorzurufen, die Jacques sich erhofft hatte.

Aber wie auch immer, Jacques verabschiedete sich von ihm, um seine Recherche nun endlich effizient voranzubringen.

*

Jacques fuhr an die Seine, stellte seine Vespa ab und schlenderte zum Flussufer. Aus seiner dunklen Schultertasche kramte er nach seinem Notizblock und einem Stift und begann, seinen Schlachtplan zu entwerfen.

»Soll ich Assas schon einweihen oder ihm erst davon berichten, wenn ich stichhaltige Fakten zusammengetragen habe?«, überlegte er sich. Schließlich konnte er sich noch nicht zu einer Antwort hinreißen lassen.

Doch seine Stichpunktnotizen nahmen langsam Gestalt an. Er würde das Internet auf alle Spuren hin abklappern, die etwas mit ähnlichen Vorfällen in der Vergangenheit zu tun gehabt hätten.

Der Lieferwagen sollte sein zweites Zielobjekt werden. Wie viele dieser Wagen gab es wohl in der Stadt? Er glaubte nicht, diese Frage alleine lösen zu können. Die Polizei konnte er auch nicht zur Unterstützung bitten, da er ohne Beweise rein gar nichts bewirken konnte.

Er saß lange da und grübelte vor sich hin. Seine Finger schlugen in unregelmäßigen Abständen auf sein Hosenbein ein, aber seinem Ziel kam er damit nicht näher.

Er konnte recherchieren, aber ein Kriminologe war er bei Weitem nicht. Jacques schien momentan in eine Sackgasse geraten zu sein, daher ließ er an diesem Tag von seinem Vorhaben ab und rief Julian an, ob er sich mit ihm treffen wollte.

Nun galt es, einen guten Freund zu konsultieren, der den Balken im Auge vielleicht entfernen konnte, um wieder klar sehen zu können.

Julian war nicht sofort von Jacques' Vorschlag begeistert, schließlich hatte er am gestrigen Abend vergeblich auf ihn gewartet und ihn einige Male angerufen, aber umsonst.

»Du hättest dich ja wenigstens melden können. Wir hatten doch ausgemacht, dass du kommst. Irgendwann habe ich mir wirklich Sorgen gemacht, dass etwas passiert sein könnte. Dass die Steaks und Pommes einsam in der Pfanne und der Fritteuse schmorten, war ja nicht so schlimm, aber mich nervt das schon, wenn ich den ganzen Abend warte und warte.«

»Es tut mir leid, ich habe gestern total die Zeit vergessen, ich musste noch arbeiten ...«

»Jacques, du brauchst mir keine Geschichten zu erzählen. Sag' das nächste Mal einfach was, okay? Wenn du willst, dann komm' nachher vorbei, ich schüre meinen Kamin an. Sei aber so gut und bring' noch Bier mit, ich hab' gestern mein letztes ausgetrunken.«

»Ich beeile mich. Bis nachher.«

Das Feuer loderte bereits, als Jacques mit Knabberzeug und Bier zu Julian kam. Das Wohnzimmer war ansonsten nur mit Kerzenlicht erhellt.

Julian war ein Romantiker, wahrscheinlich lagen ihm allein deshalb schon die Frauen zu Füßen. Man merkte sofort, wenn man sich mit Julian unterhielt, dass er eine gute Erziehung genossen hatte und immer bemüht war, sich selbst nicht in den Vordergrund zu drängen.

Er ließ den anderen stets den Vortritt und fühlte sich unwahrscheinlich schnell in ihre Sorgen und Ängste ein.

Die Flammen loderten und das Holz knisterte, als es vom Feuer verzehrt wurde. Ein Spektakel, das zu keiner Minute langweilig wirkte. Es glich einem Kampf, dessen Gewinner im Grunde feststand, aber bei jedem Nachschüren neue Dramatik erzeugte. Ein Spiel, an dem man sich nur zu schnell verbrennen konnte, wäre man nicht vorsichtig und ließe den Flammen mehr Raum als den, den sie hinter der schmiedeeisernen Trennwand zur Verfügung hatten.

Vor dem Kamin hatte Julian zwei helle, beige Ohrensessel drapiert, in der Mitte getrennt von einem kleinen Glastischchen, auf dem man ein Glas guten Cognacs oder auch eine Flasche Bier abstellen konnte, wenn man gemütlich davorsaß.

Der Kamin war Julians Fernseher geworden. Das Programm

sendete ohne Unterlass und Werbeunterbrechungen gab es im Grunde nur, wenn Julian vergessen hatte, rechtzeitig der Glut neue Nahrung zu geben.

In seinem Studium hatte er unwahrscheinlich viel zu lesen und zu lernen. Was konnte er also Besseres machen, als die Literatur der großen Psychologen an jenem romantischen Platz in sich hineinzusaugen?

An diesem Abend blieben die Bücher geschlossen und die Frage nach der effektivsten Therapieform weiter für den Studenten aufgeschoben.

Mit seinem Freund hätte er gerne darüber philosophiert, aber leider waren Jacques' Psychologiekenntnisse über Sigmund Freud hinaus eher bescheiden.

Im Grunde war die Psychologie nur eine von den Wissenschaften, in denen Menschen Theorien und Hypothesen aufstellten, für sich Gültigkeit beanspruchten und schließlich darauf warten mussten, von einem Kollegen eines Besseren belehrt zu werden.

Aus diesem Grund war es oft nicht durchschaubar, welche Theorie nun Allgemeingültigkeit zugesprochen bekam und welche nur zum Teil unter ganz bestimmten Aspekten als richtig und wissenswert eingestuft werden durfte.

Jacques war bereits schon zu seinem Lieblingsthema gekommen und erzählte Julian von seiner großen Aufgabe, die wie ein überdimensionales Puzzle vor ihm stand.

»Julian, du weißt, was mir fehlt. Ich habe keine Theorie; darüber habe ich mir noch nie Gedanken gemacht. Deshalb komme ich auch nicht weiter. Julian, du bist genial.«

Julian zog die Augenbrauen nach oben und schaute ein wenig hilflos zu Jacques, dem er wohl bei seinem Psychologisieren das entscheidende Stichwort gegeben haben musste.

»Julian, wir brauchen eine Theorie. Wenn wir die haben, dann ist alles nur noch ein Kinderspiel.«

»Jacques, für wen machst du das alles? Für Denise oder für deine Karriere?«

Mit diesen Worten riss er Jacques aus seinem Elan. Er hatte ihn ertappt, bloßgestellt und nackt ausgezogen.

Der junge Reporter zögerte mit der Antwort, vielleicht deshalb, weil sie ihm peinlich war. Und weil er nicht mehr sagen konnte, dass er es nur für Denise tat.

»Jacques, wo sind deine Ideale, von denen du mir immer so viel erzählt hast? Um was geht es dir eigentlich?«

»Anfangs wollte ich nur das Mädchen rächen, aber mittlerweile bin ich in die ganze Sache so hineingezogen worden, dass ich davon nicht mehr lassen kann. Ja, es stimmt, ich tu' das auch für meine Karriere, aber verdammt, ich hab' Assas gegenüber eine Verpflichtung, ich darf ihn nicht enttäuschen.«

Julian sah ihn nicht begeistert an.

»Ich weiß, was du jetzt von mir denkst. Aber versetz' dich auch einmal in meine Lage. Ich war hautnah dabei, ich bin vor Aufregung fast gestorben und dann hab' ich diesen Wagen ständig gesehen, bin ihm nachgelaufen. Weißt du, was wirklich beängstigend ist? Er verfolgt mich. Einmal stand er vor meinem Haus und einmal vor der Agentur. Julian, das ist kein Zufall.«

Jacques begann immer heftiger zu argumentieren, sein Gesicht rötete sich und seine Handflächen wurden feucht. Er redete und redete. Und auf einmal schien ihm alles klar.

»Julian, der verfolgt mich. Ich bin in Gefahr, der will sich an mir rächen.«

»Hey, bleib' ruhig. Woher willst du das denn alles wissen? Woher weißt du eigentlich, dass es auch derselbe war? Jetzt mach' keine Panik, so kannst du überhaupt nicht mehr vernünftig denken. Also, fassen wir zusammen, was wir haben: Einen Unfall, …«

»Ein Unfall? Ein Unfall, wenn das ein Unfall war! Nein; das war ein geplanter Mord!«

»Woher willst du wissen, dass dieser Vorfall ein geplanter Mord war? Du sollst jetzt ruhig bleiben. Gut, es war irgendwie geplant. Ein Demonstrationsgegner oder ein Kinderhasser?«

»Ein Kinderhasser? So etwas kann es doch gar nicht geben,

oder, Julian?«

»Du glaubst gar nicht, was es nicht alles gibt. Studier' einmal Psychologie, da erfährst du wirklich, was es auf dieser Welt alles gibt.«

»Im Grunde will ich das gar nicht wissen. Ich möchte nur herausfinden, wer der Irre ist und weshalb er mich verfolgt.«

»Warum dich?«, fuhr Julian ihn an. »Hat der dich oder das Mädchen angefahren, hm, wer ist also das Opfer?«

»Aber es tut ihm leid.«

»Wie kommst du nun wieder auf die Idee?«

»Weil er sie besucht. Er legt ihr Blumen hin und möchte damit sagen, dass es ihm leidtut. Ich war im Krankenhaus und dort haben sie mir erzählt, dass es jemanden gibt, der heimlich zu Denise gegangen ist, um ihr Blumen ans Bett zu legen. Wer sollte sonst heimlich ins Krankenhaus schleichen?«

»Das klingt plausibel. Das ist ja ein Ding. Jacques, da könntest du verdammt noch mal recht haben!«

»Weißt du, was das dann bedeutet? Ich, ich bin der, der wirklich daran glauben muss. Ich bin nicht mehr sicher.«

»Das ist doch Blödsinn. Hast du Feinde in der Arbeit? Oder sonst wo?«

»Mich kennt doch sonst niemand und in der Agentur komm' ich mit allen klar ... bis auf, na klar, Rafael, er wollte eigentlich den Job haben, den Assas mir nun gegeben hat.«

»Seit wann hast du den Job, Jacques?«

»Stimmt, der Unfall war eher passiert. Ich komm' damit nicht weiter. Hast du eine Theorie?«

»Jacques, das kann tausend Gründe haben, dass dieser Mensch Denise umgefahren hat. Es steht fest: Wenn derjenige, der die Blumen ins Krankenhaus bringt, der Unfallfahrer ist, hat er ein ganz anderes Motiv. Glaub' mir, schließ' dich aus dem Kreis dieses Täters aus.«

»Aber Julian, er kennt mich. Ich habe ihn doch schon verfolgt, er hat mich sicher gesehen und will mich nun beseitigen.«

»Jacques, nein! Gib es auf. Kümmere dich um deine Ziele

und deine Ideale. Versuch' diese zu verwirklichen und vergiss die ganze Geschichte.«

»Ich kann nicht. Irgendetwas treibt mich innerlich an, der Geschichte nachzugehen. Es ist wie ein Magnet, ich werde angezogen, aber ich weiß nicht, von wem oder was.«

»Ich weiß nicht, wie ich dir helfen soll. Ich rate dir nur, dass du auf der Hut bist, nicht in einen Verfolgungswahn hineinzurennen und dich in der Geschichte hoffnungslos zu verirren. Wenn du wirklich etwas darüberschreiben willst, dann schreibe das auf, was bis jetzt passiert ist. Erzähle den Unfall- oder von mir aus auch den Tathergang und fordere die Menschen auf, sich mit der Polizei in Verbindung zu setzen, wenn sie etwas gesehen haben. Das ist der beste Weg; entweder es kommt etwas dabei heraus oder die Geschichte geht zu Ende und hoffentlich auch positiv für Denise.«

»Das ist gut, das werde ich machen, gleich morgen früh.«

»Und jetzt, mein Lieber, mach' dir noch ein Bier auf und denk' an was anderes.«

Es war ein sehr anregendes und fruchtbares Gespräch gewesen. Jacques war seinem Freund unendlich dankbar, dass er ihn aus seinem Gedankenfriedhof gezogen und ihm dazu verholfen hatte, wieder einigermaßen logisch zu denken.

Dennoch sollte ihm noch unterschwellig mulmig zumute sein, als er später zu sich nach Hause ging.

Aber noch brannte das Feuer gleichmäßig und ruhig mit großen, hellen Flammen, die sich an den hohen Wänden spiegelten und ihre Schattentänze aufführten.

Mitunter hätte man diese Stimmung auch als gespenstisch bezeichnen können, aber Jacques wollte sich selbst aus seiner düsteren Fantasiewelt befreien und wollte solchen Gedanken abschwören.

Die beiden waren still geworden und blickten auf das beruhigend, prasselnde Feuer. Nichts störte die Stille außer dem Gluckern der Bier trinkenden Freunde.

Was ist ein Freund?

Ein Freund ist ein Geschenk. Ein Geschenk, das man in seinem Leben nicht sehr oft bekommt und vielleicht auch nur ein einziges Mal. Viele Freunde hatte Jacques bisher noch nicht gehabt oder, besser gesagt, keine wirklichen.

Julian war ein solches Geschenk. Er war für ihn da, teilte mit ihm, was er konnte, und ließ ihn in schweren Momenten nicht allein.

Julian war beliebt. Er hatte eine so offene und herzliche Art an sich, die er niemandem verwehrte.

So hatte er schon viele Menschen kennengelernt und bleibende Freundschaften geschlossen. Das bewunderte Jacques an Julian. Aber er war auch stolz, sein Freund sein zu dürfen. Er hatte ihm heute Abend die Augen geöffnet, nicht blind und verstockt einem Phantom nachzugehen, das womöglich in der Art gar nicht existierte, wie es sich Jacques in seiner Fantasie ausgemalt hatte.

Unweigerlich kam ihm Aurelie in den Sinn.

Sein Traum, mit ihr in Biarritz am Strand entlang zu spazieren, blühte in ihm als erstrebenswertes Ziel auf. Ein Freund konnte nicht die Zuneigung geben, wie sie ein Partner zu geben vermochte. Seine Sehnsucht nach einer Beziehung wurde von Tag zu Tag stärker. Das einsame Herumtingeln in Paris und an den Schauplätzen, an denen er zu arbeiten hatte, wurde ihm über.

Was würde er dafür geben, wenn er abends nach Hause kommen dürfte und er die Türe aufschlösse und seine Freundin ihn herzlich willkommen hieße um mit ihm den zurückliegenden Tag, das gemeinsame Abendessen oder die nächsten Tage zu besprechen. Seine letzte Beziehung war bereits so lange her, dass er sich nur mit Mühe an ein Gefühl von Geborgenheit erinnern konnte, wenn er so etwas damals überhaupt erfahren hatte.

Das Lodern der gelbroten und weißlich-blauen Flammen übertönte den schweigenden Moment.

Es war nicht jene unangenehme Stille, in der sich zwei Personen befinden, die zusammensitzen, einander nichts zu sagen haben und grübelnd nach Gesprächsthemen suchen müssen. Es war eine Stille, in der man den Moment in sich aufnahm, zur Ruhe kam und sich Gedanken über das vorhergegangene Gespräch machen konnte.

Das lustig vor sich hin prasselnde Feuer spielte den Entertainer, der in immer neuen Facetten ein unterhaltsames Abendprogramm zauberte und seine Betrachter zur Aufmerksamkeit anhielt.

Paris sollte sich schlafen legen. Die Stadt hatte sich eine Ruhepause verdient von der alltäglichen Betriebsamkeit seiner Bewohner. Der Puls der Stadt wurde langsamer und sollte bald fast Ruheniveau erreichen.

Ein Spaziergang wäre nun schön gewesen, fest eingehüllt in eine dicke Jacke, den Kopf geschützt durch eine wollene Mütze und die Hände in flauschigen Fäustlingen untergebracht.

Julian schürte nicht mehr nach, schließlich mussten beide Freunde am nächsten Morgen wieder aufstehen und ihren Teil zum pulsierenden Leben in Paris beitragen. Anscheinend galt das als Verpflichtung, wenn man in einer solch munteren Metropole ein Mitglied der Gesellschaft sein wollte.

Das Gespräch hatte Jacques unheimlich gutgetan. Er genoss die innere Ruhe, die er verspürte und die er mit in seine Wohnung nehmen wollte.

Heute sollte er tief und fest schlafen. Und falls er träumen sollte, wollte er davon nichts bemerken und am nächsten Morgen den ausgeruhten Körper bei ausgiebigen Dehnübungen durch und durch strecken. Ob ihm das wohl gelingen würde?

Die Freunde reichten sich die Hände zum Abschied und Jacques machte sich auf den Heimweg.

XVII

Assas winkte ab, als Jacques ihm von dem Unfall und den bisherigen Ereignissen seiner Geschichte erzählen wollte.

»Na, das gibt's in Paris täglich, da könnten wir jeden Tag eine Story mit so einem Thema machen.«

»Da ist aber noch viel mehr passiert ...«

Assas schnitt ihm das Wort ab und wollte ihm einen Stapel Papier in die Hand drücken, den er bearbeiten sollte – bis Jacques den Namen *„der Irre von Paris"* in den Raum stellte. Assas legte kurz seine faltige Stirn in noch mehr Falten und schien in Sekundenbruchteilen nachzudenken, was mit derartig Monströsem anzustellen war.

»Gut, den Stapel hier bekommt Rafael, wir treffen uns in zwei Minuten in meinem Büro!«

Assas war ein Meister seines Fachs, sofort witterte er bei nur einem Stichwort den nächsten Erfolg mit einer Sensationsstory.

»Also, Jacques, was haben wir? Knapp und in Stichworten!«

»Okay, ein mutwilliger Mordversuch, ein im Koma liegendes Mädchen, fremde Besuche an ihrem Krankenbett und äh, das war's im Grunde.«

»Das ist gut, das ist sogar sehr gut. Du bist freigestellt für die Story, leg' los und recherchier' gut. Sobald du etwas hast, melde dich bei mir.«

Stolz schlenderte Jacques aus dem Chefbüro, sein Grinsen über den neuen Auftrag konnte er nicht verbergen. Julians Ratschläge hingegen waren in den Wind geschossen. Lag doch sein Fokus nun erst recht auf diesem Phantom, das er zur Strecke bringen wollte.

Einige Zeit später hatte er Stellung im Krankenhauspark bezogen, von wo aus er einen guten Blick auf den Eingang mit all den ein- und ausgehenden Menschen hatte. So konnte er ihm auffällige Personen sofort fotografieren.

Wie überall in der Stadt drängten sich zu bestimmten Zeitpunkten so viele Menschen auf den steinernen Stufen, dass er zeitweise den Überblick über einzelne Passanten verlor.

Augenscheinlich war zu erkennen, dass sich die wenigsten auf irgendeine Art in die Augen sahen oder sich grüßten. Es schien, als folgte man mit gesenktem Blick seinem Weg und registrierte nur aus den Augenwinkeln heraus, dass weitere Menschen um einen waren, und achtete darauf, dass diese einem nicht in die Quere kamen.

Ein sonderbares Leben; einerseits das Leben in Hülle und Fülle mit so vielen Menschen um einen herum, aber andererseits Tausende, ja Millionen in Paris, die als gegenseitig sich nicht beachtende Individuen durch die Stadt tingelten. Dieser Gedanke war seltsam. Es waren so viele Menschen täglich um einen, aber trotzdem oder gerade deshalb konnte man sich unendlich alleine fühlen.

So brachte eine Agglomeration von Menschen in Großstädten oder Institutionen den Nachteil mit sich, dass einzelne Menschen nicht mehr beachtet wurden, man an den meisten stumm und ohne Kenntnisnahme vorüberging und sich nur noch mit ausgewählten Freunden abgab. So fühlte es auch Jacques für sich, während er sich diese Gedanken durch den Kopf gehen ließ.

Anscheinend war durch die große Anzahl von Menschen der einzelne nicht mehr wichtig genug, um beachtet zu werden. Eigentlich musste es schön sein, auf einem Dorf zu leben, in dem man sich gegenseitig kannte und ein bekannter und anerkannter Teil der Gemeinschaft war.

War es ein modernes Großstadtphänomen, dass das Individuum zum Sterben verurteilt war?

Jacques versuchte diesen Gedanken auf seinen Irren zu münzen und kam zu der Überlegung, dass der Täter ein Opfer der Gesellschaft sein konnte, der sich aus der Anonymität der Masse herausheben wollte, um seinem einsamen Leben einen neuen Akzent zu schenken.

Gerade deshalb, so dachte sich Jacques, wolle dieser vielleicht ein weiteres Mal Aufsehen erhaschen. Doch Jacques wollte ihm da zuvorkommen und ihn ein erstes Mal in die Zeitung bringen.

Es war bereits früher Nachmittag geworden, als Jacques beschloss, sein Beobachtungsplätzchen aufzugeben und sich an der Seine weitere Gedanken über einen Pilotartikel zu machen.

*

Zur gleichen Zeit herrschte in der Brasserie „La Madame", zwei Blocks von der Seine entfernt, ein munteres Treiben. Es war eines jener Lokale, die von außen einen eher unscheinbaren Anblick boten, aber bereits beim Betreten der goldumrandeten Eingangstüre den Blick auf ein edles Restaurant und Bistro preisgaben.

Eine derartige Brasserie war vollkommen durchorganisiert. Man arbeitete in zwei Schichten, beginnend am Vormittag bis spät in die Nacht.

Selbst in der Nacht gab es kaum eine Ruhepause, da bereits neue Waren am Pariser Großmarkt gekauft und in den Kellerräumen des Restaurants verstaut werden mussten.

Es war nicht selbstverständlich, dass man als Passant, da man beim Vorübergehen an der überreich staffierten Fischauswahl im Schaufenster hungrig und neugierig geworden war, auch einen Platz fand.

Doch ein gut organisierter Betrieb, wie der vom „La Madame" mit seinen engagierten Kellnern, konnte fast immer noch ein kleines Tischchen für zwei Personen bereitstellen.

Das Publikum, das Platz gefunden hatte, war bunt gemischt. Hier saß ein älterer Herr, der Pfeife rauchte und sich die Zeitung hatte bringen lassen, dort konnte man lebhafte Diskussionen hören, die am Mittagstisch von Geschäftsleuten geführt wurden, und am Fenster sah man Touristen, die immer wieder einen Blick auf ihr Gepäck warfen, das zwischenzeitlich auf dem Korridor untergebracht worden war.

Trotz des Tumults, der verschiedenen Gerüche und der ständigen Betriebsamkeit fühlte man sich dort aufgehoben und genoss das gute Essen.

Die Brasserie war das einzige Restaurant, das Herr Portal neben seinen übrigen Geschäften sein Eigen nennen konnte. Er musste sich nicht um irgendwelche Dinge diesbezüglich kümmern; das erledigten der Restaurantleiter und dessen Mitarbeiter.

Der Unternehmer hatte das Lokal vor einigen Jahren günstig übernommen, als der frühere Besitzer der wachsenden Konkurrenz in der Stadt und einem neuen Restaurantkonzept, das nicht fruchtete, Kredit zollen musste.

Portal war ein genialer Geschäftsmann und hatte einen Riecher, Geschäfte zum Laufen zu bringen. Ihm machte es Spaß, sich zum Beispiel der Aufgabe zu stellen, ein beinahe aufgegebenes Lokal wieder zu den beliebtesten Brasserien in Paris zu machen. Und er hatte es geschafft.

Für ihn gab es natürlich immer einen freien Tisch, auch wenn er, wie heute, unangemeldet vorbeischaute. Er freute sich, wieder einmal nach langer Zeit die Atmosphäre zu genießen und sich vom Küchenchef kulinarisch verwöhnen zu lassen.

Seit Denise' Unfall war er nicht mehr dorthin gekommen. Nur leider konnte er dieses Mal Denise nicht mitnehmen. So saß ihm Aurelie an dem hinteren Fensterplatz gegenüber, die er spontan dorthin eingeladen hatte.

Aurelie war begeistert. War sie doch bis jetzt noch nie da gewesen. Sie liebte die Betriebsamkeit und die unterschwellige Hektik, die manchmal schien, ins Chaos stürzen zu müssen, aber dennoch stets ohne Absprachen gemeistert wurde.

Sie als Ärztin wusste ebenso mit Druck umzugehen und auch, dass es nichts, aber rein gar nichts brachte, sich von Hektik anstecken zu lassen und Kurzschlussreaktionen an den Tag zu legen.

Paradoxerweise konnte man dennoch in dem Lokal selbst zur Ruhe kommen und den wunderbaren Ausblick auf den kleinen, gegenüberliegenden Park genießen.

Professor Casper hatte Portal mit Aurelie bekannt gemacht und Portal fühlte sich der jungen, charmanten Dame verpflichtet, da sie sich um seine Tochter angenommen hatte. Dabei war „verpflichtet" vielleicht nicht der richtige Ausdruck. Aurelie war eine Frau, die man ohne Zweifel gerne auf einen Kaffee oder ein Essen einladen wollte. Sie vereinte Charme, Intelligenz und Aussehen auf eine einzigartige Weise. So hatte es ihr Laurent gestanden, als er an einem lauen Septemberabend auf den Wiesen vor dem Eiffelturm bei einem Picknick um ihre Hand angehalten hatte. Und Portal empfand ähnlich.

Auf jeden Fall hatte es sich an diesem Tag so ergeben, dass beide gleichzeitig das Krankenhaus verlassen hatten und sich in der großen Empfangshalle begegnet waren. Ihr Gespräch fiel zuletzt auf die anstehende Mittagspause, die man sich gönnen wollte, und nachdem Portal kurzum Aurelie vorgeschlagen hatte, ob sie ihn denn nicht in das Lieblingslokal von Denise begleiten wolle, willigte Aurelie ein. Bis dahin wusste sie noch nicht, dass sie in Begleitung des Besitzers war. Der nahm schmunzelnd die Begeisterung Aurelies über „La Madame" an, die sie ihm nichts ahnend offerierte.

Als er sie darüber aber aufklärte, riss sie den Mund auf und konnte es ihm kaum glauben.

»Das ist ja der Wahnsinn! Das gehört wirklich Ihnen? Ich bin hier schon etliche Male vorbeigekommen, aber irgendwie bin ich hier noch nie hereingekommen. Die Fischtheke mit den Hummern und Meeresfrüchten sah immer so nobel aus; deswegen habe ich mich nicht hierhergewagt.«

»Es freut mich, dass es Ihnen gefällt. Ich bin im Grunde nicht im Restaurantbereich zu Hause, da kenne ich mich auf anderen Gebieten viel besser aus, aber das Lokal auf Vordermann zu bringen hat mir sehr viel Spaß gemacht.«

»Ja, das glaube ich Ihnen. Das ist eine große Herausforderung.«

»Aber momentan scheint alles keinen Sinn zu machen. Als mich meine Frau verließ, fühlte ich keine Leere, aber nun, da Denise nicht bei mir sein kann, spüre ich eine Einsamkeit, die manchmal unerträglich ist. Dann gehe ich zu ihr und setze mich an ihr Bett. Das hätten Sie von einem harten Geschäftsmann nun sicher auch nicht erwartet, oder?«

»Doch, das hätte ich. Ansonsten hätten Sie kein Herz. Was nützen all die Geschäfte und das Geld, wenn man niemanden hat, mit dem man sprechen und sein Leben teilen kann? Ich kann Sie sehr gut verstehen.«

»Denise ist meine Familie. Mehr habe ich nicht mehr. Meine Eltern sind beide schon längst gestorben und meine Schwester ist mit einem Diplomaten verheiratet und somit ständig unterwegs. Ich weiß nicht, was ich machen sollte, würde Denise nicht mehr gesundwerden.«

»Daran sollten Sie jetzt aber nicht denken. Denise' Zustand ist stabil, sie hat alle Chancen wieder gesund zu werden. Haben Sie ein wenig Vertrauen.«

»Ich glaube, dass Professor Casper ein sehr erfahrener Mann ist. Aber trotzdem, solange Denise nicht aufwacht, habe ich große Sorge.«

Aurelie nahm ihr Wasserglas in die Hand und forderte Portal zum Anstoßen auf.

»Das nächste Mal, wenn Sie wieder hier sein werden, sitzt Ihnen Denise gegenüber.«

»Auf Ihr Wort. Aber ich lade Sie gerne ein weiteres Mal hierher ein, zusammen mit Denise.«

»Stopp, wer hat denn gesagt, dass Sie mich einladen? Ich zahle natürlich selbst!«

»Bitte gewähren Sie mir diesen Gefallen, schließlich stehe ich in Ihrer Schuld.«

Mit einem kurzen Zögern willigte Aurelie ein und ließ sich von Portal die Köstlichkeiten der Küche aufzählen.

Plötzlich unterbrach sie ihn abrupt und zupfte ihn am Jackett.
»Da, schauen Sie mal, wer dort vorne am Eingang steht. Ist das nicht Hugh Grant, der englische Schauspieler? Ja, ja, das muss er sein.«

»Hm, könnte durchaus sein, wir haben hier öfters Besuch von Prominenten und Stars, das ist eigentlich normal.«

»Ja, wirklich? Das finde ich klasse. Aber der wird wohl reserviert haben, oder?«

»Davon gehe ich aus. Wir haben dort hinten ein schönes Separee, da kann man es sich schon gut gehen lassen.«

»Hugh Grant, das ist ja verrückt. Das kann doch gar nicht sein. Also, was ich heute Mittag so alles erlebe, das ist schon super. Aber ich weiß nicht, ob ich so berühmt sein wollte.«

»Warum nicht? Hat doch viele Vorteile.«

»Das mag sein, aber ich glaube, die Nachteile überwiegen.«

»Warum?«

»Wenn ich einen Blick in diese Starmagazine werfe ...«

»Aha, also typisch Klatsch und Tratsch.«

»Nein, das meine ich gar nicht. Oh, jetzt haben Sie mich durchschaut. Ich wollte sagen, dass diese Personen, ob es Schauspieler oder Musiker sind, doch überhaupt keine Privatsphäre mehr haben. Sie werden auf Schritt und Tritt von Fotografen verfolgt und jede Woche wird eine neue Story über sie verbreitet. Am liebsten würde ich auch gleich zu ihm gehen und nach einem Autogramm fragen.«

»Da gebe ich Ihnen natürlich recht.«

»Ich habe mich früher immer gewundert, warum die Beziehungen und Ehen dieser Paare immer nur von so kurzer Dauer sind, aber dann bin ich darauf gekommen, was der Grund sein könnte. Wenn man dauernd einem Druck durch die Öffentlichkeit ausgesetzt ist, sich permanent gegen Gerüchte wehren muss und immer im Rampenlicht steht, führt das anscheinend zum privaten Chaos und man hastet von einem zum anderen und wird doch nie wirklich glücklich.«

»Aurelie, Sie hätten Psychologin werden sollen.«

»Ich möchte ja nur sagen, dass die Prominenten doch im Grunde nur ein Spielball der Allgemeinheit geworden sind, die nur dafür gut sind, zu unterhalten, sei es mit ihrem Beruf oder ihrem Privatleben, das schließlich nicht so langweilig und spießig sein darf, wie es der Normalbürger lebt. Aber andererseits kaufe ich auch manchmal so ein Magazin und blättere es durch, um Neues von meinen Lieblingsschauspielern zu erfahren. Bin ich dann auch daran schuld, was die Presse mit diesen Leuten macht?«

»Ich würde mir darüber jetzt nicht den Kopf zerbrechen. Ich denke nicht, dass Sie Schuld daran haben, wenn Paparazzi den Leuten nachjagen. Wenn Sie wollen, dann organisiere ich Ihnen ein Autogramm von Hugh Grant. Na, was sagen Sie?«

»Da sage ich nicht nein.«

Portal war ein Gentleman erster Klasse. Er verstand sich zutiefst auf Etikette und wusste Frauen zu schmeicheln. Dass er darüber hinaus ein treusorgender und liebevoller Vater war, der seine Zeit am liebsten zu Hause bei seiner Familie verbringen wollte, hatte seiner Frau nicht ausgereicht.

Er war ein Geschäftsmann und hantierte lieber mit Zahlen als sich in philosophische Gefilde zu begeben.

Das machte Aurelie jedoch nichts weiter aus. Der Mann, der sie zum Essen eingeladen hatte, war ein eleganter Gesellschafter, aber nicht ein Partner, von dem sie bestimmte Charaktereigenschaften vorausgesetzt wissen wollte.

Selbst Laurent erfüllte nicht ihr männliches Ideal. Dafür war er neben seiner liebevollen Art ein wenig zu statisch. Aber das rührte nun auch von seinem planerischen Beruf her.

Laurent war nichtsdestotrotz ein verkappter Romantiker, der bereits an so ziemlich allen schönen Plätzen auf jedem Erdteil dieses Planeten gewesen war und überall eine einzigartig originelle Liebes- und Heiratserklärung für Aurelie gezaubert hatte.

Bei den wenigsten dieser Erklärungen konnte sie jedoch selbst dabei sein. Aber dank E-Mail und Digitalkamera schickte ihr Verlobter Bilder und Zeilen nach Paris.

Wenn er schließlich ein paar Tage auf Besuch zu Aurelie kam, hatten die beiden selten die Gelegenheit, auch nur einen Bruchteil seiner unzähligen Fotografien anzuschauen.

Herrn Portal war es aber nicht anzusehen, dass er sich viel zu einsam fühlte und sich nach einer neuen Partnerin sehnte. Aurelie nahm seine unbeholfenen Offerten, die er zwischendurch holprig ins Gespräch einwarf, mit einem Schmunzeln hin. Aber bei ihr würde sich sein Wunsch bestimmt nicht erfüllen.

Ein Haar von Aurelie, das sich auf ihre Schulter gelegt hatte, wurde von Portal entdeckt und sollte seiner Meinung nach nicht länger dort verweilen.

Während er sich kurz erhob, um es zu entfernen, lief Jacques am goldumrandeten Schaufenster vorbei und horchte auf seinen Magen, der eigentlich schon länger etwas hätte haben wollen. Als er noch von Hummer und Scampi träumte, riss er seinen Hals scharf nach rechts und sah ein komisches Bild.

Portal beugte sich über Aurelie und schien ihr etwas ins Ohr zu flüstern.

»Portal und Aurelie?«, dachte sich Jacques, als er ohne Pause am Fenster vorüberging. Das konnte doch gar nicht sein, der war doch fast doppelt so alt wie sie? Am liebsten wäre er umdreht und hätte von sicherer Entfernung zugeguckt, was sich an jenem Tisch so alles abspielen würde.

Aurelie hatte er noch nicht vergessen können, obwohl er von seinem Verstand her wusste, dass er das besser tun sollte.

Sie war verlobt und er war nichts weiter als ein Trostpflaster für eine zeitweise verwaiste Verlobte. Nein, er musste sie sich aus dem Kopf schlagen, aber was wollte sie mit Portal? Hatte sie die Verlobung gelöst? War sie nun frei? Oder bereits an Portal vergeben? Bei diesem Gedanken zog sich Jacques der Magen zusammen und Wut überzog seine Gefühle. Er ging auf sichere Entfernung heran und setzte sich auf eine Parkbank, die er sich mit einem Bettler teilen musste.

»Hast du mir ein wenig Geld?«, sprach ihn der Mann mit

dem verblichenen Trenchcoat und dem ungepflegten, graubraunen Vollbart, der ihm bis über die Wangenknochen gewachsen war, unverzüglich an.

»Äh, nein ... doch, ich habe ein paar Euro dabei. Hier, bitte sehr.«

Jacques wollte unbedingt auf dieser Bank bleiben. Hätte er jedoch abgewunken, wäre er in einem Meer von Beschimpfungen untergegangen und hätte seinen Lauerplatz verloren.

Allerdings gab es wenig zu sehen, dafür aber einiges zu riechen und zu hören. Der Körpergeruch des Mannes zeugte nicht gerade von täglicher Toilette und das unregelmäßige Rülpsen, das von lauten Tönen begleitet war, war auf die Dauer sehr unangenehm. Er schielte von Zeit zu Zeit verstohlen zu seinem Banknachbarn und schaute, was der momentan trank oder Essbares raschelnd aus irgendwelchen Verpackungen wickelte und gierig verschlang. Ob der Mann neben ihm auch schon einmal auf der Parkbank gegenüber seiner Wohnung genächtigt hatte? War es nicht Pflicht jedes Bürgers, darauf zu schauen, dass es niemanden gab, der kein Dach über dem Kopf hatte?

Seine Moralvorstellungen bekräftigten ihn in diesem Gedanken, aber trotzdem hatte auch er Berührungsängste, mit einem solch derben Gesellen ein Gespräch anzufangen.

Während er sich überlegte, ob manche Leute aus eigenem Willen ein solches Leben führten, beschloss er, seine Observation zu beenden, da dieses seltsame Treffen der beiden im Lokal von keinerlei eindeutigen Gesten begleitet wurde, geschweige von vielem und herzlichem Lachen, das Aurelie zeigte, wenn sie sich gut amüsierte.

Eine unbestimmte Hoffnung keimte in ihm auf und ließ ihn ruhig Richtung Seine ziehen. Aurelie und die Zeit, die er mit ihr hatte verbringen dürfen, waren einfach zu schön, um in der Schublade der Vergessenheit abgelegt zu werden.

An der Seine jedoch wurde sein Bleistift immer stumpfer und schreibunwilliger. Jetzt gab es für den Irren keine Gnade mehr und er sollte sich hüten, denn nun würde er systematisch von ihm und Assas in aller Öffentlichkeit angeprangert werden. Der erste Teil über den Unbekannten diente als Aufhänger einer Serie und rückte die Amokfahrt während der Demonstration in den Fokus. Eine Beschreibung des roten Lieferwagens sollte die Aufmerksamkeit der Leser zudem fördern. Eine Art Rätsel mochte demjenigen, der einen Lieferwagen anzeigen konnte, der Jacques' Beschreibung am nächsten kam, einen schönen Gewinn einbringen. Was das jedoch für ein Preis sein würde, sollte Assas entscheiden.

Jacques erledigte seine Hausaufgaben und vergaß darüber das gleichmäßig dahinrauschende Wasser der Seine, deren Hausboote und die Touristenschiffe, auf denen den Besuchern mehrsprachig Stadtführungen vom Wasser aus angeboten wurden.

Jacques war zu vertieft und bohrte sich immer weiter in seine Story.

Dass der gesuchte Lieferwagen eventuell schon gar nicht mehr existieren könnte oder umlackiert worden war, schien er nicht zu bedenken. Einen alten, kleinen Lieferwagen in Paris wieder zu finden, entsprach dem Versuch, die berühmte Nadel im Heuhaufen zu entdecken. Wie auch immer, Jacques wollte stacheln.

XVIII

Doch sein Motiv hatte sich gewandelt – so wie der Gesundheitszustand von Denise. Der stabile Zustand war auf einmal dahin. Ihre Atmung hatte abrupt aufgehört. Ein Ärzteteam raste sofort in ihr Zimmer. Verschiedenes Gerät wurde geordert und ausprobiert. Der Herzschlag erlahmte, ein Puls war kaum noch wahrzunehmen.

Hektik brach aus. Koordiniertes Schreien lag über den Summtönen der Instrumente. Die Kurven gingen in ihren regelmäßigen Ausschlägen zurück und wurden flacher.

Herzmassagen folgten, ein Defibrillator sollte einem Herz-Kreislaufstillstand entgegenwirken. Die maximale Joulezahl wurde gewählt und eingesetzt. Ein Kampf brach aus, den Denise wahrscheinlich schon seit mehreren Wochen mit sich ausfocht und der nun das Resultat zeigte.

Eine Schwesternschülerin, die sich dem Ärzteteam angeschlossen hatte, verhüllte ihren Mund hinter ihrer zitternden Hand. Den Mund hatte sie still aufgerissen und stieß einen stummen, gelähmten Schrei aus. So etwas sollte sie in ihrer beruflichen Laufbahn noch öfter zu sehen bekommen.

Eine Minute verging, noch eine und noch eine. Das Hantieren wurde weniger. Das Gesicht der jungen Praktikantin verzerrte sich weiter, bis sie die Hand von ihrem Mund nahm und diesen zu einem hoffnungsvollen Lächeln formte.

»Sie ist da!«, schrie der behandelnde Arzt auf und ballte eine Faust. Sofort bildete sich wieder eine Traube von Menschen um Denise und begann Maschinen und Infusionen in Gang zu setzen.

Ihr Herz schlug wieder.

Sie war nicht bei Bewusstsein, aber sie lebte.

Es war ein kleines Wunder und der Tod hatte sich nochmals von Denise wegschieben lassen.

Professor Casper, der kurz darauf zur Intensivstation gerufen

230

wurde, informierte sich ausführlich, wie sich alles zugetragen hatte.

Ob es Zufall oder Fügung war, dass Casper daraufhin Aurelie über den neuesten Stand informierte, ließ sich nicht entscheiden. Diese Geschichte jedoch blieb nicht lange im kleinen Kreis um Krankenhaus und Aurelie. Sie verspürte den Drang, Jacques in die Geschehnisse einzuweihen, schließlich war er Denise' Lebensretter in der ersten Minute gewesen. Sie erwischte ihn auf dem Handy, während er in seinem Büro saß und tippte.

Anfangs war es ihr unangenehm und sie wusste sich nicht adäquat auszudrücken und mit Jacques auf eine normale Art zu sprechen. Aber die Meisterin der Rhetorik, wie ihre Freundinnen sie nannten, fand bald von dem holprigen auf einen einigermaßen geebneten sprachlichen Weg.

»Ich wollte dir das einfach mitteilen; du sollst Bescheid wissen, wie es Denise geht.«

»Ich danke dir, dass du mich angerufen hast. Wie sind ihre Chancen, wird sie es schaffen?«

»Ich kann dir dazu leider gar nichts sagen. Aber vorhin hätte es auch beinahe vorbei sein können. Im Grunde war es ein Wunder, dass sie Denise wieder zurückholen konnten. Professor Casper wird sich mit ihrem Vater in Verbindung setzen; das wird ihn ziemlich mitnehmen, Denise ist sein großer Lebensinhalt.«

»Ich dachte, er sucht sich mittlerweile einen neuen!«, warf Jacques daraufhin zynisch ein.

»Wie meinst du das?« hakte Aurelie nach, die nicht verstanden hatte, was diese Anspielung auf ihr Treffen mit Herrn Portal zu bedeuten hatte. Doch Jacques verweigerte eine Antwort. Schließlich wollte er ihr gegenüber nicht eingestehen, dass er aus eifersüchtigen Motiven heraus weniger für Portal übrighatte.

Der sollte sich gefälligst jemanden in seinem Alter suchen und nicht hinter einer jungen und zudem verlobten Frau her sein.

Beide wussten nicht, was sie zum Abschied sagen sollten, und machten auch keine Anstalten, ein Treffen zu vereinbaren. Obwohl Jacques' Gedanken verkrampft danach rangen, Aurelie ein Rendezvous zu entlocken. Portal war dies schließlich auch gelungen.

Doch Aurelie sagte nichts dergleichen und versprach Jacques, sich zu melden, wenn sie wieder etwas wisse.

Er merkte, dass sich etwas in ihm entzündet hatte. Es war anfangs nur ein kleiner, winziger Funken, der größer geworden war und nicht zu löschen schien. Er wusste nicht, ob er dieses Feuer zu löschen hatte. Ansonsten galt es ja immer, einen Brand so schnell wie möglich einzudämmen und zu löschen, aber hier schien es ihm, als wollte er es gar nicht.

Laurent zuliebe hatte er die moralische Verpflichtung, das Feuer zu löschen, bevor es lodern und ihn verzehren sollte, obwohl er den anderen gar nicht wirklich kannte. Da es aber Aurelies Verlobter war, musste er von unbeschreibbarem Charakterwesen sein, sonst würde es kein Mann schaffen, ihr Herz zu erklimmen. Sie war einzigartig und nicht für jeden beliebigen Typen zu haben, sie hatte Stil, war gebildet und ohnegleichen schön.

So sah es jedenfalls Jacques, während er auf seinem Bürodrehstuhl saß und von ihr träumte.

Ob andere Männer das ebenso sahen, wusste er nicht. Eventuell hatte sie auf die übrigen Leute eine ganz andere Wirkung. Vielleicht fanden manche sie besserwisserisch oder zu emanzipiert. Oder es gäbe vielleicht einige, die sie gar nicht schön fanden, weil sie ein ganz anderes Schönheitsideal hatten. Schließlich finden nicht alle Männer das international erfolgreiche Model Heidi Klum attraktiv und begehrenswert. Obwohl Jacques zu der Gruppe Männer zählte, die sie sehr wohl attraktiv fanden. Nichtsdestotrotz versuchte er sich einzureden, dass Aurelie auch nur eine von vielen Frauen war und bestimmt einige Seiten an sich hatte, die ganz und gar nicht sein Fall waren. Momentan fand er leider eine solche Seite nicht an ihr.

Er knipste währenddessen ständig nervös seinen Kuli mit dem Daumen an und aus, bis er ihm schließlich aus der Hand rutschte und auf den Industrieteppichboden fiel.

Nein, da gab es einfach nichts, außer, dass sie sicher in naher Zukunft heiraten würde, und zwar nicht ihn. Er wollte es sich nicht eingestehen, aber der wirkliche Grund, warum er sich an seinem Augenwinkel herumstrich, war schlicht und einfach eine Träne, die sich zu einem Tropfen geformt hatte und sich anschickte, seine Wange hinunter zu rinnen.

Er musste auf andere Gedanken kommen.

»Okay, was ist passiert? Denise wäre fast ums Leben gekommen. Das wäre also ein glatter Mord gewesen. Das ist gut, das muss ich auf jeden Fall gleich in den Artikel reinschreiben. Das wird die Sensation aus der Recherche von Jacques Maleron.«

Er blies sich auf. Wenn er ein Pfau gewesen wäre, hätte sein prunkvoller Schwanz im Rad gestanden. So aber stand nur seine Eitelkeit.

Noch eineinhalb Tage sollten vergehen, bis Paris erfahren sollte, wer da in der Stadt sein Unwesen trieb. Assas sollte wohl grünes Licht geben und dann würde Jacques Maleron ein berühmter Journalist werden. Über all dem bemerkte er nicht, dass es noch Menschen in seinem Umfeld gab, die ihn als Freund zählten. Bei Julian meldete er sich nicht, Fernando hatte er schon seit Wochen nicht mehr gesehen oder besucht und Linda schien ihm in Boston gerade zu weit entfernt zu sein. Dass er sich allerdings selbst von seinem Umfeld und seinen Freundschaften entfernte, konnte er noch nicht reflektieren.

*

Dafür hatte er die große Schlagzeile bekommen. Auf der ersten Seite, ganz groß gesetzt. Es war einigermaßen still in der Stadt geworden. Nun gut, in einer Millionenstadt gibt es jeden

Tag etwas, von dem man berichten konnte, aber anscheinend nichts von größerem öffentlichen Interesse.

Jacques wusste mit Worten umzugehen und so hatte er die vergangene Geschichte öffentlichkeitswirksam inszeniert. Die Leute lasen den Report mit Interesse und Mitgefühl. Es war von lang geplanten Attentaten zu lesen und dem Angriff auf ein unschuldiges Mädchen, das derzeit mit dem Tode rang.

Entsetzen regte sich allerseits und das Tagesgespräch wurde dominiert von einem Phantom, das es zu hetzen und zu stellen galt, um die Kinder von Paris zu schützen.

Der Irre von Paris wurde über Nacht zum geflügelten Wort. Und die belohnenswerte Mithilfe, die zum Ergreifen des Täters führen sollte, würde hoch honoriert werden. Dies allerdings war laut Artikel aber erst in Planung. Dass davon niemand etwas außer Jacques wusste, subsumierte er unter dem Begriff „*persönliche journalistische Freiheit*", die so etwas wie das Salz in der Suppe war. Ein Gewürz eben, das den Lesern so richtig Geschmack machen sollte.

Der rote Lieferwagen hätte es ab sofort schwer, sich unbemerkt auf den Straßen von Paris blicken zu lassen; dafür hatte Jacques auf jeden Fall gesorgt.

Das Echo war riesig. Die Telefone der Agentur standen nicht mehr still. Angeblich gab es plötzlich Hunderte von Augenzeugen, die etwas zur Lösung der Geschichte beitragen konnten.

Die Polizei schaltete sich ein und lud Jacques und Assas unverzüglich ein, ins Präsidium zu kommen.

Zunächst hagelte es vom zuständigen Kommissar Vorwürfe, weshalb die Agentur der Polizei für Ihre Ermittlungen derartig wichtige Informationen vorenthalten habe. Doch Assas und Kommissar Salmon kannten sich schon etliche Jahre und hatten bereits früher Freundschaft geschlossen. Der Form halber musste das Prozedere aber durchgeführt werden. Schließlich hatte die Polizei den öffentlichen Auftrag für den Schutz der Einwohner zu sorgen.

Weswegen die Ermittlungen bezüglich des roten Lieferwagens seit dem Tag der Demonstration zum Erliegen gekommen waren, wurde diskret verschwiegen. Dafür wurden der Agentur im Gegenzug keine weiteren Rügen oder rechtlichen Nachspiele angedroht.

Man wollte nun miteinander versuchen, den Fall möglichst schnell aufzuklären. Schließlich hatte Jacques mit seinem Artikel einen potenziellen schlafenden Riesen geweckt und den wollte man der Öffentlichkeit zur Schau stellen.

Jacques musste sich entscheiden, welchen Weg er gehen wollte. Entweder konnte er dem Rat seiner Freunde gehorchen oder er verzichtete auf den einwandfreien, moralischen Weg und schrieb sich an die Gipfel der Gazetten. Er hatte darüber und vor allem über das Gespräch mit Julian nicht mehr sinniert.

Allerdings schien es ihm auch nicht verwerflich zu sein, diesen Bösewicht zu stellen. Der Gedanke, dass er dafür einen gewissen Ruhm ernten würde, beflügelte ihn geradezu.

Assas und Salmon verständigten sich auf eine enge Zusammenarbeit, wobei alle wichtigen Informationen nicht mehr zurückgehalten werden durften, sondern unverzüglich an das Präsidium zu übergeben waren.

Allein drei Telefonleitungen wurden für eingehende Anrufe mit möglichen und unmöglichen Zeugenaussagen in der Agentur eingerichtet. Ein Stadtgespräch war entbrannt und die Aufmerksamkeit auf den Lieferwagen fokussiert. Die übrige Presse hatte den Braten gerochen und wollte sich positionieren. So wurde unter anderem das Krankenhaus ins Visier genommen und regelrecht belagert.

Aurelie war indessen auf Visite und besuchte Ihren Doktorvater Casper.

»Ich hätte von diesem jungen Mann nicht gedacht, dass er so ein Klatschreporter ist. Kennen Sie ihn besser, Aurelie?«

»Ich weiß nicht, ich dachte, ich kenne ihn. Anscheinend hat er mir nur immer etwas vorgegaukelt.«

»Was hat er vorgegaukelt?«

»Ich habe ihn ganz anders kennen gelernt. Er war schüchtern und in seiner philosophischen und moralischen Welt zu Hause. Er war ein ganz besonderer Mensch. Aber er kann sich doch nicht in so kurzer Zeit verändert haben?«

»Sie kennen ihn wahrscheinlich zu kurz, als dass Sie wirklich eine Einschätzung über ihn vornehmen können.«

»Ja, Sie haben sicher recht, aber ich fühle irgendwie, dass er mir nicht gleichgültig ist. Einerseits bin ich so wütend auf ihn. Wenn ich ihn jetzt sähe, würde ich ihn anschreien. Aber andererseits trägt mich meine Zuneigung zu ihm an den Punkt, an dem ich meine, er wird schon einen Grund für seine Handlungen wissen.«

»Sie hängen an ihm, stimmt das? Ich weiß, es geht mich nichts an, aber was sagt Laurent über ihn?«

»Ich rede mit Laurent eigentlich nicht über Jacques; wenn wir telefonieren, haben wir nie so viel Zeit, um über Derartiges zu sprechen. In der Zeit möchte ich mich lieber auf Laurent konzentrieren, als über Zu- oder Abneigungen zu Bekannten zu philosophieren.«

»Ist er wirklich nur ein Bekannter?«

»Professor Casper!«, wandte Aurelie energisch ein. »Was unterstellen Sie mir da eigentlich? Außerdem muss ich Ihnen sagen, dass Sie ein wesentlich besserer Chirurg, als ein Psychologe sind.«

Casper wollte darauf keine weitere Antwort geben und beendete das Thema mit einem leichten, stillen Schmunzeln. Er wusste, was er zu denken hatte, aber irgendwann sollte man zu dem Punkt kommen, an dem es vernünftiger ist zu schweigen.

Dies war nicht nur eine gute Eigenschaft seines Charakters, nein, es war eine Tugend, die ansonsten nur wenig Beachtung fand.

Wer möchte schließlich mit seiner Meinung hinter dem Berg halten, vor allem, wenn man davon überzeugt ist, das Richtige zu wissen?

Vielleicht tat Caspers vorangeschrittenes Alter auch das Seine dazu, nicht mehr immer das letzte Wort haben zu müssen oder stets als derjenige aufzuwarten, der Bescheid weiß.

Und obwohl er kein Wort mehr über Laurent und Jacques verlor, wusste Aurelie, dass Casper ein latentes Gefühl in ihr geweckt hatte, welches bis dahin in ihr geschlummert hatte. Jacques war in ihren Gedanken. Aber nicht nur hin und wieder. Oft sogar übertönten jene Gedanken an den geheimnisvollen und reizvollen Unbekannten jene an ihren Verlobten, der sie im kalten Paris allein zurückgelassen hatte.

Er hatte keine Wahl, seine Firma schickte ihn zu Auslandseinsätzen, wo immer sie ihn und seine Fachkenntnisse benötigte.

Laurent verglich seine langen Aufenthalte an den unterschiedlichsten Flecken der Erde oft mit dem Militärdienst.

Monatelanges Arbeiten an der Front oder in einem kriegerischen Gebiet ließ die Familien zuhause bangen und den Tag des Fronturlaubs herbeisehnen, um den verwaisten Soldaten möglichst heil endlich wieder in die Arme schließen zu können.

So bitter dieses Los für Soldaten und ihre Angehörigen auch sein musste, dennoch versuchte Laurent seinen Zurückgebliebenen und vor allem Aurelie umso mehr den wesentlichen Unterschied aufzuzeigen, den er als großen Vorteil auswies. Aurelie hatte nicht zu befürchten, dass er in einem Feuergefecht angeschossen oder getötet würde. Nein, er war an seinem Arbeitsplatz immer gut geschützt und aufgehoben. Gefahren gab es natürlich auch bei ihm, aber das spielte er stets herunter.

So hatte er auch Aurelie und seinen Eltern verschwiegen, dass sich vor einiger Zeit ein schreckliches Unglück am Staudamm ereignet hatte.

Ein junger Arbeiter, der nicht viel älter als 18 oder 19 Jahre alt war, sollte das provisorisch angebrachte Gerüst auf der obersten Plattform der Staumauer kontrollieren. Eine Unachtsamkeit des jungen Mannes führte dazu, dass er ein auf dem Boden liegendes Kantholz übersah, ins Straucheln kam und sich an dem Gerüst abstützen wollte, um einen Sturz zu vermeiden. Doch dieser Wucht war das Gerüst nicht gewachsen. Es krachte. Metall klapperte und schlug zusammen. Irgendwelche Schrauben fielen zu Boden, bis die obersten Holzplanken aus der Halterung gerissen und mit dem jungen Tagelöhner in die Tiefe gerissen wurden.

Laurent stand ungefähr hundert Meter weiter und unterwies die einheimischen Ingenieure in die weiteren Baumaßnahmen. Dem jungen Mann konnte keiner mehr helfen, allein sein Schreien trieb allen Beteiligten den Schauer und das Entsetzen in den Körper. Abrupt endete das Geschrei; dann hörte man noch ein dumpfes Aufprallen, noch eines und ein weiteres, bis schließlich gar nichts mehr zu hören war.

Laurent hatte dieses Aufschlagen an der Staumauer nicht mit angesehen und war dankbar, dieses schreckliche Bild nicht in seinem Gedächtnis gespeichert haben zu müssen.

Dass auch sein Job Gefahren barg, verkniff er sich zu erwähnen, aber gerade bei solchen Ereignissen fühlte er die Einsamkeit und den Drang nach Hause zurückzukehren. Das tat er auch nach diesem Unfall, als er Aurelie für einige Tage in Paris besucht und ihre Nähe so nötig gehabt hatte.

Aurelie dachte an Laurent und was er wohl in dem Moment tat, während sie für diesen Tag Feierabend machte und sich nun vom Krankenhaus auf den Weg zu ihren beiden WG-Freundinnen machte. Heute waren die drei endlich wieder alle zusammen in der Wohnung und das sollte mit einem gemeinsam gekochten Abendessen gefeiert werden.

Doch was war vor dem Krankenhaus los? Aurelie traute ihren Augen nicht. Das Szenario glich einem Belagerungszustand. Nachdem die Reporterschar von dem Wachpersonal aus dem Eingangsbereich vertrieben war, hatten sich Fotografen mit gigantischen Teleobjektiven und Reporter mit Schreibzeug auf dem kompletten Krankenhausvorplatz versammelt. Wie Raubtiere in Lauerstellung auf mögliche Beute standen sie umher.

Mit der Länge der Zeit schien der Hunger immer größer zu werden und jeder Herausgehende dahingehend beäugt, ob er nicht ins Beuteschema passte und wichtige neue Informationen über den Fall Denise verraten konnte.

Dieser Meute wollte Aurelie gar nicht erst begegnen; schließlich kochte sie sowieso schon vor Wut über Jacques und schlug den Weg in Richtung Hinterausgang ein. Sie musste zwar ein wenig länger laufen, aber dennoch hatte dieser Spaziergang zwei positive Seiten. Kein Mensch kannte diesen Ausgang und zudem tat die Bewegung gut, die angestaute Aggression besser zu entladen. Der heutige Abend sollte sie aber wenigstens für ein paar Stunden von diesem unsäglichen Thema ablenken.

*

Jacques unterdessen hatte für den heutigen Tag ebenfalls das Büro verlassen und schlenderte in guter Stimmung durch die Avenues.

Das Leben war schön.

Er machte sich zurzeit keine Sorgen oder, genauer gesagt, er hatte vor lauter Recherchearbeit gar keine Zeit, um über Sorgen oder auch über seine Freundschaften tiefgehend zu grübeln.

Momentan war er mit sich zufrieden.

Er hatte sich ein leckeres, belegtes Baguette mit Schinken, Salat und Ei bei einem Straßenverkäufer mitgenommen und eine schöne, leere Parkbank gefunden, auf der er sein Abendessen zu sich nehmen wollte.

Es galt, den Tag ein wenig Revue passieren zu lassen, die Ereignisse gedanklich zu sortieren und das weitere Vorgehen zu planen.

Doch nicht einmal hier konnte er seine Gedanken auf dem Punkt halten, sondern schweifte mit Gedanken und Blicken auf die umhergehenden Menschen und den Verkehrslärm ringsherum. Während er herumschaute und genüsslich sein Abendessen verzehrte, fiel sein Blick auf eine junge, attraktive Frau, die gut gekleidet war.

Aber nicht das allein hatte seine Aufmerksamkeit auf sie gelenkt. Dann fiel es ihm auf. Sie hatte einen weißen Stock von sich gerichtet und tastete mit ihm den Weg vor sich ab. Ein blinde junge Frau, die sich anschickte, den Stadtbus noch rechtzeitig zu erreichen, bevor er seine Türen schloss. Das zwar gelang ihr nicht, aber sie suchte sich ohne Gram einen Platz auf der Bank unter dem Haltestellendach und blickte mit einem Lächeln in die Gegend. Die Haltestelle lag schräg auf der gegenüberliegenden Straßenseite zu Jacques' Ausgangspunkt.

Von jedem normalen Menschen hätte er in dieser Situation erwartet, einen bösen Spruch gegen den Busfahrer loszuwerden und sich ärgerlich in die Haare zu langen oder gar mit dem Fuß auf den Boden zu stampfen.

Aber nein, diese Frau lächelte einfach nur und setzte sich, um zu warten. Das faszinierte Jacques; aber nicht nur, weil sie diese tugendhafte Geduld ausstrahlte, sondern weil in ihm ein Gedanke aufkeimte.

Er hatte er sich schon oft in seinen Träumen eine Wunschpartnerin vorgestellt, in die er sich verlieben und mit der er sein Leben teilen könnte.

Bei all seinen Träumen war ihm noch nie der Gedanke gekommen, wie wunderbar eine Beziehung mit einer blinden Partnerin sein könnte.

Ein Mensch, der nicht wie jeder von diesen hektischen visuellen Reizen geplagt war und sich von der großen Masse darin abhob, viel feinsinniger durchs Leben zu gehen.

Wie viel könnte er von einer solchen Partnerin lernen. Allein von den Beschreibungen ihrer Empfindungen und Eindrücke würde er einen Einblick vom Geschehen der Welt bekommen, den er selbst zu erhalten nie imstande wäre.

Eine solche Beziehung könnte in der perfekten Symbiose

aus Geben und Nehmen gelebt werden. Ein gegenseitiges Annehmen, wie man ist, und ein Schenken des Vertrauens, dem anderen wichtig und geschätzt zu sein.

Natürlich kann jede andere Partnerschaft ebenso funktionieren, aber für Jacques nicht in der gleichen Weise. Wie sehr würde man als sehender Erklärer einen Feinsinn für das tägliche Geschehen entwickeln? Diese Gedanken ließen ihn nicht mehr so schnell los und zogen weitere Kreise. So saß er auf der lackierten, hölzernen Bank und blickte zu der jungen Frau hinüber, während er versuchte, ihre leichte und lebensfrohe Miene zu deuten.

Nicht jeder könnte in ihrer Lage eine solche Frohgemut an den Tag legen, aber andererseits musste auch bedacht sein, dass kein Mensch von außen zu erklären ist und sich eventuell mit einer Mauer umgeben hat, um sein Inneres zu verbergen.

Wie auch immer, nach zehn Minuten rollte der nächste Bus an und die blinde junge Frau verschwand im Verkehrsstrom Richtung Montmartre.

Jacques' Baguette war mittlerweile aufgegessen und die Eile trieb ihn an, nach Hause zu gehen und sich für den kommenden Tag zu erholen.

XIX

Es gab eine Person in der Stadt, die diesen Abend nicht in der Art genießen konnte, wie es Aurelie oder auch Jacques taten.

Ein dumpfer Lichtschein drängte in einen schäbigen Hinterhof. Allerlei Gerümpel lag ungeordnet an verschiedenen Stellen verteilt. Es war kein elektrisches Licht, das die bizarren Müllberge beleuchtete, sondern das unruhige Flattern einer mittelgroßen Kerze.

Zwei Katzen fochten einen internen Revierkampf aus, doch das Fauchen verstummte nach einer Weile wieder und ließ die Stille des Hofes in seiner gespenstischen Einsamkeit zurück.

Das Fenster, aus dem der Kerzenschein hinausdrang, war schon lange nicht mehr geputzt worden und ließ somit keinen Blick von außen auf das dahinter verborgene Zimmer zu.

In der kleinen Wohnung vibrierte förmlich die Luft. Man hätte auch sagen können, dass eine buchstäbliche Spannung wahrzunehmen war.

Den Moment der Stille, die das Kerzenlicht vergoss, täuschte über den Gemütszustand des Bewohners hinweg.

Die alte Wohnung war ziemlich heruntergekommen und Ordnung schien dort nicht zu existieren. Halb volle Gläser standen auf der Küchenzeile und am größeren Holztisch. Zeitungen stapelten sich in einer Ecke am Boden einen guten Meter hinauf; nur die letzten Ausgaben waren auf dem hölzernen Tisch noch liegen geblieben. Sie waren aufgeschlagen. Wahrscheinlich hatte der Leser bereits seit einiger Zeit die aktuellen Tagesereignisse verfolgt.

An ein ruhiges Sitzen in dem mit blaurot-kariertem Stoff überzogenen Ohrensessel war kein Darandenken. Der Bewohner stand eine Zeit lang herum, dann lehnte er sich wieder aus dem Fenster, obwohl er draußen gar nichts erkennen konnte, und schlenderte zurück zu seinem Sessel, auf dem er nicht viel länger als fünf Minuten saß.

Er musste den Blick in die Zeitung suchen; wollte mit eigenen Augen sehen, was in der Stadt los war. Schmale, adrige Hände umklammerten mit festem Griff die heutige Tagesausgabe und die Augen zogen von links nach rechts, Zeile für Zeile dem Text nach, bis sich lauter winzig kleine Schweißperlen auf der Stirn des Lesers gebildet hatten.

Er musste hinausgehen. Er hielt es in der winzigen Wohnung nicht mehr aus. Es war ein Gefühl, als bekäme er keine Luft mehr und der Brustkorb würde ihm abgeschnürt.

Die kalte Luft tat gut.

Der dicke Mantel hielt die Kälte draußen und wickelte seinen Träger warm und wollig ein. Der Atem kondensierte, als wenn man den Zigarettenrauch nach einem tiefen Lungenzug exhalieren wollte.

Es hatte etwas Geheimnisvolles an sich, wenn man so durch die Dunkelheit streifte, aber andererseits schauten einem die anderen abendlich umhergehenden Passanten ein wenig skeptisch hinterher.

Der Mann hatte seinen Kopf leicht eingezogen. Sein Kinn legte sich auf der Brust auf und der Blick war starr auf die nächtliche Straße gerichtet.

Starr und blind für alle Regungen umher und die Passanten, die den Entgegenkommenden anblickten und sich wunderten, was für eine sonderbare Gestalt er war.

Der Spaziergänger kannte sein Ziel und streifte nicht irgendwie umher, um Luft zu schnappen. Es war eine Art der Hilfe und doch auch von Hilflosigkeit, die sich in der Seele des Mannes breitgemacht hatte.

Als er an seinem Ziel angekommen war, setzte er sich auf einer der vielen Parkbänke nieder und blickte in die Höhe. Er sah auf ein gewaltiges architektonisches Bauwerk, das an vielen Stellen beleuchtet war.

Er hatte sich schon oft ausgerechnet, aus welchem Fenster das Licht von Denise' dringen musste. Schließlich war er schon ein wiederholtes Mal dort gewesen.

Der Beobachter regte sich kaum, einzig die Kälte setzte dem ruhenden Körper zu. Er verschränkte seine Arme und streifte sich in kurzen Intervallen die Hände an seinen Oberarmen, um etwas Reibungswärme freizusetzen. Plötzlich schlug seine rechte Faust auf die hölzerne Bank nieder und der vereinsamt Sitzende verschaffte sich so ein dumpf-stummes Ventil.

Die Verzweiflung des Mannes schien sich entladen zu müssen. Doch er wusste nicht, was er als Nächstes tun würde. So würde er nicht entscheiden können, ob Reue oder Aggressivität die weiteren Schritte sein würden.

Eine gebeutelte Seele, die Ihre Identität verloren hatte. Oder ein Tier, das in seinem Verhalten unberechenbar geworden war, gezähmt im menschlich-gesellschaftlichen Dschungel, und das sich den Weg daraus bahnen wollte.

Ein Mensch wie eine tickende Bombe, die möglicherweise am nächsten Tag schon detonieren konnte, oder ein Schläfer, der noch weitere Jahre unerkannt in seiner Hinterhofwohnung sein Dasein fristete.

Er war nicht die einzige auf diese Weise tickende Uhr in der Stadt, geschweige denn in der ganzen Welt.

Selbst in Paris würde am nächsten Tag ein x-beliebiger irgendeinen Schaden anrichten und die Aufmerksamkeit der Medien auf sich ziehen können.

Und wenn die Tat nur spektakulär genug vonstattenginge, wäre Jacques' Agentur mit seinen Vertretern in der ersten Reihe hinter der Absperrung vor Ort.

So wäre der Traum vom Frieden nur ein Gespinst, das weder in einer Familie, einer städtischen Gesellschaft oder gar in einem länderumgreifenden Kontext zu verwirklichen wäre.

War Frieden nur der Ausdruck von Sehnsucht, ein Märchen, das sich die Erwachsenen manchmal erzählten, wenn die wirkliche Situation nicht mehr ausreichte, um ein halbwegs erträgliches Leben zu führen?

Oder war Frieden nur eine Parole der Propaganda der Machthabenden, um dem Volk ein wenig Honig ums Maul zu schmieren, damit sie sich der Regierung willig und wohlgesonnen fügten?

Frieden scheint seinen Ursprung der Utopia zu verdanken oder den Weg zurück zum einst vorhandenen Paradies zu weisen, das die Menschen so sehr herbeisehnten. Und sollte dieses Paradies nicht mehr auf der Erde zu erhalten sein, bliebe ja schließlich die Hoffnung, ihm nach dem irdischen Leben zu begegnen. Wobei dies vielleicht nicht unbedingt von der Mehrheit erwartet würde.

Frieden, dieses Wort stand in dicken, blauen Lettern auf einer Werbetafel, die dem einsamen Streuner auf seinem Rückweg zur Hinterhofwohnung vor Augen kam.

Eine unbekannte Organisation machte mit dem Plakat für einen bestimmten Friedenstag Reklame und warb um Toleranz und Akzeptanz.

Genau das wollte der von Jacques so titulierte „Irre von Paris" ebenso wie diese Gruppierung. Er wollte Frieden, für sich und seine Umwelt. Aber leider konnte er diesen Frieden in sich nicht finden. Obwohl er sich danach verzehrte, war es ihm nicht möglich, sein inneres Gleichgewicht zu finden.

Was würde noch passieren? Obwohl er sich diese Frage selbst schon öfters gestellt hatte, wusste er darauf keine Antwort.

Womöglich würde er die Unwahrheiten, die über ihn in der Zeitung standen, rächen wollen. Doch wie er dies anstellen wollte, wusste er an diesem Abend nicht, als er seine Wohnungstüre aufschloss und in seiner kleinen Welt verschwand.

Paris schlief dennoch friedlich in dieser Nacht ein, wenn auch nicht gänzlich.

*

Einem Vulkan sieht man es oft beizeiten an, wenn ein Ausbruch bevorsteht, obwohl der Vesuv in diesem Fall bestimmt kein gutes Beispiel abgibt.

Meist jedoch stehen kleine, mit Rauch untermalte Eruptionen am Anfang einer solchen Tätigkeit. Die geophysikalischen Phänomene und die tektonischen Verschiebungen stoßen indes den ersten Dominostein an, der die anderen zu Fall und das Fass oder den Krater zum Überlaufen bringt.

Jacques' Reportagen waren mit derartigen tektonischen Eruptionen sicherlich zu vergleichen. Was für eine Art des Ausbruches er damit jedoch bezwecken würde, war Jacques sicherlich nicht bewusst.

Würde er eine gezielte Sprengung erzeugen oder sollte sich ein Ausbruch ereignen, den die Richterskala in der Art selten zu verzeichnen hat?

Jacques suchte die Konfrontation. Er wollte auf Biegen und Brechen diesen Irren finden. Es war sein Phantom geworden, von dem er der ganzen Stadt erzählt hatte.

Dass er sich in seinem Freundes- und Bekanntenkreis damit nicht beliebt gemacht hatte, konnte ihn von seinem Vorhaben nicht abbringen.

Da er ohnedies keine Zeit mehr für Freundschaftspflege aufbringen konnte, spielte das wenigstens momentan keine weitere Rolle für ihn.

Die Jagd war eröffnet.

Assas war mächtig stolz auf seinen Sprössling. Die Agentur verkaufte Ausgaben wie noch zu keinem anderen Zeitpunkt vorher. Jacques war der Journalist der Stunde.

Doch wusste zu diesem Zeitpunkt niemand, wie eine solche Treibjagd enden würde.

Die Menschen waren aufgebracht und auf den Straßen hielt man Ausschau. Ausschau nach einem kleinen, roten Lieferwagen, der auf dem Weg zum nächsten Verbrechen war.

Es schlich sich eine latente Hysterie in die Köpfe der Menschen. Gewalt entlud sich. Ein junger Kurierfahrer, der in seinem Wagen Obst und Gemüse vom Großmarkt an die jeweiligen Kunden ausfuhr, wurde in seinem Lieferwagen jäh von einer Gruppe Halbwüchsiger auf der Straße gestoppt.

Sie zogen ihn aus dem Auto, pöbelten ihn an und begannen letztlich, den jungen Mann zu treten.

Was hatte er sich zu Schulden kommen lassen? Nichts, nur sein Wagen glich jenem aus der Pressemeldung.

Dieser Mann musste für ein paar Halbstarke hinhalten, die nichts Besseres mit ihren Hormonschüben zu tun hatten, als unüberlegt oder aus reiner Freude heraus ihrer Aggressivität freien Lauf zu lassen.

Doch dies war kein Einzelfall. Drei solcher oder ähnlicher Vorgänge wurden am selben Tag zur Anzeige gebracht.

Es begann zu brodeln in der Stadt. Die Polizei verstärkte massiv ihre Präsenz auf den Straßen und Plätzen, um keine weiteren Situationen dieser Art eskalieren zu lassen.

Aurelie schlug die Zeitung auf dem Frühstückstisch auf.

»Jetzt dreht er vollkommen ab. Was ist das nur für ein riesiger Idiot? So ein widerlicher Kerl!«

»Guten Morgen, Aurelie. Na, hast du Ärger mit Laurent?«

Doch Aurelie blieb Ihrer besten Freundin die Antwort schuldig, streichelte ihr kurz über die Schulter und warf sich daraufhin ihren Mantel um, um eilends das Haus zu verlassen.

Sie wollte zu ihm. Sie musste ihn irgendwie zur Vernunft bringen. So konnte es nicht mehr weitergehen. Allein an den beiden Straßenblocks, an denen sie eben vorbeigekommen war, zählte sie vier Polizeiwagen, die bedächtig langsam auf den Straßen patrouillierten.

Irgendetwas stimmte in der Stadt nicht. Man glaubte fast, dass man sich in einem Krisenherd befand und jede Minute mit einem öffentlichen Anschlag zu rechnen war. Bewegte man sich so auf einen Bürgerkrieg zu? Begann es nicht so, dass man keinem Menschen mehr trauen konnte, jeder ein potenzieller Verdächtiger sein konnte und seinen nächsten mörderischen Plan in die Tat umzusetzen versuchte?

Aurelie streifte sich die unbehaglichen Gedanken aus ihrem Kopf und betrat fest entschlossen Assas' Agentur und ließ sich vom Fahrstuhl in das geschäftige Großraumbüro bringen.

An der Rezeption erkundigte sie sich freundlich nach Jacques und stellte sich als gute Bekannte von ihm vor. Zunächst zögerlich, aber schließlich durch Aurelies Blick überzeugt wies ihr die Empfangsdame den richtigen Weg zu Jacques' Box.

Aurelie zitterte leicht, als sie den Weg an den einzelnen Büroboxen vorbei nahm. Jeden Moment könnte Jacques vor ihr stehen und sie anschauen.

Was würde sie zu ihm sagen? Sollte sie doch lieber umdrehen und wieder gehen?

Doch sie ging weiter und schaute links und rechts auf die umher sitzenden und stehenden Frauen und Männer, die einerseits in kleinen Gruppen zusammenstanden und diskutierten oder sich alleine durch Papierberge wühlten.

Ein paar Meter weiter stand ein Mann im Westenanzug und erteilte zwei weiteren Männern augenscheinlich Anweisungen. Das musste wohl der Chef der Agentur sein, dachte sich Aurelie, als ihr plötzlich Jacques in den Weg sprang und ihr Auge in Auge gegenüberstand.

»Äh.«

»Ja, da … da staunst du, was?«

»Nein, nein. Was machst du hier?«

»Ich wollte, nein – ich musste vorbeikommen.«

»Das ist schön, aber ich bin gerade auf dem Weg …«

»Das ist ja klar!«, unterbrach ihn Aurelie barsch.

»Musst du wieder Gerüchte in die Welt setzen? Willst du, dass wieder unschuldige Menschen verprügelt und aus ihren Autos gezogen werden? Hast du mir am Anfang nur etwas vorgespielt und zeigst du jetzt dein wahres Gesicht?«

»Aber du musst mir glauben …«

»Ich glaube dir gar nichts mehr. Wo sind denn deine Werte hingekommen? Das war doch alles nur Unsinn! Wolltest du mich damit beeindrucken? Nein, du tust mir leid!«

Mit diesen Worten setzte sie einen Schlussstrich unter ihre Anklage und bekräftigte ihre Enttäuschung mit einer kräftig und gut platzierten Ohrfeige auf Jacques' rechter Wange. Sie wartete keine Reaktion mehr ab, sondern drehte auf dem Absatz um und schickte sich an, den Ausgang zu finden.

Jacques hielt sich die Wange und stand stumm im Raum. Einige Kollegen um ihn herum sahen ihn still an oder tuschelten in Zweiergruppen.

Seine Blätter hatte er vor Schreck fallen lassen. Nachdem er sich wieder ein wenig gefasst hatte, wusste er, dass er Aurelie nachzulaufen hatte. Er stolperte durch den Korridor und versuchte, Aurelie noch zu erwischen, bevor sie in den Fahrstuhl gestiegen war. Und natürlich schlossen sich gerade in dem Moment, als Jacques hinzukam, die Türen und schickten Aurelie nach unten.

Im Fahrstuhl war es ruhig. Nur Aurelies Herz klopfte wild. Sie war aufgebracht, wütend und ihr Herz schien ihr zu brechen. Es war widersprüchlich, so etwas hatte sie noch nie getan, aber es musste sein.

Jacques hingegen blieb nicht viel Zeit, wollte er Aurelie noch erwischen. Dass er sich sein linkes Bein auf der ersten Ebene des Treppenhauses aufriss, als er auf dem Steinboden ausrutschte, merkte er in diesem Moment nicht. Er hatte etwas richtig zu stellen.

Bei der großen Eingangstüre im Foyer erreichte er sie schließlich und hielt sie am linken Arm fest, damit sie ihm nicht weiter davonrennen konnte.

»Aurelie, Aurelie, es tut mir leid. Es tut mir leid, bitte höre mich doch einmal zu.«

»Was soll ich dir noch zuhören? Bist du zufrieden damit, dass du den Presseolymp erstiegen hast und Macht ausüben kannst?«

»Nein, ich habe dir nichts vorgespielt. Alles von dem, was ich dir gesagt habe, ist wahr. Ich wollte nicht, dass jemand zu Schaden kommt, es tut mir leid. Das musst du mir glauben!«

»Was soll ich dir denn noch glauben, du hast doch schon die nächste Meldung in der Hand gehabt.«

»Ja, die habe ich ...«

»Da, du gibst es doch schon selber zu!«

»Nein, ich habe einen Aufruf zur Besonnenheit geschrieben, weil ich nicht möchte, dass uns die Geschichte aus dem Ruder läuft.«

»Und, ist sie dir nicht schon längst aus den Rudern gelaufen?«

»Wir biegen das wieder hin, ich verspreche es dir!«

»Wenn es nicht schon zu spät ist!«

»Nein, Aurelie, ich tue mein Bestes!«

Aurelie konnte Ihre Erschöpfung nicht mehr zurückhalten und ließ ihrem Gefühlswirrwarr freien Lauf. Sie drückte sich fest an Jacques' Schulter und suchte Halt. Eine Minute lang stand die Zeit still, nur Tränen rannen an ihren Wangen hinunter. Dann wischte sie sich die Tränen ab und wandte sich leise von Jacques ab und ließ ihn am Eingangsportal zurück.

Er schaute ihr stumm hinterher. War es ein Abschied für immer? In ratlosen Situationen wie dieser biss sich Jacques leicht auf die Unterlippe, versteinerte dabei seine Miene und ließ keine Regung über sich kommen.

Es half nichts, er hatte zu tun und musste sich wieder seiner Arbeit widmen.

*

Ungefähr drei Kilometer weiter ereignete sich zur gleichen Zeit ein weiterer folgenschwerer Vorfall; ein junger Mann im Alter von ungefähr 25 Jahren prahlte in einem Einkaufszentrum an einer Bar, dass er genau wüsste, wer der Schrecken von Paris sei. Dabei malte er in bunten Bildern aus, was er bereits alles getan hatte und in Zukunft wohltun würde. Alle würden sich noch wundern, wozu er im Stande wäre, um die Menschen in Angst und Schrecken zu versetzen.

»Ja, ich bin es. Ihr seht ihn vor Euch!«, begann er in den immer größer werdenden Menschenauflauf hineinzusprechen. Der Tumult um ihn wurde abrupt lauter und die Aufmerksamkeit der Menge richtete sich vehementer auf ihn.

Er trank einen Schluck Bier, schmetterte das Glas auf den Tresen und schickte sich an, von einer Bombe zu erzählen, die irgendwo in der Stadt versteckt sei und zu einem späteren Zeitpunkt detonieren sollte.

Die Aufregung wurde gewaltiger. Stimmen schrien. Hysterie kam auf. Menschen flohen in Panik aus dem Gewühl. Andere stießen, noch unwissend, was der Anlass der Versammlung war, hinzu und wurden sofort in das Szenario gerissen.

Ein Passant griff zu seinem Handy und rief den Notdienst an. Der junge Mann puschte die Meute an. Und schrie, dass sich noch alle wundern würden.

Ein weiterer tiefer Schluck Bier folgte und schon flog das Glas hinter den Tresen und zertrümmerte einen der drei großen Barspiegel.

»Lass mich hier raus!«, schrie er den an, der ihm am nächsten stand, und wurde handgreiflich, als er nicht sofort seinen Weg durch die Menge finden konnte.

Manche gaben ihm aus Angst, er könnte bewaffnet sein, freiwillig den Weg frei und gingen ein paar Schritte zurück. Andere fassten sich ein Herz und hielten den Burschen an der Jacke fest.

Fäuste begannen zu fliegen. Der beachtlich alkoholisierte Mann versuchte, sich mit harten Schlägen einen Fluchtweg zu bahnen.

»Er darf auf keinen Fall abhauen!«

»Die Polizei ist bereits unterwegs. Haltet ihn fest!«

»Lass' mich los, du Penner, sonst verpass' ich dir eins!«,

brüllte der Betrunkene.

»Dreht ihm die Arme auf den Rücken und schmeißt ihn auf den Boden!«

»Er schlägt wie wild um sich.«

Die gegenseitigen Drohungen nahmen zu und die Tätlichkeiten wurden ernstzunehmender. Nach wenigen Minuten stürmten Uniformierte das Einkaufszentrum und verschafften sich barsch Zutritt zum Mittelpunkt der Ausschreitungen.

Der junge Mann sah keine Möglichkeit zur Flucht und ließ sich nach wenigen Augenblicken die Hände zusammenbinden und auf die Beine helfen.

Die Polizisten schienen nicht weiter an den Aussagen des Mannes interessiert zu sein und schleppten ihn zielgerichtet zum Ausgang, um ihn im Einsatzwagen aufs Revier zu bringen. Andere notierten sich die Aussagen der Augenzeugen und wieder andere machten Bilder vom Geschehen und begannen, sich einen Überblick über den Schaden zu verschaffen.

Als die Drohung mit der versteckten Bombe zu Protokoll gegeben wurde, konnte man in den Gesichtern der Umherstehenden strenge Züge wahrnehmen. Doch die Stimmung blieb ruhig.

Die Kriminalfachleute schienen zu wissen, was sie als Nächstes zu tun hatten. Telefongespräche wurden geführt und ausgewählte Personen gebeten, auf das Revier mitzufahren, doch ansonsten war man bemüht, den Vorfall wieder vergessen zu machen.

In einem Pulverfass war dies leider leichter gesagt als getan. In den Köpfen der Menschen brodelte es. Die Zerreißprobe hatte begonnen. Der große Knall stand im Raum und wurde überall befürchtet.

Äußerlich schien die Stadt ihrem normalen Alltagsleben nachzugehen, aber das, was in den Menschen, unerkannt von außen, vonstattenging, war nicht zu bemessen.

Ein feinmaschiges, unsichtbares Netz aus Angst legte sich auf die Köpfe der Pariser. Ein Schleier, der das Gemüt befiel. Ganz heimlich von hinten angeschlichen und auf die Schultern gesprungen, sanft wie eine Katze mit eingezogenen Tatzen, die sie langsam hervorbrachte, um sich festzukrallen und ihren Platz zu sichern.

Die Blicke der Passanten strichen von rechts nach links. Es gab kein ruhiges Geradeausschauen oder sorgloses Telefonieren mehr. Das Überqueren von Straßen wurde zum Pfad über eine unsichere, morsche Holzbrücke, die über einem zerklüfteten Abhang hing.

Das sonstige Gottvertrauen der Straßenüberquerer, die sich früher nie darum geschert hatten, ob sie womöglich ein Hindernis für den Straßenverkehr hätten sein können, schien in die frühe Kindheit zurückgefallen zu sein, als sie noch unsicher am Straßenrand gestanden waren und erst nach ausreichender Begutachtung der Verkehrslage die Straßenseite gewechselt hatten.

Verrückt, wie aus einem einzigen Attentat auf eine Demonstrationsgruppe eine gesamte Stadt in Aufruhr versetzt werden konnte.

Aber die Zeitungen heizten weiter die Stimmung mit Hilfe einzelner Vorgänge, wie dem im Einkaufszentrum ein.

Es rauchte bereits.

XX

Die Spannung stieg ins Unermessliche. Besonders für eine bestimmte Person.

Es war Jagd.

Und er wusste, dass man ihn finden wollte, obwohl ihn niemand kannte.

Doch die Schlinge zog sich Tag um Tag mehr zu und er wurde wahnsinnig in der alten Wohnung, in der er sich verschanzt hatte wie ein Guerillakämpfer, der im Grunde einen unbewaffneten Krieg mit sich und seinem Schicksal ausfocht.

Hier musste er heraus. Er hatte sowieso nichts mehr zu verlieren, also schien es ihm die beste Möglichkeit, irgendwo einen neuen Anfang zu wagen und sein restliches Leben zu ordnen.

Seine wesentlichen Habseligkeiten packte er gewissenhaft, wie er nun einmal war, zusammen.

Er wollte nichts mehr zurücklassen. Alle Spuren, auch die kleinsten Krümel fegte er zusammen und löschte so seine Pariser Hinterhofexistenz für immer aus.

Direkt neben seiner Wohnung hatte er einen Verschlag angemietet, der ihm als Garage für seinen kleinen, alten Transporter genügte.

Im Ladebereich schichtete er seine Utensilien aufeinander und schaute, nachdem er alles verstaut hatte, auf das wenige, was er noch sein Eigen nennen konnte.

Für manche Menschen, die in der so genannten Dritten Welt leben, wäre dieser Berg an Kleidung, persönlichen Erinnerungsstücken und diversen Dingen, die man glaubt besitzen zu müssen, ein unermesslich großer Schatz gewesen.

Wenn man nun einmal in eine kapitalistische Gesellschaft geboren wird und sich in ihr bewegt, ist man wahrscheinlich allzu schnell ein Mitglied, das den Blick nach außen verliert.

Es gehört zum Standard, dass man ein Radio, ein Telefon

oder einen Fernseher besitzt. Diese Dinge sind aus dem durchschnittlichen Haushalt nicht wegzudenken und würden, fehlten sie doch, Nachbarn oder Bekannten aufzeigen, dass man nur ein Randprodukt der eigenen Gesellschaft wäre.

Wenn allein fließend Wasser und dazu warm-kalt-regulierbar, zur normalen Tatsache verkommen ist, dann scheint es nicht wichtig zu sein, Gedanken an Menschen zu verlieren, die sich Tag um Tag mit leeren Behältnissen von ihrer Behausung aufmachen und zu Fuß einen Marsch von fünf Kilometern zurücklegen, um an einem Wasserloch einigermaßen genießbares Trinkwasser zu holen.

Nein, der Blick gleitet auf die anderen in der eigenen Gesellschaft, auf deren Sein oder eher Schein. So geht der Blick auf den Anzug des Businesspartners, auf das Auto der Freundin oder eben zu jenen Gütern, die uns findige Werbefachleute als unerlässlich anpreisen.

Den Blick auf die Siebensachen im Wagen konnte man unter dem Aspekt nun auf zweierlei Weise deuten. Doch an westlichen Maßstäben gemessen hätte man diesem Wageninhalt eher eine ärmliche Note erteilt. Der Mann warf die zwei Türen mit einem lauten Knall zu und sperrte das Schloss ab, damit es auf der Fahrt nicht aufgehen konnte.

Er setzte sich eine alte, karierte Stoffmütze auf den Kopf, zurrte sie sich passend zurecht und blickte ein letztes Mal wehmütig zu seinem Wohnungseingang zurück. Die Fahrt begann.

*

Aurelie hatte sich mit Celine und Vivian verabredet, um einen Imbiss einzunehmen. Die drei hatten ein kleines Bistro, das unweit der Seine gelegen war, als ihr persönliches Stammlokal auserkoren, in dem sie sich zwei bis drei Mal in der Woche trafen, meist zu einem kurzen Mittagsbrunch. Christophe, der Inhaber, kümmerte sich stets zuvorkommend um seine junge, weibliche Stammkundschaft.

An diesem Morgen hatte er von seinem Lieferanten frische Miesmuscheln bekommen, die er in einer feinen Weißweinsoße mit Zwiebeln, Knoblauch und vielen weiteren Gewürzen zu einem wahren Gaumenschmaus gezaubert hatte.

So gab es auch von Seiten der jungen Frauen gar keine Widerrede, als Christophe mit strahlenden Augen von seiner Tagesspezialität erzählte. Egal, an welchem Tag die drei Freundinnen auch kamen, Christophe hatte stets etwas Wunderbares anzubieten.

Er war mit Leib und Seele Wirt und liebte es, seine Gäste mit zufriedenen Gesichtern sein Bistro verlassen zu sehen. Dies war seine Auffassung: Menschen etwas Gutes zu tun und sie ein Stück weit glücklich zu machen.

So auch heute wieder und seine drei treuen Kundinnen dankten es ihm in dieser Weise. Die Pause verlief für die Frauen gelassen und ohne Hektik. Keine von ihnen hatte den Vormittag über etwas Außergewöhnliches erlebt, sodass sie über Gott und die Welt plauderten.

Aurelie fühlte sich gut und genoss die halbe Stunde in dem heimeligen Gastbereich. An Jacques hatte sie die Zeit über nicht mehr gedacht.

Auch hatte sie die Vorfälle, die sich jüngst in dem Einkaufszentrum und anderswo ereignet hatten, nicht wahrgenommen, da sie sich, so gut es ging, von der medialen Welt abgekapselt hatte.

Sie konnte es schlicht und einfach nicht mehr hören, was in der Stadt und auf der übrigen Welt an Grausamkeiten, Katastrophen, Überfällen und Derartigem geschah. Ihr Fokus sollte fortan in ihrem nahen Umfeld liegen; das tat ihrem seelischen Gleichgewicht ungemein gut.

Wie immer verging die Mittagszeit bei Christophe viel zu schnell; die Frauen beglichen die Rechnung, verabschiedeten sich mit zarten Wangenküsschen von ihrem Gastgeber und grüßten ihn bis zum nächsten Wiedersehen.

Sternförmig, wie die Freundinnen zum Bistro zusammengekommen waren, trennten sie sich nach einer kurzen Umarmung auch wieder und schickten sich an, ihre Arbeitsstätten wieder zu erreichen. Aurelie winkte den anderen beiden noch hinterher und schlug ihren Weg weiter an der Seine entlang ein.

*

Herr Portal konnte ohne sein Telefon nicht existieren. Seine vielfältigen Geschäfte erlaubten es ihm nicht, auf die Straße zu gehen, ohne erreichbar zu sein. Manchmal fühlte er sich selbst als Opfer seines eigenen Geschäfts, aber seit Denise im Koma lag, hatte er sich mit Arbeit überhäuft, um den Schmerz, verbunden mit der quälenden Unsicherheit, die er empfand, nicht ständig spüren zu müssen.

»Sie meinen, sie könnte eventuell bald erwachen? Ist das wirklich wahr?«

»Ja, Herr Portal, ich möchte Ihnen aber dennoch keine falschen Hoffnungen machen. Wenn sich Denise' Zustand aber weiterhin so stetig stabilisiert, halte ich das für möglich.«

»Wenn das stimmen sollte, Professor Casper, dann machen Sie mich zum glücklichsten Menschen auf der Erde.«

»Ich dachte, Sie sollten auch über die positiven Entwicklungen in Kenntnis gesetzt werden, Sie haben lange genug gezittert und gebangt. Ich werde Sie auf jeden Fall auf dem Laufenden halten. Ach ja, ich glaube, Ihre häufigen Besuche und Ihre Gespräche an Denise' Bett tun ihr Übriges dazu. Machen Sie es gut.«

»Ich danke Ihnen. Au revoir.«

Portal schloss überglücklich sein Klapphandy und begann

über beide Gesichtshälften hinweg zu strahlen. Hoffnung, ja sogar begründete Hoffnung keimte in ihm auf. Vielleicht hatte sein ständiges Hadern mit Gott eine Wirkung gezeigt.

Er wusste es nicht, aber er stieß ein lautes »Danke, danke, danke« in die Luft, riss dabei die Hände in den Himmel und schleuderte seine Aktentasche senkrecht nach oben. Es kam ihm vor, als floss wieder Lebensenergie und Sinn in seine Adern zurück. Ein paradiesisches Gefühl, eben kaum zu glauben.

Nachdem er seine Tasche und den herausgefallenen Inhalt wieder eingeklaubt hatte, setzte er seinen Weg entlang der Seine fort und spitzte seine Lippen, um munter zu pfeifen.

*

Jacques hatte sich einen halben Tag Auszeit genommen. Ihm rauchte der Kopf. Außerdem musste er wieder einmal frische Luft inhalieren. Seine Augen brannten. Zu lange hatte er momentan vor dem Flachbildschirm zu sitzen, um zu recherchieren und zu schreiben. Irgendwann musste auch sein Körper auf sich aufmerksam machen. Nichts geht unbemerkt an einem menschlichen Körper vorbei, auch wenn er lange Zeit nicht rebelliert und brav gehorcht. Vielleicht ist es eine Schwachstelle des Körpers, dass er mit dem Geist nicht die Einheit bilden kann, wie es der Geist oft möchte.

In dieser idealen Konstellation könnte ein Raucher genau sehen, wann sich die Auswirkungen des Nikotins gesundheitsgefährdend niederschlagen würden. Ein Blick in die inneren Organe würde beweisen, dass nun eine Notbremse gezogen werden muss, bevor sich so zum Beispiel ein Tumor bilden würde.

Aber vielleicht hat die Natur den menschlichen Körper eben gerade aus diesem Grund so eingerichtet, wie er schließlich vorzufinden ist. Um den Körper zu ehren, auf ihn achtzugeben und im Zusammenspiel mit dem Geist ein sinnerfülltes Leben zu führen. Jacques' Schritte wurden während dieser Gedanken bedächtiger; er hatte sich gerade selbst dabei ertappt, dass er nach langer Zeit wieder einmal zu philosophieren begonnen hatte.

Waren solche nach Weisheit strebenden und Wahrheit liebenden Gedanken ihm schon lange nicht mehr untergekommen, begriff er auf seinem Weg entlang der Seine, was ihn früher zu großen Teilen ausgemacht hatte.

»Nun gut, Menschen ändern sich eben!«, dachte er sich und wollte dadurch sein Reporterdasein rechtfertigen.

Doch er kam damit bei sich selbst nicht durch und enttarnte sich als jemand, der sich irgendwie selbst von sich entfernt hatte. Er kniff die Augen zu und setzte seine Stirn in tiefe Falten des Grübelns. Wo mochte er in Wirklichkeit hin? War er denn mit dem Job bei Assas zufrieden? Wollte er um jeden Preis der Journalist sein, den man Tag täglich mit seinen Enthüllungskampagnen vernehmen konnte?

Zu alledem realisierte er, wie lange er schon keine sozialen Kontakte mehr gepflegt hatte.

Wann war er das letzte Mal mit Fernando in die Stadt gefahren? Warum hatte er von Julian schon so lange nichts mehr gehört? Was würde Aurelie überhaupt machen? Hatte er Linda nicht versprochen, sich schon längst wieder bei ihr zu melden, da sie doch in engem Kontakt bleiben wollten? Und was war aus Antonia geworden, die auf seinen Anruf wartete und mit der er eine lebensbedrohliche Situation durchgestanden hatte?

Fragen dieser Art reihten sich wie auf einer langen Perlschnur aneinander und hängten sich wie eine schwere Last um seinen Hals und zwangen sein momentan so selbstgerechtes Wesen in eine demütige Beugung.

Er begriff langsam, dass er in letzter Zeit anders geworden war, er seinen Blick getunnelt hatte und nur noch bestrebt war, an die Spitze der Gazetten zu kommen.

Und das alles, obwohl er anfangs nur Denise' Unfallverursacher oder Attentäter stellen wollte, um demjenigen der gerechten Strafe zuzuführen. Umso mehr war es ihm nun danach, frische Luft zu schnappen und zur Ruhe zu kommen. Doch bei dem übermäßigen Konsum von schwarzem Bohnenkaffee war dies kein einfach umzusetzender Plan für eine Mittagspause. Trotzdem, das Spazieren an der Seine tat gut.

*

Der Motor des alten Lieferwagens röchelte einige Male; dann sprang der Funke aber doch über und zündete den Motor, der sogleich aufheulte und Betriebsbereitschaft signalisierte. Seine besten Jahre hatte die alte Karre bereits hinter sich. Nur dem technischen Vermögen ihres Besitzers hatte sie es zu verdanken, dass sie noch am Leben war.

Ein letztes Mal drehte sich der Fahrer des Wagens um und verabschiedete sich von seinem Zuhause. Dann gab er Gas und fuhr aus dem Hinterhof hinaus. Paris war zwar mit einer zufriedenstellenden Straßenstruktur versehen worden, aber dennoch dauerte es eine Weile, bis man sich auf den Weg zu den Autobahnen machen konnte, die ihn fort von der heiß gelaufenen Metropole bringen sollte.

Er war unruhig. Seine Blicke wechselten ruckartig von vorne nach hinten und zu den beiden Seiten. Der Verkehr war mittelmäßig für Pariser Verhältnisse. Es schien, als wäre alles ruhig. Kein Reporterteam war auszumachen. Auch sonst mochte niemand von ihm Notiz nehmen.

Es wäre nicht das erste Mal gewesen, wenn er mit seinem schäbig rot lackierten Wagen Aufsehen erregt hätte. Doch auch dieses letzte Mal wollte er ohne Zwischenfall den Weg nach Süden einschlagen.

»Vielleicht hat sich alles wieder entspannt«, dachte sich der ältere Herr hinter dem Lenkrad. Er wusste nicht, ob er darauf vertrauen sollte, gab es doch zurzeit keine größeren Schlagzeilen, die in diesem Maße breit getreten wurden wie das Phantom von Paris, das die gesamte Stadt in Atem hielt und nur darauf lauerte, irgendwo erneut zuzuschlagen.

Er zitterte bei diesem Gedanken. War er tatsächlich ein Geisteskranker geworden, der zur allgemeinen Gefahr geworden war? War er Abschaum, den es zu eliminieren galt? Diese Fragen rauschten immer wieder in seinem Kopf vorüber. Er schüttelte heftig den Kopf und schrie laut »Nein, nein!« vor sich hin, während seine adrigen Hände das alte Lenkrad fest umkrallten und den Wagen durch die Straßenschluchten manövrierten.

Tränen bildeten sich links und rechts in seinen Augen und rannen an den Wangenfurchen hinab. Er kratzte sich übersprungsartig am Kopf, klopfte unruhig mit den Fingern am Lenkrad und konnte es nicht erwarten, aus den Ampelstaus herauszukommen.

Er wurde nervöser, steigerte sich hinein, er könnte bei dieser langsamen Fahrt doch irgendwie erkannt werden. Links, dann rechts, dann wieder links; er beobachtete die Lücken, die der Verkehr auftat. Er verlor die Geduld. Die Reifen quietschten. Er scherte links aus, gab Gas und scherte zwei PKW-Längen später wieder nach rechts ein. Er musste aus der Stadt, und zwar schnell. Die Luft wurde ihm eng; er fasste sich an seinen Hals.

»Nein, der Puls darf nicht so rasen!«, sagte er laut zu sich.

»Ich bin gleich draußen, noch ein paar Kilometer, dann bin ich aus der Stadt.«

Doch dann vergaß er achtsam zu bleiben. Ein Peugeot vor ihm kam vorzeitig an einer umschaltenden Ampel zum Stehen, was der alte Mann jedoch nicht rechtzeitig bemerkte.

In letzter Sekunde riss er das Lenkrad zur Seite und stieg aufs Gas. Er kam einigermaßen an dem Wagen vorbei; doch leider touchierte er dessen linken Kotflügel bei diesem Manöver. Eine Passantin mit einem Kinderwagen, die sich angeschickt hatte, die Kreuzung zu überqueren, konnte gerade noch stehenbleiben, als der Lieferwagen an ihr vorüberrauschte. Dann zog der kleine, rote Wagen vorbei und hinterließ eine dicke Rußwolke.

Allen Beteiligten stockte das Herz. Trotz des allgemeinen Straßenlärms traf alle ein stummer Schrei. Das Phantom war zurück. Darüber gab es keinen Zweifel.

»Gott, hilf mir!«, stieß der Wagenlenker laut und voller Verzweiflung aus. Was hatte er nur gemacht? Die Leute waren auf ihn aufmerksam geworden. Er konnte noch keine Polizeistreife hinter ihm entdecken. Es schien, als wäre alles normal. Doch das konnte er nicht glauben und fühlte sich verfolgt.

Als er an die Seine kam, um sie zu überqueren, war es vorbei. Ihm gegenüber sah er einen Polizeiwagen auf sich zukommen, der auf einer Routinestreife unterwegs war.

Der einzige Weg für ihn führte über die Brücke. Die Schicksalsbrücke, wie sie später in der Zeitung heißen sollte.

Ein Nadelöhr, das in jenem Moment der Lieferwagen, die Polizei, Aurelie, Herr Portal und Jacques aus allen Himmelsrichtungen kommend zu überqueren suchten.

Der vom Leben gezeichnete Lieferwagenfahrer sah keinen Ausweg mehr. Er musste über die Brücke. Alles spielte sich wie in Zeitlupe vor den Augen der Beteiligten ab. Der Wagen gewann an Geschwindigkeit. Irgendwo streifte er mit dem Heck. Danach schalteten sich Sirenen an. Ein Reifen des Kleintransporters platzte. Ein weiteres Auto wurde von dem Transporter getroffen. Dann raste er auf den erhöhten Gehweg zu, polterte den hohen Bordstein hinauf, rammte eine Straßenlaterne, überschlug sich und blieb in der Brüstung hängen, die ihn davor schützte, in die Seine zu fallen.

Ein bizarres Schauspiel.

Die Passanten sammelten sich unwillkürlich um den Tatort. Polizisten eilten unverzüglich zu dem verunglückten Wagen. Aurelie bemerkte zunächst Portal, der auf der Mitte der Brücke gegenüber dem Wagen stand. Jacques hingegen rannte zum Lieferwagen; er war nur wenige Meter entfernt gewesen und vom gegenüberliegenden Ufer herbeigelaufen.

Sein Herz pochte.

»Das ist er!«, schrie er sich selbst zu, er erkannte den schäbigen Wagen sofort. Schließlich war er ihm schon einmal nachgelaufen. Diesmal würde er sich bestimmt nicht täuschen. Nein, unverkennbar sah er die Lackstellen, die er sich damals eingeprägt hatte.

Er verspürte Genugtuung. Jetzt war der Tag der Abrechnung gekommen. Er ging langsam, aber zielsicher zum Wagen. Zwei Polizisten waren bereits an der Beifahrertür, um in das Innere des auf der Seite liegenden Minitransporters zu gelangen.

Es wurde laut telefoniert. Eine Krankenwagensirene wurde immer eindringlicher. Der Moment der Wahrheit sollte Jacques vor Augen liegen. Er sah auf Aurelie, die unter den anderen Personen stand; Portal hingegen nahm er gar nicht wahr. Er zwinkerte ihr zu. Sie entgegnete ihm mit Schweigen.

Nun stand er ganz dicht daran. Jemand saß oder hängte noch in der Fahrerkabine: reglos. Der Körper wurde geborgen und vorsichtig auf den Asphalt gelegt.

Jacques konnte es nicht erwarten, diesen Kerl zu sehen, ihm in die Augen zu schauen.

Und dann tat er es.

Und er erstarrte.

Und er fing an zu heulen und zu schluchzen wie ein kleines Kind. Er konnte es nicht begreifen.

»Paper!«, schrie er vor Entsetzen und wühlte sich durch die Sanitäter, um sich zu ihm auf den Boden zu knien.

»Paper, was machst du hier? Ich hab' dich so lange vermisst. Ich hab' dich so vermisst!«

Paper regte sich langsam, sperrte seine Augen auf und versuchte, Jacques' Arm zu fassen.

»Jetzt ist es vorbei, Jacques. Deine Jagd hat ein Ende.«

»Ich habe dich doch nicht gejagt! Wo warst du?«

»Doch, du warst es. Anfangs wusste ich nichts von dir, aber irgendwann las ich deinen Namen und da war es schon zu spät.« Paper hustete, schnappte nach Luft und quälte sich die Worte heraus.

»Ich wusste nicht … ich wusste doch gar nicht … warum warst du einfach weg?«

»Lies in meinem Tagebuch, da steht alles drin. Dann wirst du verstehen.«

Jacques war verzweifelt, er hielt Papers Kopf auf seinem Schoß und redete auf ihn ein, versuchte sich zu entschuldigen und merkte überdies nicht, dass Paper letztlich entschlief.

Aurelie, die alles beobachtet hatte, lief zu Jacques hinüber und nahm ihn von hinten in den Arm. Es war nicht die Zeit, um Worte zu machen. Es war Zeit, um zu trauern und zu schweigen.

Und das taten die Umherstehenden. Außer den Sanitätern, die Jacques von Paper wegschoben und nur noch dessen Tod feststellen konnten. Portal stand nach wie vor wie festgewurzelt da und konnte die Situation noch nicht richtig einschätzen.

Einerseits war er glücklich über die Nachricht, dass es seiner geliebten Tochter endlich besserging, andererseits begriff er die Vorgänge, die sich vor seinen Augen abspielten, noch nicht. Grotesk, dass in der Stunde, in der er erfahren hatte, dass es seiner Tochter wieder bessergehen sollte, der vermutliche Attentäter ums Leben gekommen war.

Es hatte beinahe den Anschein gehabt, als hätte Denise in ihrem Koma dem Lieferwagenfahrer eine Art der Gnadenfrist gewährt. Ob dies nun Schicksal und mit ausgleichender Gerechtigkeit zu bewerten war, sollte nicht beantwortet werden.

War der Fahrer nun am Ende seiner langen Irrfahrten angelangt und sollte für seine Taten sühnen? Doch welcher Taten außer der an der Demonstration begangenen, konnte man ihn bezichtigen? War es aber wirklich bewiesen, dass er selbst den Lieferwagen gefahren hatte, als dieser in die Demonstrantengruppe gerast war?

Denken konnte Jacques in diesem Moment nicht mehr. Wenn Aurelie nicht hinter ihm gekniet wäre, um ihn zu halten, wäre er wahrscheinlich schon längst hilflos auf der Straße gelegen.

Er wusste nicht, was in den vergangenen Momenten überhaupt geschehen war. Es glich einem Albtraum, der verworren war und in der Realität nie hätte passieren können.

Mit allem hätte der junge Journalist gerechnet, aber nie damit, dass sein väterlicher Freund schwer verletzt aus dem Autowrack geborgen würde. Könnte man einen solchen Schock umschreiben, wäre es hier geschildert. Doch dafür fehlen die Worte.

Bevor jedoch Paper seine Augen für immer geschlossen hatte, hatte seine alte Hand in die Jackentasche gegriffen und ein dickes, mit schwarzem Leder überzogenes Notizbüchlein hervorgezogen. Mit letzter Lebenskraft hatte Paper es Jacques in dessen Hand gelegt. Er konnte keine Worte mehr sprechen, sein Geschriebenes dafür sollte Jacques alle seine Fragen beantworten.

Er sah in Jacques' von Tränen benetzte Augen und spürte dessen Verzweiflung und Liebe zu ihm.

Das reichte ihm, um Frieden zu finden und um zu wissen, dass Jacques ihn nicht hasste. Er konnte nichts mehr erklären, seine Zeit war abgelaufen. Er hoffte, bald vereint zu sein mit seiner Frau, seiner Familie. So konnte er loslassen, den Groll auf die Welt überwinden und sich dem Sterben ergeben.

Seine Augen wurden klar und hell.

Und wenn es Jacques auch in diesem Moment nicht realisieren konnte, sollte er sich in seiner Erinnerung an jenen Moment bewusst sein, dass Paper mit einem Lächeln aus der Welt geschieden war.

Portal war unterdessen zu Aurelie und Jacques hinübergegangen. Zu zweit konnten sie Jacques vom Boden heben und ihn stützen. Paper unterdessen wurde von ihnen abgeschirmt.

Ein Polizist kam zu den Dreien und wollte eine Zeugenaussage einholen. Jacques jedoch war noch nicht in der Lage, etwas in klare Worte zu fassen. So sprach Aurelie für ihn. Schließlich kannte sie Paper aus Jacques' Erzählungen und was er ihm bedeutet hatte. Mehr zu erzählen schien für den Moment nicht nötig. Und Aurelie und Portal wurden angewiesen, Jacques von der Unfallstelle wegzubringen.

Aus dem toughen Reporter, der über Leichen zu gehen schien, so war wenigstens der Eindruck entstanden, den die Presse vermittelt hatte, war schlagartig wieder dieser unbedarfte, schüchterne und überforderte junge Mann geworden, den Aurelie an jenem kühlen Demonstrationstag kennengelernt hatte. So kam ihr natürlich auch die Idee, ihn dorthin mitzunehmen, wo sich ihre Wege gekreuzt hatten, ins Bercy. Ein Taxi sollte die Drei dorthin bringen.

Portal indes bekam einen weiteren Anruf von der Klinik, während sie sich bereits auf der Fahrt zum Bistro befanden.

»Sie ist aufgewacht? Ist das wirklich wahr?«

Es war die Wahrheit. Kurz zuvor hatte sich Leben in dem kleinen Mädchen geregt und sie hatte zum ersten Mal seit dieser langen Zeit die Augen geöffnet und bei Bewusstsein ihr Umfeld wahrgenommen.

Ein lauter Jubelschrei durchzischte das Taxi. Eine Geburt sollte jenem Unfalltod folgen. Und wenn Jacques auch noch nicht sprechen wollte, fühlte sogar er eine Freude über Denise' zweites Leben. Schließlich war das Mädchen der Anlass gewesen, den Attentäter zu suchen und zu finden.

Aurelie, die in der Mitte des Wagens saß, breitete ihre Arme aus, legte sie um die Schultern ihrer beiden Mitfahrer und drückte beide kräftig zu sich her.

Am Bercy angekommen, ließen sie Portal im Wagen zurück; er wollte so schnell wie möglich zu seiner Tochter.

So winkte er ihnen aus der Heckscheibe wild hinaus, während Aurelie mit Jacques im Arm vor dem Bistro stand und ihm nachschaute.

XXI

»Jacques, jetzt stehen wir wieder hier am Bercy, genauso wie damals, als du Denise' Lebensretter geworden bist.«

»Ja, das schreit nach Schicksal. Doch dieses Mal bin ich einer, der ein Leben auf dem Gewissen hat.«

»Rede keinen Unsinn. Du hast überhaupt keine Schuld. Du wolltest Denise retten. Schließlich sah es bis heute so aus, als würde sie nicht mehr erwachen. Los, komm', lass' uns hineingehen, mein Lieblingsplatz am Fenster ist frei geworden.«

Sie hatte noch schnell über Telefon ihre Termine für heute abgesagt und zog Jacques, ob er wollte oder nicht, durch den schweren Vorhang ins Bistro.

Sie hatte sich gemerkt, welche Faszination dieses Etablissement auf Jacques ausgeübt hatte, und dachte, dass es eine gute Therapie wäre, genau zu diesem Zeitpunkt mit ihm dorthin zu gehen.

Er fühlte sich wohl in der vertrauten Atmosphäre. Er war nicht allein. Die Frau, die er mitunter am meisten verletzt hatte durch sein egoistisches Schreib- und Hetzverhalten, saß nun an seiner Seite und sprach kein einziges Wort des Vorwurfs. Auf so jemanden konnte man stolz sein und das war er in diesem Moment auch sehr.

Langsam schien er wieder aus seinem Schockzustand zu erwachen und einigermaßen klar zu denken.

»Ich kann das alles noch gar nicht fassen, was da eben passiert ist. Das kommt mir so unwirklich vor, als wenn ich nun jede Minute aus einem schrecklichen Traum erwachen würde. Weißt du, ich habe Paper überall gesucht. Ich habe ihn so schrecklich vermisst. Ich kann mich noch gut an den Tag erinnern, als er den ersten Morgen nicht mehr zu mir kam, um die Zeitung zu bringen.«

»Wann war denn das?«

»Es war ein kühler Morgen und ich war schon früh wach.

Eine Zitrone hatte ich noch über und wollte sie für Paper aufheben. Wir tranken beide gerne eine heiße Zitrone; das schmeckt wirklich lecker. Und dann kam ein Anruf ... Oh Gott, das war der gleiche Tag ...«

»Von welchem Tag redest du, Jacques?«

»Genau an dem Tag bekam ich den Anruf, den Bericht über die Demo zu schreiben. Genau an dem Tag lief Paper Amok. Aurelie, kann das Zufall sein?«

»An dem Tag haben auch wir uns getroffen und saßen das erste Mal hier.«

»Ist das Schicksal?«

»Das wird dir nie jemand beantworten können. Aber es ist ein Zirkel, der damals begann und heute den Kreis schloss. Das ist verrückt.«

»War ich schuld daran?«

»Ich glaube nicht, dass wir hier von irgendeiner Schuldfrage sprechen können. Und weißt du, was heute noch passiert ist? Denise hat die Augen aufgeschlagen und ist wieder zurück im Leben. Soll uns diese Geschichte etwas sagen?«

»Ich kann überhaupt nicht klar denken.«

»Das ist wie ein Hollywoodfilm, der zwar ein Happy End hat, aber dabei gleichermaßen tragisch endet.«

Jacques zitterte nach wie vor noch leicht am ganzen Körper. Plötzlich erinnerte er sich daran, wie Paper ihm sein Notizbüchlein gegeben hatte. Er zog es heraus und legte es vorsichtig vor sich auf den Tisch. Er hatte Scheu, es aufzublättern und zu erfahren, wer dieser vertraute Fremde nun wirklich war.

Sollte dieser väterliche Freund ihn wie sein leiblicher Vater enttäuscht haben? Würde er seine Geschichte überhaupt wissen wollen oder mochte er Paper so und mit den Geschichten in Erinnerung halten, wie er ihn aus dessen Erzählungen kennengelernt hatte?

»Paper war so ein guter Mensch. Und obwohl er seine ganze Familie bei einem tragischen Unfall verloren hatte, hatte er sich nicht unterkriegen lassen. Ich sah ihn immer als Vorbild, als jemand, an dem man sich orientieren konnte. Jemand, der einem zeigte, auf was es im Leben ankam.«

»Schlag' es auf und lies, was er dir zu sagen hat. Er wollte schließlich, dass du seine ganze Geschichte erfährst.«

»Ich werde es lesen. Ich kann es im Augenblick noch nicht. Aber ich werde es lesen.«

Kurz darauf begann Jacques' Handy zu läuten. Am Display war abzulesen, dass Assas am anderen Ende der Leitung wohl schon unruhig darauf wartete, mit seinem besten Mann die neuesten Ereignisse zu besprechen und das weitere Vorgehen zu planen.

Jacques fühlte sich dem nicht gewachsen. Mit auffallender Antipathie zog er ärgerlich seine Mundwinkel nach hinten und steckte das Telefon wieder in seine Tasche zurück.

»Warum gehst du nicht ans Telefon?«

»Ich kann das jetzt nicht, ich werde das nie mehr können. Ich liefere niemanden mehr ans Messer.«

»Du hast Paper nicht ans Messer geliefert. Er hat eine Straftat begangen. Deine Pflicht sahst du darin, denjenigen dafür zur Verantwortung zu ziehen. Mehr nicht.

Aber ich bitte dich, kehre zurück zu deinen Idealen! Das war der Jacques, den ich damals hier kennen gelernt habe. Wenn du danach lebst und arbeitest, dann kannst du auch bei Assas arbeiten und Storys schreiben.«

Er fasste ihre Hand und antwortete ihr:

»Ich weiß nicht, was mit mir passiert ist. Ich muss zunächst einmal zur Ruhe kommen. Ich habe den schnellen Aufstieg bei Assas wohl ausgenutzt und es ist mir zu Kopf gestiegen, dass er mir auf einmal so viel zugetraut hat. Ich weiß nicht, ob ich bei ihm so arbeiten kann, wie ich es mir als Journalist immer vorgestellt habe. Ich habe dich, Julian, Paper und ich weiß nicht, wen noch alles, verraten.«

»Du brauchst eine Auszeit. Frag' Assas, ob du eine Geschichte im Ausland recherchieren sollst. Fahr' weg und komm' wieder zu klaren Gedanken. Dann wirst du merken, wohin dich dein Weg führen soll. Ich bin dir nicht böse; ich bin für dich da.«

Mehr musste Aurelie nicht sagen.

Währenddessen begannen Jacques' Augen zum ersten Mal nach langer Zeit wieder zu leuchten. Obwohl er meinte, es nicht verdient zu haben, dass Aurelie zu ihm hielt, freute er sich unendlich, diese Worte von ihr zu hören.

*

Zwei Tage später hatte Denise große Fortschritte gemacht. Sie konnte wieder aufrecht sitzen und sollte an diesem Tag schon mit der ersten Physiotherapie beginnen.

Trotz der schweren Schädelverletzungen war sie ohne bleibende Schäden davongekommen. Sie musste einen sehr guten Schutzengel gehabt haben. Mittlerweile war Aurelie auch mit ihr bekannt gemacht worden. Portal hatte sie sofort Denise vorgestellt und von ihr geschwärmt, wie sehr die junge Ärztin sich um sie gekümmert hatte.

In den glücklichen Vater waren wieder Gefühle von intensivem Leben eingekehrt. Seine Geschäfte hatte er momentan an seine Mitarbeiter abdelegiert. Noch nie zuvor hatte er so gespürt, was für ihn eigentlich wichtig war. Es war seine Tochter, sein ganzer Stolz. Doch diese schlimme Erfahrung hatte ihn erst gelehrt, diese Gefühle zu begreifen. Er war unbeschreibbar glücklich und plante mit seiner Tochter, was sie in nächster Zeit so alles unternehmen könnten.

Dass er Aurelie fast schon aufdringlich einlud, an jenen Aktivitäten teilzunehmen, entstand wohl aus dem Antrieb heraus, sein Glück wieder auf eine komplette Familie auszudehnen.

Aurelie verkörperte für ihn das, was er an seiner geschiedenen Frau immer vermisst hatte. Doch was er am meisten an Aurelie bewunderte, war die Fähigkeit zu fühlen, einfühlsam zu sein und trotzdem stark und mit klaren Zielen durchs Leben zu gehen.

Ob dem auch wirklich so war, wusste er zwar nicht wirklich, aber so hatte er Aurelie kennen gelernt.

Was er wirklich nicht wusste, war, dass Aurelie neben Sympathie nichts weiter für ihn empfand und empfinden würde. Wenigstens wusste er es bis zu dem Zeitpunkt nicht, an dem sie es ihm sagen sollte.

*

Jacques hatte sich eine Auszeit von Assas erbeten. Und so konnte sein Kollege Rafael seinem Chef zeigen, wie auflagenstark er den Abschluss dieser Sensationsgeschichte gestalten konnte. Und in der Tat, die Auflage verkaufte sich, egal, welcher Name nun zum Schluss des Artikels auch zu finden war, wie erwartet in außergewöhnlich hoher Zahl.

Nicht der Journalist war dabei entscheidend, sondern die Brisanz und das spektakuläre Ende des gesuchten Zeitungsausträgers, von dem man nicht mehr zu berichten wusste, als dass er ein verwirrter alter Narr gewesen sein musste.

Rafael wenigstens wusste nicht mehr über diesen armen, schicksalsgeplagten Mann herauszufinden.

Und es war auch gut so, dass das Notizblöckchen in die stummen Hände des Ziehsohnes gefallen war. Obwohl so vieles zwischen Paper und Jacques unausgesprochen geblieben war, hatte er seinem Instinkt vertraut, es vor seinem Tod noch genau der richtigen Person auszuhändigen. Der Person, die sein Erbe würdig tragen sollte.

Zunächst hatte Jacques das Büchlein wie einen Schatz gehütet und hatte es noch nicht gewagt, es aufzublättern. Es lag stumm vor ihm. Er fühlte sich nicht würdig, in Papers Leben vorzudringen.

Selbst bei der Obduktion waren die Mediziner wohl auf keine weiteren Informationen gestoßen. Die Schlagzeilen um Paper und seinen spektakulären Tod waren am Verhallen. Die Geschichte hatte ihr öffentliches Ende gefunden. Nun schien es nichts mehr auszuschlachten zu geben. Und Jacques hatte sich geschworen, sein zeitweiliges zweites Ich für immer abzulegen.

Julian wollte ihm das nicht sofort glauben. Er sah dem Freund äußerst enttäuscht entgegen. Es sollte sich zu einem späteren Zeitpunkt zeigen, dass diese beiden Freunde aber diesen Konflikt überwinden konnten. Eine starke Freundschaft konnte nicht einfach so zerbrechen. Eventuell würde nach einer derartigen Situation das freundschaftliche Geflecht fester zusammenwachsen, als es vorher gehalten hatte.

Wie jede Person mit ihren täglichen Erfahrungen wächst und sich bereichert, kann eine Freundschaft mit und an ihren Erfahrungen reifen, gleich wie ein guter Wein.

Dann hielt es Jacques nicht mehr zurück. Er musste es lesen. Mein Gott, wie lange war er auf der Suche nach Paper gewesen und hatte nicht mehr gewusst, auf welche Art er ein Lebenszeichen von ihm bekommen könnte.

Nun lag dieses Lebenszeichen vor ihm. Still und geordnet, ohne die Möglichkeit, sich davon zu stehlen.

Paper schrieb von einem orangefarbenen Kissen, welches er vor Jahren seinem Sohn geschenkt und in den Kofferraum des Familienwagens gepackt hatte – in den Wagen, der später auf der Fahrt verunglücken sollte.

Es war fast unbenutzt und gut eingepackt gewesen. Allein die Farbe des Kissens zeugte davon, dass die Lebensfreude von Papers Sohn darin irgendwie weiterlebte.

Jacques schien für Paper wie der erwachsen gewordene Sohn zu sein, dem es leider nicht bestimmt war über die Jugendzeit hinaus weiter zu leben.

War sein Lebensauftrag in diesen jungen Jahren bereits erfüllt?

Konnte man es von einem verwaisten Familienvater überhaupt erwarten, dass er sich solche objektiven und abgeklärten Gedanken darübermachen konnte? Paper jedenfalls konnte es nicht und verhärtete innerlich. Dieses Kissen behielt er; ein lebloses Andenken für einen aggressiven Schmerz. An Jacques wollte er dieses Andenken weitergeben. Irgendwie fühlte Paper die Vertrautheit zu diesem jungen Mann, zu dem sich so rasch eine herzliche Beziehung aufgebaut hatte. Es war, als konnte er mit diesem Kissen ein Stück seines Grams über Gott und die Welt loslassen. So engagierte Paper eines Tages eine junge Frau, die er wahllos auf der Straße ansprach, ob sie Jacques dieses Kissen, wenn sie ihn rein zufällig auf der Straße vor seiner Wohnung treffen sollte, ohne weiteren Kommentar dazu, schenken würde.

Jacques hatte bis zu diesem Zeitpunkt nicht geahnt, was der Grund für jenes merkwürdige und wortlos überreichte Geschenk der jungen Frau an ihn gewesen war; doch Paper wusste es bei ihm in guten Händen. Warum Paper es Jacques aber nicht selbst gegeben, sondern eine Überbringerin engagiert hatte, fand Jacques im Tagesbuch nicht beschrieben. Vielleicht wollte Paper sich nicht aufdrängen und Jacques in eine Rolle drängen, die er womöglich abgelehnt hätte.

Er nahm das Büchlein überall mit hin. An die Seine, in die kleine Bar unweit seiner Wohnung und zu Aurelie.

Es war lange her, seit er an jenem unvergesslichen Abend das bislang erste und einzige Mal in Aurelies Wohnung gewesen war. Doch sie war jetzt nicht allein zu Hause. So lernte Jacques nun auch in Wirklichkeit die besten Freundinnen Aurelies kennen, von denen er bislang nur aus Erzählungen gehört hatte.

Die beiden tranken keinen Wein, wie beim letzten Treffen, dazu eignete sich dieser Besuch auch nicht wirklich. Es war kein Besuch, bei dem man ein Kribbeln im Bauch verspürte, nein, die Stimmung dafür war viel zu gedämpft.

Auch wenn Gefühle eine Rolle spielten, so zielten diese einerseits auf den tragischen Unfall oder aber auf den glücklichen Ausgang in Bezug auf Denise' Verletzung ab.

Sie lasen gemeinsam aus dem Tagebuch des alten Herren und erfuhren, dass er kein Mörder oder Verbrecher war.

Sie bekamen Einblick in das Leben eines gebrochenen Mannes, dem das geraubt worden war, was er am liebsten gehabt hatte.

Ein Unfall hatte genügt und sein damaliges, erfülltes Leben zerbarst schlagartig.

Der Partner, der die Treue für ein gemeinsames Leben versprochen hatte; Kinder, die man lieben und großziehen wollte, um mit den Enkelkindern irgendwann einmal herumzutollen; ein Job, der einen ausfüllte und Sinn gab und letztlich eine materielle Sicherheit, wie das gemeinsame, schöne Haus am Stadtrand; alles rann durch Papers Hände. Er konnte diesen Schock nicht überwinden und Hilfe nahm er keine an. Freunde, die er aus Trauer von sich wegstieß, verließen ihn unbeachtet und merkten nicht, dass er doch nur nach Hilfe schrie.

Er kam sein Leben lang nicht mehr über diesen Verlust hinweg und begnügte sich mit einer alten, kleinen Hinterhofwohnung, einem schäbigen, alten Lieferwagen und zuletzt mit einem Zeitungsjob, um seine lange, einsame Zeit zu verkürzen.

Kein Richter der Welt würde ihn für sein Vergehen in der Demonstrantenmenge freisprechen.

Und im Grunde verstand er es selbst nicht. Wollte er sich selbst das Leben nehmen? Wollte er auf sich aufmerksam machen und den Leuten sagen, wie sehr er litt? Hätte er mehr von solchen Taten geplant?

Doch er sah ein, dass er den falschen Weg gegangen war. Spätestens zu dem Zeitpunkt, als er mit eigenen Augen Denise auf dem weißen Bett liegen sah, wie sie beatmet wurde und unschuldig mit dem Leben rang; alles wegen dieser unverzeihlichen Kurzschlussreaktion.

Zu diesem Zeitpunkt hätte er sich umbringen mögen. Aber irgendetwas schien ihn am Leben zu halten.

Mit Blumengrüßen, die er ans Krankenbett schmuggelte, wollte er sich freikaufen von der Schuld, die er auf sich geladen hatte.

Er wollte die Tat vergessen machen und hoffte, dass das junge Mädchen bald wieder erwachen würde.

Jacques schloss das Buch.

»Natürlich, weißt du noch, wie unheimlich es war, dass plötzlich Blumen am Bett von Denise lagen und niemand auch nur annähernd wahrgenommen hatte, wer sie dort hingelegt hatte?«

»Ich weiß, das war gruselig. Kein Wunder, dass du meintest, ein Phantom sei unterwegs.«

»Aurelie, bitte, ich verstehe mich doch selbst nicht. Ich war wütend, zornig und ich bekam von Assas die Chance, ein berühmter Reporter zu werden.

Ich war wie im Rausch. Und dann das Attentat in Madrid. Ich wollte das gar nicht verarbeiten. Das habe ich heute noch nicht getan. Ich habe mich abgelenkt, war ganz objektiv und schrieb wie ein professioneller Journalist.

Langsam komme ich zur Ruhe, aber, wenn ich an die Minuten nach dem Knall auf dem großen Campusfeld erinnere, schalte ich gedanklich weg und versuche, nicht daran zu denken.

Da starben wirklich Leute, und überall die blutüberströmten Gesichter; das braucht Zeit. Ich brauche Zeit dafür. Oh Gott, wie mag es dann wohl erst Antonia gehen?«

Zum ersten Mal nach langer Zeit kam ihm die junge Studentin wieder ins Gedächtnis, mit der er in Verbindung bleiben wollte.

In Madrid hatten sie sich als Seelenverwandte beschrieben,

die sich gegenseitig über dieses Trauma hinwegtrösten könnten. Doch von seiner Seite aus blieb der Trost aus und sie konnte ihn nicht erreichen, da nur er ihre Nummer hatte.

Er hielt inne und Aurelie nahm ihn in den Arm und drückte ihn an ihre Schulter.

*

So wurde es eine Zeitlang stille im Raum. Paris lebte, dem allen ungeachtet, in seiner normalen Gangart weiter.

Aber es schien, als wäre es gerade ruhiger geworden. Keine großen Schlagzeilen dominierten und auch sonst erschreckte kein weltumspannendes Thema die Gemüter. Waren die Pariser der vergangenen Schlagzeilen überdrüssig geworden? Doch die Zeitungen wurden weiter gekauft und gelesen. Es passierten nach wie vor Straßenunfälle und unvorsichtige Touristen wurden Opfer dreister Straßendiebe.

Dennoch wich die Angst aus den Gemütern, ein gezeichnetes Phantom hatte die Bühne verlassen. Sein Zeitbombencharakter, der in den letzten Monaten für Nervosität gesorgt hatte, war gegen Null reduziert und ließ die Stadt tief durchatmen.

Paper hatte seine Gedanken fein säuberlich notiert. Alles konnte er nicht ordnen und in Worte fassen. An manchen Stellen konnte man den Text nicht richtig lesen. Wassertropfen schienen auf die Worte gefallen zu sein. Doch wenn man die Zeilen ein wiederholtes Mal las, konnte man rekapitulieren, dass wohl Tränen der Grund jenes Aufweichens und Verwischens gewesen sein mussten.

Er war ein Mann mit den unterschiedlichsten Begabungen und Talenten. Diese und seine Bildung hatten Jacques von Anfang an begeistert. Er hatte sofort bei den ersten morgendlichen Gesprächen, als die beiden sich an Jacques' Wohnungstür kennengelernt hatten, gemerkt, was für ein interessanter und gebildeter Mann der angebliche Zeitungsausträger war.

Jacques hatte sich schon immer gewundert, warum dieser Mann seine Talente nicht auf eine andere Art nutzte. Von solchen Persönlichkeiten könnte eine Gesellschaft profitieren, aber gerade jene, die die Potenziale für eine positive Zukunft in ihren Gedanken und ihrem Wissen mit sich herumtragen, bleiben in der Versenkung, wollen nicht in der Öffentlichkeit stehen und machen jenen Blendern und Machtgierigen Platz, die wissen, mit welchen Ellenbogenstößen ein Kontrahent auszuschalten ist.

Paper behielt seine Talente für sich, trauerte seinem Verlust nach und konnte nach einer für ihn unendlichen Zeit des Wartens und Trauerns seiner Aggression kein anderes Ventil öffnen, als nun einmal zu agieren. Dass dies der falsche Weg gewesen war, den er eingeschlagen hatte, hatte er leider für sich zu spät begriffen.

Und aus dem Angreifer der Verzweiflung wurde ein Gejagter, auf den es eine ganze Stadt abgesehen hatte. So war der Versuch, Paris hinter sich zu lassen und doch noch einmal von ganz vorne anzufangen, nicht mehr von Erfolg gekrönt. Die Idee, ein neues Leben zu beginnen, kam letztlich zu spät und sollte ihm nicht mehr vergönnt sein.

Wahrscheinlich hatte er seine Chancen, die er zu vergangenen Zeitpunkten erhalten hatte, verpasst. Sein Schicksal hatte dieser Hetzjagd ein tragisches Ende gesetzt. Und gerade der vermeintlich geglaubte Sohnersatz, brachte jene Lebensgeschichte zum Schluss. Dennoch starb Paper mit einem Lächeln auf den Lippen. Mit Jacques' Hilfe hatte sich Paper ein letztes Mal bekreuzigt. Eine Geste, die Jacques im Nachhinein zu verstehen gab, dass er eine Antwort auf seine früheren Fragen bekommen hatte und so letzten Endes Frieden finden sollte.

Jacques schloss das Büchlein und lehnte sich zurück. Dass er weinte, störte ihn nicht, vielmehr wunderte er sich über sich selbst, da er innerlich eine gewisse Stärke verspürte.

XXII

Im Schreiben war Jacques in letzter Zeit mehr als geübt. So wollte er Linda die Ereignisse der letzten Zeit in einem handgeschriebenen Brief zukommen lassen. Am liebsten wäre er direkt nach Boston geflogen, aber dafür hatte er momentan keine Zeit. Der Auslandsaufenthalt, um den er Assas gebeten hatte, sollte ihn für drei Tage nach London führen, wo er die Eröffnung eines großen Kaufhauses mit all den prominenten Gästen zu porträtieren hatte.

Er war sich aber sicher, dass er bald wieder einmal nach Amerika fliegen würde, wenn dieser Zeitpunkt auch momentan noch nicht abzusehen war. Sein Brief und das Aufschreiben der Ereignisse schien auf Jacques eine gewisse heilsame Wirkung zu haben.

Er schrieb die Anspannung, die Schuld und was auch immer in letzter Zeit auf ihn eingeprasselt war, unverblümt nieder. Ein Stift als Therapeut und der Gedanke, dass Linda ihn verstehen würde. Schließlich kannte sie ihn schon, als er noch kein erfolgreicher Boulevardreporter gewesen war.

Sein aktueller Auftrag ließ ihn wieder in das Genre Boulevard und High Society zurückkehren. Doch sein Weg sollte ihn nicht auf diesem Weg weiterführen. Wohin er gehen würde, wusste Jacques noch nicht, schließlich lagen die jüngsten Ereignisse erst ganz kurz zurück.

Seinen chronischen finanziellen Notstand hatte er allerdings überwunden und konnte sich aus diesem Grund auf jeden Fall schon gedanklich auf eine Neuorientierung einlassen.

Er steckte die Zeilen an Linda in ein Kuvert und wollte es gleich zur Post bringen.

Schließlich traf er sich an diesem Nachmittag mit Aurelie, um Denise und Portal zu besuchen. Vater und Tochter hatten Denise' Retter zu einem ausgiebigen Brunch in der Portalschen

Villa eingeladen, damit sich vor allem Denise noch einmal richtig bedanken konnte.

Ein weiteres Mal durfte Jacques an Aurelies Wohnungstüre klingeln, um sie abzuholen. Es war zwar kühl, aber dennoch hatte Jacques seine Vespa an der Straße abgestellt und Aurelie einen Motorradhelm mitgebracht. Die Worte der beiden waren wieder vertrauter geworden. Die Kluft, die sich während Jacques' reporterischer Raserei aufgetan hatte, zog sich immer deutlicher zusammen.

Dass Aurelie jedoch zusammen mit Jacques zur Einladung kam, passte Portal nicht, da er in Jacques einen Kontrahenten um die Gunst der Frau sah, mit der er sich vorstellen konnte, seinen weiteren Lebensweg zu gehen.

Der Brunch verlief jedoch für die Vier in schöner, gemütlicher Weise, bis jedoch Denise das Gespräch auf Partnerschaften lenkte und von Aurelie und Jacques wissen wollte, ob die beiden denn feste Partner hätten.

Als Aurelie von Laurent zu sprechen begann, verschluckte sich Portal so heftig an seinem Lachsbaguette, dass er erst wieder richtig zum Durchschnaufen kam, als Jacques ihm heftig auf den Rücken geklopft hatte.

»Danke, Jacques, es geht schon wieder. Du bist verlobt, Aurelie? Das hast du ja noch nie erzählt.«

»Du hast mich ja auch nie danach gefragt.«

»Ja, das stimmt. Wann wollt ihr denn heiraten?«

»Laurent hätte mich wahrscheinlich schon längst geheiratet. Vermutlich wären wir dann irgendwo in Afrika, vielleicht am Tafelberg in Südafrika von irgendeinem Geistlichen getraut worden. Aber ich konnte mich noch nicht auf diese abenteuerlichen Reisen einlassen und zog es eher vor, hier meiner Arbeit nachzugehen, als Laurent zu seinen großen Ingenieurschauplätzen zu begleiten. Somit haben wir bis heute keinen festen Heiratstermin ins Auge gefasst. Ich hoffe, dass er auch wieder einmal einen Auftrag hier in Frankreich annimmt, sodass wir uns wieder öfter sehen können.«

»Das wäre natürlich schön für euch. Ich wünsche euch dafür das Beste!«, heuchelte Portal und versuchte das Thema zu wechseln.

Das Fazit jenes Besuchs war dennoch ein überragendes. Denise konnten Aurelie und Jacques als lebenslustiges junges Mädchen kennenlernen, das sich freute, wieder am Leben teilzuhaben und einen Vater um sich zu haben, der sich so fürsorglich um sie kümmerte. So sollten Vater und Tochter, wenn die ganze Rehabilitationsphase vorüber war, sich einen beiderseitigen großen Traum erfüllen. Der finale Termin stand zwar noch nicht fest, aber sie waren sich sicher, dass sie mit einem Luxuskreuzfahrtschiff von Southampton nach New York fahren wollten. Eine Woche lang wollten sie nur Meer sehen und die Annehmlichkeiten einer solchen Transatlantikreise genießen.

Aurelie und Jacques verabschiedeten sich an diesem Nachmittag und Portal begrub bei dem Handschlag mit Aurelie seine Hoffnung, sie könne jemals etwas für ihn empfinden.

*

»Morgen geht es nach London. Assas hat meiner Bitte nachgegeben und schickt mich wenigstens für drei Tage ins Ausland.«

»Hast du wieder etwas Großes vor?«

Jacques lachte.

»Nein, diesmal muss ich ein paar Fotos machen und mich unter die Leute in einem Kaufhaus mischen. Das wird hoffentlich ruhig und ich kann ein wenig auf andere Gedanken kommen.«

»Da bin ich aber wirklich einmal gespannt. Ich hoffe für dich, dass du nicht wieder irgendwo hineingerätst und gerade noch so mit dem Leben davonkommst.«

»Du wirst es nicht glauben. Ich habe heute zum ersten Mal,

seit ich damals von Madrid zurückgekommen bin, meine Jeans im Schrank wiedergefunden, die ich dort einfach auf den Boden geworfen hatte. Und als ich in die Hosentasche lange, finde ich den Zettel, den ich schon längst verloren geglaubt hatte. Den mit Antonias Telefonnummer. Ich werde in den nächsten Tagen gleich versuchen, Sie zu erreichen. Ich hoffe, dass es ihr gut geht. Aber mein Gefühl sagt mir das.«

»Das wäre schön.«

»Was hast du in den nächsten Tagen vor?«

»Ich habe jede Menge Patienten in den nächsten Tagen zu behandeln, da wird es mir sicher nicht langweilig werden.«

»Und was ist mit Laurent?«

»Laurent, hm, er ist zwar immer irgendwie in meinen Gedanken, aber andererseits ist er auch ständig so fern von mir. Als ich vorhin von ihm gesprochen habe, dachte ich mir, ob ich ihn nicht doch schon längst einmal hätte begleiten sollen? Dann wären wir jetzt schon Mann und Frau und würden beisammen sein. Aber ...«

»Was meinst du?«

»Ich weiß nicht, ob ich dort glücklich wäre. Dort wäre ich seine Frau, aber ich weiß nicht, ob ich dann meinem Beruf nachgehen und arbeiten könnte. Vielleicht ist alles so gut, wie es jetzt ist. Ich wünsche dir eine gute Reise, komm' gut wieder zurück!«

»Das werde ich machen. Pass' gut auf dich auf!«

Sie sahen sich tief in die Augen und umarmten sich zum Schluss, bevor Jacques seinen Helm aufsetzte und die Vespa startete. Es war kein wehmütiger oder schwerer Abschied. Sie hatten sich versprochen, sich bald wieder zu sehen und sowieso schien Jacques' Reise von überschaubarer Dauer zu sein.

*

Julian hatte sich am nächsten Morgen Zeit genommen, um Jacques an den Flughafen zu bringen. Doch Jacques sollte nicht der einzige sein, der Paris an diesem Tag verlassen sollte.

Fernando hatte in der Zwischenzeit so viel Geld beiseitegelegt, wie er meinte, dass er für einen Neuanfang in den Staaten benötigen würde. Er mochte nicht mehr träumen, sondern endlich dorthin gehen, wohin ihn seine Sehnsucht gedanklich schon lange Zeit unaufhörlich getrieben hatte. So hatte er die Gelegenheit genutzt, als er sich von Jacques verabschieden wollte, dessen Angebot anzunehmen und mit ihm und Julian zum Flughafen zu fahren.

Seine Wohnung hatte er aufgelöst und sein Hab und Gut, soweit es ihm möglich gewesen war, versteigert und verkauft. Er war wörtlich genommen ein freier Mann, der darauf sann, in ein freies Land zu gehen und dort zu leben.

Sein Flieger nach Los Angeles sollte ungefähr zur gleichen Zeit starten wie der von Jacques nach Heathrow.

Fernando strahlte, als sie endlich am Flughafen angekommen waren und er eingecheckt hatte. Sein Traum sollte nun endlich wahr werden. So war er auch nur ein wenig traurig, dass er seine alten Freunde in Paris zurücklassen musste. Aber schließlich würde für ihn nun das pure Leben beginnen.

Die drei Männer verabschiedeten sich und wünschten sich gegenseitig alles Gute für die Zukunft oder wenigstens für die nächsten Tage. Dann gingen sie ihrer Wege und trennten sich.

*

Aurelie gönnte sich wieder einmal eine Mittagspause bei „Christophe" an der Seine. Sie hatte sich schon den Vormittag über auf diesen Moment gefreut. Schließlich hatte sie frische Post von ihrem Verlobten bekommen.

Den Brief wollte sie nicht schnell zwischen zwei zu behandelnden Patienten lesen. Nein, sie wollte sich dafür Zeit nehmen und in Ruhe erfahren, welche Erlebnisse Laurent zu berichten hatte. Christophe hatte heute frischen Lachs in seinem Angebot und überzeugte Aurelie natürlich in gewohnt rascher Weise davon zu probieren.

Sie hatte Platz genommen – mit Blick auf die Seine – und begann, das Kuvert vorsichtig zu öffnen.

Irgendetwas schien nicht zu stimmen. Allein die Anrede „*Hallo Aurelie*" hatte Laurent noch nie in einem Brief benutzt. Sie begann trotzdem zu lesen und schickte ihre Augen eifrig von links nach rechts, um zu erfahren, was in den Zeilen stand. Die Augen bewegten sich immer rascher hin und her.

Je mehr sie las, desto schneller wollte sie den Text inhalieren, verstehen, wovon ihr Verlobter eigentlich schrieb.

Sie atmete tief durch, legte das Papier auf den Tisch und starrte wortlos nach draußen. Dann nahm sie die Zeilen wieder auf, las noch einmal, wovon darin geschrieben stand.

Ihr Blick wurde starr, ihre Augen füllten sich mit Feuchtigkeit und schickten große Tränen die zarten Wangen hinab. Sie nahm den Brief, packte ihn in ihre Manteltasche, stand auf, drückte den gerade herannahenden Christophe fest an ihre Schulter und huschte aus dem kleinen Bistro mit einem leisen »Au revoir« auf ihren Lippen.

Er hatte eine Tatsache geschaffen, die sie niemals in ihren Gedanken je vollzogen hatte. Hätte sie sich doch mit einem solchen Gedanken einmal auseinandersetzen sollen?

Wenn sie dies auch bisher nicht getan hatte, wurde sie jetzt und sofort dazu aufgefordert. In Minuten ließ Aurelie die vergangenen und schönen Momente mit ihrem Liebsten Revue passieren. Doch ein Fazit konnte sie noch nicht treffen, zumindest noch nicht zu jenem Zeitpunkt.

Zu lange hatte das Paar dieses Fernzusammensein gelebt, um sich je darüber beschwert zu haben. Jeder ging seiner Berufung nach und eine gemeinsame Zukunft wurde bei jedem Wiedersehen auf ein anderes Mal vertagt. Vielleicht war aus dieser Vertagung nun ein endgültiges Urteil hervorgegangen, das ausgesprochen wurde, um beiden ein neues Leben zu ermöglichen.

Laurent jedenfalls schrieb davon. Wann er wieder nach Paris kommen würde, wusste er nicht, nur, dass er nun ein Stück Geborgenheit gefunden hatte, mit dem er sesshaft werden wollte.

Hatte er damit Aurelie etwas Gutes getan oder hatte er sie nur verletzt und nun in den großen Singlejungle entlassen, in dem sie sich aufmachen konnte, ihren Tarzan zu suchen, der bei ihr in ihrem geliebten Paris war?

Sie trocknete ihre Tränen und besann sich auf sich. Jetzt wollte sie nicht trauern, sondern nachdenken, alleine sein und verstehen. Das war momentan wichtig für sie.

*

Die Auslandstage in London waren schnell vergangen. Und kaum zu glauben, aber Jacques hatte seinen Auftrag ohne jede Zwischenfälle hinter sich gebracht. Die Bilder von den Reichen und Schönen waren im Kasten und zusammen mit einem hübschen Artikel bereits längst der Agentur übermittelt worden. Assas war stolz auf seinen Quoten bringenden Star.

Einen halben Tag hatte Jacques noch übrig, bevor ihn am Nachmittag die Maschine über den Ärmelkanal zurück nach Paris bringen sollte.

Er stand an der Themse, beobachtete das Riesenrad und staunte, wie es mit seinem enormen Radius die Touristen in schwindelerregende Höhen emporhob und wieder absenkte. Er spazierte noch zu den Schauplätzen, die er in einigen James-Bond-Filmen kennengelernt hatte. Wie ein Junge stand er vor dem einen oder anderen Gebäude und bewunderte es und versetzte sich in jene Filmszenen zurück, die er gerade vor Augen hatte.

Doch es half nichts, er musste zurück zum Flughafen. Ein Flugzeug ließe sich ja nicht so leicht verpassen wie ein Linienbus im öffentlichen Straßenverkehr.

Die Sicherheitskontrollen passierte er ruhig und gelassen und den Drang, er müsse sich vor verfolgenden Blick schützen, hatte er zum Glück aufgegeben.

Er dachte zurück an die Zeit, als er nach Madrid geflogen und dem Eindruck oder gar dem Verfolgungswahn erlegen war, jemand würde ihn observieren oder nach seinem Leben trachten. Dass er sich dies nur eingebildet hatte, schrieb er seinem damaligen Stresszustand zu, den er letztlich mit dem Tod Papers und dem neu geschenkten Leben von Denise begraben hatte.

Obwohl er eine ziemliche Trauer in sich spürte, hatte er seine frühere Leichtigkeit zurückbekommen, mit der er früher schon positiv durchs Leben gegangen war. Außerdem war Paper nicht gänzlich weg; sein persönliches Notiz- und Tagebuch hatte Jacques zum Andenken an ihn erhalten.

Der kurze Flug war schnell vorbei und Jacques freute sich wieder auf zu Hause. Der Flieger war nicht üppig besetzt und so sollte das Aussteigen und die Passkontrolle nur wenig Zeit in Anspruch nehmen.

Wie immer war in der Ankunftshalle am Charles-de-Gaulle ein buntes und lautes Treiben angesagt. Die unterschiedlichsten Menschen standen mit Blumen, Schildern oder auch einfach nur so herum und konnten es kaum erwarten, ihre Liebsten wieder in die Arme zu nehmen.

Ein schönes Bild, durch das Jacques hindurchschlenderte, mit seinem Trolley an der Hand.

Er war zufrieden und freute sich, ja, es ging im wirklich gut.

Und dann geschah das, woran er ausgerechnet dieses Mal überhaupt nicht gedacht hatte.

Er hob seinen Blick und sah auf eine junge, äußerst attraktive Frau, die inmitten der Halle stand und mit einer Hand ihm zuwinkte.

Es war wie im Traum.

Das konnte gar nicht real sein.

Wie oft hatte er es sich schon gewünscht, dass er am Flughafen nach einer Reise in der Ankunftshalle abgeholt werden würde.

Und diesmal hatte sich dieser Traum tatsächlich erfüllt.

Seine Schritte wurden schneller.

Jetzt stand sie vor ihm.

Sie sahen sich an, sagten kein Wort und lächelten nur.

Dann hob er sie mit beiden Armen in die Höhe und sie begannen laut zu lachen. Als er sie wieder auf den Boden gesetzt hatte, blickten sie sich tief in die Augen, küssten sich und vergaßen den ganzen Lärm um sich herum.

Auf diesen Moment hatten sie schon so lange unterschwellig gewartet, aber nun war er spürbare Realität geworden.

»Du hast mir gefehlt!«

»Ich musste dich hier einfach abholen. Ich wollte dich endlich wiedersehen. Du hast mir doch auch so gefehlt!«, flüsterte Aurelie.

»Mir ist vieles klar geworden in den vergangenen Tagen. Ich möchte nicht mehr so weitermachen wie bisher. Das habe ich satt. Und ich glaube, dass ich die längste Zeit bei Assas geblieben bin. Das ist nicht meine Welt. Mein Herz schlägt woanders.«

»Du hast wahrscheinlich recht. Ich bin bei dir; du bist nicht alleine.«

»Das weiß ich. Das weiß ich.«

Daraufhin drückte er Aurelie ganz fest an sich und umarmte sie kräftig und atemlos glücklich, bis sie sich wieder in die Augen schauten, Jacques sein Gepäck vom Boden aufnahm und mit Aurelie im Arm in Richtung Ausgang ging.

Der damalige Gedanke an den Strand von Biarritz brach in dem Augenblick in ihm durch und aus dem einst realitätsfernen Traum schimmerten plötzlich umsetzbare Gedanken hindurch.

»Aurelie, eines liegt mir noch auf der Seele. Ich möchte gerne meine Eltern besuchen. Ich glaube, dass ich einiges mit ihnen zu besprechen habe. Würdest du mich begleiten?«

»Warum nicht?«

Sie lächelte Jacques zustimmend an, drückte ihn fest und schlenderte mit ihm aus dem Flughafengebäude hinaus.

»Das ist gut, das ist wirklich gut, Jacques.«